献给海外华侨华人

邢菁华，山东烟台籍，出生于新疆乌鲁木齐，中国致公党党员，公共管理博士，曾在北京大学哲学系宗教学系从事博士后研究。

现任清华大学华商研究中心副主任，兼任致公党中央委员会党史研究与党务工作委员会委员，致公党北京市委侨海委副主任，中国华侨历史学会理事，中国商业史学会常务理事/副秘书长暨企业史专业委员会秘书长，国际期刊《华人研究国际学报》执行编辑，北京市侨联智库首批专家。

主要从事华侨华人、海外华商研究。在《民族研究》、《华侨华人历史研究》、《华人研究国际学报》、*China Nonprofit Review* 等刊物发表中英文学术论文数十篇。出版英文专著 *Silk and Road: The Chinese Entrepreneurial Network, New Migrants, and Social Integration*。《企业史研究》（第一辑）副主编、"'一带一路'沿线华侨华人史话丛书"编委。

内容简介

本书通过人类学视角，采用民族志研究方法，去找寻疫情冲击下华侨华人与相关联的诸多要素之间相互作用的本质动因和建构过程。这对于研究微观的抗疫活动具有积极的意义，其内涵、构成方法和研究视角可以帮助读者更加全面、系统和科学地理解跨国群体的抗疫实践价值。书中选取了巴西、澳大利亚、法国、意大利、西班牙、美国、加拿大、日本、新加坡、俄罗斯、南非、博茨瓦纳十二个国家的受访者作为田野调研对象，透过华侨华人的层层实践过程和情境分析，展现了他们在疫情中的慈善行为、文化认同、反歧视抗争、华商转型等，由此正在发生中的民族历史记忆新图景悄然形成。

风月同天

华侨华人行动者网络

The Same Moon in the Sky

The Actor-Network of Overseas Chinese

邢菁华 著

暨南大學出版社
JINAN UNIVERSITY PRESS

中国·广州

图书在版编目（CIP）数据

风月同天：华侨华人行动者网络/邢菁华著. —广州：暨南大学出版社，2022.11
ISBN 978-7-5668-3375-4

Ⅰ.①风… Ⅱ.①邢… Ⅲ.①纪实文学—中国—当代 Ⅳ.①I25

中国版本图书馆 CIP 数据核字（2022）第 184806 号

风月同天：华侨华人行动者网络
FENGYUE TONGTIAN：HUAQIAO HUAREN XINGDONGZHE WANGLUO
著　者：邢菁华

出 版 人：张晋升
策　　划：黄圣英
责任编辑：冯　琳　颜　彦
责任校对：刘舜怡　王燕丽
责任印制：周一丹　郑玉婷

出版发行：暨南大学出版社（511443）
电　　话：总编室（8620）37332601
营销部（8620）37332680　37332681　37332682　37332683
传　　真：（8620）37332660（办公室）　37332684（营销部）
网　　址：http://www.jnupress.com
排　　版：广州尚文数码科技有限公司
印　　刷：广州市快美印务有限公司
开　　本：787mm×1092mm　1/16
印　　张：16.25
字　　数：258 千
版　　次：2022 年 11 月第 1 版
印　　次：2022 年 11 月第 1 次
定　　价：98.00 元

序言一

华侨华人在抗疫斗争中的担当与贡献

2020 年伊始，突如其来的新冠肺炎疫情肆虐全球，一个又一个国家停工停产经济下滑，一城又一城民众被迫无奈宅家禁足，一户又一户家庭痛失亲人哀伤欲绝。在跌宕起伏、艰苦卓绝的抗疫进程中，世界各国从政府到民众无不经受着严峻考验，遍布世界各地的华侨华人自然概莫能外。

清华大学华商研究中心的邢菁华博士密切关注全球抗疫斗争的进程，一年多来一直与分布在不同国家、处于不同阶层、位于不同岗位的华侨华人多方联络互动，记录下大量真实感人的抗疫事迹，并在此基础上条分缕析，梳理成章，完成了这本专著，向读者们全方位展现全球抗疫斗争中华侨华人的特殊担当与突出贡献，读来令人心潮难平。

纵观迄今为止华侨华人经历的抗疫进程，大致可划分为三个阶段。第一阶段以世界各地华侨华人全力驰援中国抗疫为亮点。2020 年初，在疫情暴发并震惊全国乃至全球的危急时刻，众多华侨华人闻风而动，他们在世界各地千方百计地寻觅、购买防疫用品，并不远万里，不辞万难，想方设法送往中国，有力支援了祖（籍）国的抗疫斗争。这个阶段虽然为时短暂，但其中涌现出来的诸多事迹感人肺腑。

第二阶段以华侨华人与住在国人民同心同德艰难抗疫为标志。进入 2020 年 4 月之后，中国国内万众一心共同抗疫取得举世瞩目的成效，形势向好。然而，在中国之外，诸多国家却相继暴发疫情，加之一些国家因掉以轻心、抗疫不力而招致疫情肆虐、生灵涂炭。华侨华人的抗疫斗争进入了与住在国人民同呼吸、共命运，携手抗疫的新阶段。

2021 年以来，华侨华人进入了常态化防疫抗疫的第三阶段。随着国际上多款疫苗相继研制成功并进入实用接种，病毒的持续肆虐在一定程度上得到抑制。但是，疫苗产量与全球需求量的巨大差距，以及病毒不断产生的变异性，仍然使人类社会不可有丝毫松懈，边工作边防控进入常态化。值得关注的是，当各国华侨华人与当地人民共同奋进于防疫抗疫和复工复产的艰难进程时，在美国等地竟然发生了一连串明目张胆攻击当地亚裔的种族歧视乃至仇恨犯罪事件，华侨华人被迫为消除对亚裔的歧视、为维护自身的尊严而奋力抗争。

邢菁华博士的这本专著，充分展示了华侨华人在三个不同阶段的坚守、抗争与贡献。

我们在书中读到，在与中国远隔大洋、相距几近 2 万公里的南美巴西，一批在那里才刚刚站稳脚跟的中国新移民如何在疫情暴发之初就辗转向中国发送总计 49 批次、重达 18.66 吨的抗疫物资；而当疫情肆虐于巴西时，他们又如何想方设法向巴西医院捐赠呼吸机、防护衣、检验试剂等防疫物资，向穷人分发“基本食物篮”，并且通过视频邀请中巴两国医生在线上交流，为当地民众答疑解惑，助其消除恐慌心理。

我们读到，澳大利亚华人如何克服重重困难并以自身承受巨额经济付出为代价，实现了在中国与澳大利亚之间的双重包机。在中国急需抗疫物资时，一批批抗疫物资包机运往中国；而当澳大利亚疫情肆虐时，又将澳大利亚急需的防疫物资从中国运往澳大利亚，再将澳大利亚特产的羊肉、三文鱼、奶粉等生活物资从悉尼运抵中国，为在两国之间实现急需物资互补互援做出了特殊贡献。

还有，当武汉遭遇疫情时，外包装上写有“山川异域，风月同天”字样的日本捐赠物资曾令国人动容，而当日本疫情暴发时，东京街头则有中国女孩向过往行人赠送口罩，口罩盒上醒目地书写着“来自武汉的感恩”。在美国，当地华人以长 60 米、高 2 米的“口罩长城”为标志，向当地民众免费发放防疫用品。在南非，防疫物资极度紧缺，当地华人社团千方百计筹集了 72 万个防疫口罩，定向提供给南非警方，为警方能够在特殊时期有效执行治安巡逻、城区封禁等抗疫警务提供了必要支持。

还值得一提的是，邢菁华博士书中所展示的有关华侨华人如何在危机中育新机，于变局中开新局的一桩桩事例，更属难能可贵。我们看到，意大利华人企业 MAX FACTORY 零售连锁集团既通过收购意大利家居零售连锁店 Mercatone Uno 使后者起死回生，又接收了原企业的大量员工，安排他们在转型后的企业中继续就业，营造中意共融的企业文化，意义重大。在抗疫期间，由美国硅谷三位年轻华人创建的电商 Weee！平台既通过提供生鲜食品上门服务缓解了被迫宅家民众的燃眉之急，又因应时局变化实现了企业自身的凤凰涅槃，圆了年轻人的创业梦想。而博茨瓦纳华人企业环球广域传媒集团从“授人以鱼”的捐款捐物，发展为“授人以渔”的创业扶持之路，实打实地帮助博茨瓦纳发展农业种植以解决当地粮食安全危机问题，无疑更具有深远意义。

艰难困苦，玉汝于成。历史业已证明，遍布世界各地的华侨华人群体一直是社会发展的有生力量。“青山一道同云雨，明月何曾是两乡”，华侨华人必能与住在国和祖（籍）国人民一道，勇克时艰，再续辉煌！

期待邢菁华博士继续追踪华侨华人发展的历史进程，笔耕不辍，再续华章。

是为序。

李明欢

厦门大学教授，暨南大学特聘教授

世界海外华人研究学会（ISSCO）主席，中国华侨历史学会副会长

2021 年 5 月 5 日

序言二

铁肩道义　仁者情怀

回想起来，我从 1980 年中期就开始研究海外华侨华人，但与中国华侨华人研究学术圈建立联系则始于 2002 年 12 月。当时应国务院侨务办公室的邀请，我们 11 位来自北美各个大学的文科学者，自发组成北美华侨华人研究学术交流团①，由加州州立理工大学波莫纳分校刘海铭教授领队到北京、厦门和广州等地进行了十多天的学术访问，参观了北京华文学院、厦门大学南洋研究院、暨南大学华侨研究所以及厦门和中山侨乡。访问期间，我们通过小组讨论和实地考察等活动，与国内从事华侨华人研究的学者和中央及各地方政府的侨务工作者近距离接触，对大家有共同学术兴趣的研究课题，如美国和加拿大的移民政策、美加华人社会的变迁、中国新移民的社会适应和文化认同、美国亚裔研究的源起和发展、1980 年后北美华人移民的社团组织，以及宗教信仰、族裔经济、华资银行、华商网络、华文教育和华裔文学等，进行了广泛的学术交流，与国内的学术圈同仁建立了联系。六年后我们再次应国务院侨务办公室邀请访华②，访问了上海、浙江、北京及侨乡，与国内华侨华人研究的学者和侨务工作者就中国新移

① 2002 年 12 月学术交流团的 11 名学者是：凌津奇（UCLA）、令狐萍（Truman State University）、李唯（Arizona State University）、刘海铭（Cal Poly Pomona）、杨飞（Texas Women's University）、杨凤岗（Purdue University）、尹晓煌（Occidental College）、赵小建（UC Santa Barbara）、郑达（Suffolk University）、周敏（UCLA）、宗力（University of Saskatchewan）。

② 2008 年 12 月的学术交流团一行 11 人，包括 2002 年的大部分成员：令狐萍、李唯、刘海铭、杨飞、尹晓煌、赵小建、郑达、周敏，以及 3 名新成员——王作跃（Cal Poly Pomona）、林小华和关键（Ryerson University）。

民、华人新生代、新移民社区研究的理论和实践问题进行了深入的交流。

此后，我们这个交流团的大多数成员之间结下了深厚的友谊，加强了与国内学界同仁的学术合作和交流。从此以后，我比较频繁地回国，积极参加国内学界的学术研讨和国际会议，其中包括国务院侨务办公室和清华大学合作创办的清华大学华商研究中心的不少学术活动，如“北美华人学者·清华论坛”“国际华商·清华论坛”“全球华人慈善行动——清华论坛”等。

通过这些活动，我认识了本书的作者邢菁华博士。随后我参与了几次跟清华大学合作的学术国际会议，对菁华的了解日渐加深。菁华长期在清华大学华商研究中心负责学术活动和对外交流。她一丝不苟、亲力亲为，辛勤耕耘、精心运作。2016 年秋，我担任加州大学洛杉矶分校（UCLA）亚太中心主任后，跟菁华的接触更加密切。我们加州大学洛杉矶分校亚太中心（以下简称“洛加大亚太中心”）力图通过创新的科研、教学、公共项目和国际合作，在校园和社区中促进对亚洲和太平洋区域的认识和了解，运用历史、现代和对比的方法来研究亚洲与太平洋区域的国家和地区之间的联系，注重从跨学科的多维视角研究跨国和跨地区的课题。近年来，我们中心与清华大学华商研究中心建立了正式的合作伙伴关系，共同开展“全球华人慈善行动”（GCPI）的研究项目，举办国际会议和学术活动。我与菁华的来往和接触也随之更加频繁。2018 年 6 月，我们洛加大亚太中心和清华大学华商研究中心联合主办“全球华人慈善行动——清华论坛”，菁华担任论坛组委会的副主任，负责会务的行政和组织工作。此后她还在《中国非营利评论》我主编的一期专刊里发表了题为“中国‘善二代’：慈善公益的形塑与转型”的学术论文，论述了中国“善二代”在国内和国际舞台上如何重构公共利益的逻辑，塑造一种新型慈善领域。2021 年 3 月，洛加大亚太中心与华商研究中心再次合作，召开了为期两天的“全球华人慈善事业国际研讨会”。菁华在此次网络国际会议中又做了许多的组织工作，并在会议期间做了有关新冠肺炎疫情全球大流行期间海外华商的慈善事业的发展与创新研究的专题演讲。

2020 年初，新冠肺炎疫情肆虐全球，给世界经济和华商企业带来了不可估量的重创。时至如今，全球各国仍在竭力与疫情抗争，而印度等一些国家的疫情则更加不容乐观。疫情当下，华裔美国人面临严峻挑战。通过近半个世纪以来的不懈努力，华人在美国的社会地位有了很大的提高。但华人虽然表面上看似乎成功地融入美国主流社会，实际上仍被冠以“外来寄居者”的他者身份标签。当前美国的华人移民，尤其是高科技专业人士，身处中美政治摩擦、科技对抗和文化冲突的前沿，深受冲击。再叠加疫情带来的负面影响，所处的环境就更为尴尬。开展对海外华人社会与疫情负面效应的研究，尤其是对疫情影响下的亚裔研究和华裔移民研究等新的研究课题，是从事海外华侨华人研究的学者刻不容缓、义不容辞的职责。

在此特殊的背景下，菁华博士撰写了《风月同天：华侨华人行动者网络》一书，针砭时事，正当其时。菁华通过有针对性的在线田野调查和大量访谈，忠实地记录了全球各国华侨华人的抗疫行动，弘扬了华侨华人的团结合作抗疫精神，反映了海外华人扎根于社区、逆流而上、积极融入当地主流社会的风貌。作为一位华商研究学者，菁华的研究基于新冠肺炎疫情蔓延全球的特殊时期不同国家的华人社区和多元化的华人群体的应对策略和行动，采用社会科学的理论，或者更准确地说，以人类学理论以及行动者网络理论（actor-network theory）作为田野调研的理论和方法基础。本书的实证资料的收集和分析，来自作者对巴西、澳大利亚、法国、日本、美国、南非、博茨瓦纳、俄罗斯、西班牙、加拿大、意大利等国华侨华人的抗疫行动所开展的详尽的在线调研与跟踪访谈。本书主题突出，结构严谨，资料翔实，着重探讨中华慈善传统与文化认同如何影响抗疫策略和行动，海外华商如何反歧视、抗污名化、维护自身的权利和利益，突显海外华商在逆境中据理抗争、团结一致，构成全球抗疫的华侨华人行动者网络。本书还对海外华侨华人抗击疫情的跨国性、能动性和创新性等特征进行了深入的刻画、深刻的诠释和有深度的理论分析，重构和再现了各国华侨华人在抗击疫情中作为关键行动者的主体价值。

简而言之，本书主题鲜明，立论新颖，例证丰富，析理透彻。大量的访谈和精心收集、梳理和分析出来的口述访谈内容，丰富翔实，是珍贵难得的第一手研究资料。作为学者，菁华博士铁肩道义，仁者情怀，关注大众社会的疾苦，诠释和分析了海外华人网络的力量。对于菁华为此书写作而付出的心血和巨大努力，我由衷地表示赞许。

书山无径，学海无涯。唯有锲而不舍，默默耕耘，不懈探索，砥砺奋进。是为序。

周 敏

美国艺术与科学院院士

美国加州大学洛杉矶分校亚太中心主任

社会学与亚美研究学教授

王文祥伉俪基金美中关系与传媒讲座教授

2021 年 5 月 6 日于洛杉矶

知行互证，知行互释
——华侨华人全球抗疫的抒写与思考

2020 年初，新冠肺炎疫情突袭武汉，海外华侨抗疫物资从全球各地驰援湖北和祖国，让我恍惚亲身经历了历史上华侨支持辛亥革命与抗日战争的一幕，在祖国危难之际，华侨华人再次以实际行动谱写着一曲曲爱心接力的感人赞歌。旋踵世界各地新冠病毒四起，华侨华人与当地民众共克时艰。面对突如其来的疫情、无孔不入的病毒，海内外人心惶惶、谣言四起，各国政府与社会应对失据。如何消解恐慌、克服歧视，需要信息透明畅达，更需要全球各界联手抗疫。

2020 年 3 月 20 日至 6 月 11 日，清华大学华商研究中心与中国华侨华人研究所联合举办了“海外华商谈抗疫”连线活动。13 场国际连线，五大洲 20 多个国家华侨华人与会，历时 3 个月——这项活动成为海内外华侨研究学者远程观察全球抗疫的“望远镜”。视频连线中，海外华侨华人讲述亲身经历的抗疫故事，还原海外抗疫现场；海内外华侨研究学者分享学术见解和思考，挖掘现象背后蕴藏的深意。

在线论坛本身就是新冠肺炎疫情倒逼的产物，今天已经非常普及，习以为常了，但 2020 年初还是一大创新。许多侨领甚至学者初次使用视频会议等软件，还需要组织者耐心指教，才能学会；与会者遍及全球各地，需要预先演练。清华大学华商研究中心副主任邢菁华博士与同仁具体负责组织了系列线上视频会议，付出了艰辛的努力。

在这条无形的海外抗疫“云”战线上，华侨研究学界以学术力量为海外侨胞送去理解和支持，也为侨界学术研究挖掘新视角，提供新议题。连线活动采取线上视频会议的方式，不再受空间的限制，根据国外疫情的最新情况，对海外华侨华人的处境进行及时研讨，实现高效交流。世界海外华人研究学会会长李明欢认为“从学术研究的角度看，连线活动向国内学者提供了许多关于疫情期间海外华侨华人生存发展的叙述性资料，帮助学者及时获取更多的一手信息，与海外华侨华人进行直接交流”。李明欢教授由此提出“三问”：①海外华侨华人面临抗击疫情和反对歧视的双重压力，处境更为艰难，应当如何应对？②海外华侨华人追求住在国和祖（籍）国社会的双重认可，当面对疫情两者评价体系不同时，应当如何平衡？③待全球疫情形势基本控制后，面对疫情带来的经营挑战，海外华商如何转型升级，继续为住在国和祖（籍）国经济复苏作贡献？

作为活动的策划人和主持人，邢菁华博士不仅在连线活动中倾听海外侨胞的抗疫故事，也在筹备活动、联络嘉宾的过程中见证海外侨胞的抗疫辛劳。更难能可贵的是，邢菁华博士除了参与每一场“海外华商谈抗疫”活动之外，还一直与海外各国重要侨领、华商及专业性人士等保持紧密联系，就海外抗疫事宜经常进行个案专访，并进一步广泛参与到海外华侨华人自身的抗疫活动中，例如，在 ZOOM 线上平台举办的“澳大利亚华人反抹黑行动的启示”论坛活动等，力图在华侨华人、海外华商的研究中，探索和借鉴网络民族志、对话式参与的新理论方法，知行互证，知行互释。其形成的阶段性研究成果有《全球抗疫命运与共　华侨华人共克时艰——“海外华商谈抗疫”在线观察系列活动综述》（《华侨华人历史研究》2020 年第 2 期），《青山一道同云雨，明月何曾是两乡》（《华人研究国际学报》2020 年第 12 卷第 2 期），《抗击新冠肺炎疫情中的海外华侨华人——基于行动者网络理论的分析》（《民族研究》2021 年第 1 期）等，最后形成选题独特、议题鲜明、主题突出的书稿《风月同天：华侨华人行动者网络》付梓在即。

本书可以给我们带来诸多启迪。从全球抗疫的华侨华人行动中，我们可以看出，新冠肺炎疫情蔓延是全球化的风险，各地华侨华人在疫情暴发以来倾力援助祖（籍）国，又与世界各国和地区共同抗击疫情。各国在应对疫情中的政策、民众心态、社会秩序等方面有较大差异。所谓中国与西方的文化传统、文化差异不足以解释华人群体与当地居民在抗疫中的不同表现。疫情前期华侨华人低感染率背后最根本的原因，在于华侨华人群体对待疫情科学理性的态度和行动。

在全球抗疫过程中，海外侨胞驰援祖（籍）国，支援当地，展现出不带偏见、相对客观理性的全球视野；在自身防疫过程中，海外侨胞遵循科学防疫方法，体现出尊重社会秩序、遵守行为规范的自律担当；在支援当地抗疫的过程中，海外侨胞的公益行动，践行着社会责任。

从个人层面，海外华侨华人了解中国抗击疫情的艰难过程，一开始就对新冠肺炎保持高度重视和警惕，同时普遍采取自律而科学的防疫措施。海外侨胞科学防疫的举动和成效，向当地民众证实了科学防疫的有效性，侨胞支援当地、捐赠物资等行为，也在逐渐扭转当地民众对佩戴口罩等科学防疫方法的偏见，为当地防疫贡献积极力量。

从社团层面，各地侨团积极传播防疫信息，传递防疫物资，发挥了重要的组织引导作用。从企业层面，中餐馆、华人超市等华人企业积极采取防疫措施，以防疫为中心，灵活开展和暂停经营。作为经济全球化的重要参与者，华商不可能脱离全球经济的大气候影响而一枝独秀，经营活动必然遭受疫情重创。但与此同时，海外华商凭借各自特点、优势与创新力，有望化危为机，在疫情后创造出新的产品、服务和经营模式。互联网、生物医药、虚拟货币等行业的竞争力凸显，将为华商在后疫情时代提供大展拳脚的空间。

全球华侨华人抗疫的历程，值得我们记载、叙述和沉思。新冠肺炎疫情仍在蔓延，甚至在一些国家和地区更为汹涌肆虐，让人类更深刻地感受了地球村之命运与共，更需要跨越国界与文化联手共克时艰。本书的出版体现了华侨华人研究者的责任与担当，也体现了学者扎根现实、胸怀天下的理论思考。

龙登高

清华大学华商研究中心主任，教育部长江学者特聘教授

中国华侨历史学会副会长，中国商业史学会副会长暨华商史专委会主任

2021 年 5 月 5 日于清华明斋

序言四

国际大变局中华侨华人抗疫行为的新认知

2020 年开始一两个月内，新冠肺炎疫情突然向世界各国袭来，很多国家猝不及防，仓促应对，发布“禁足令”“居家令”“封城令”甚至“封国令”，也有的国家不以为意，防控失范，以致“大意失荆州”。总的来说，大部分国家都极不情愿地按下了暂停键，经济停摆，失业率飙升，社会陷入了失序状态。更令人失望的是，世人渴盼疫情尽快过去、生产和生活秩序即将恢复正常的预期屡屡落空，新冠病毒竟几度变异，疫情形势起伏不定，一些国家险象环生。由是，在一波又一波疫情面前，大部分国家防控日渐乏力，民众日渐疲惫和无奈。特别是进入 2021 年以后，伴随着变异病毒的相继出现和蔓延，很多国家因放松防控而疫情反弹，新增病例不断攀升，聚集性感染到处出现，通过人员流动而产生的跨国性风险不减反增。

在新冠肺炎疫情阴霾下所发生的这一切，是对各国卫生保健水平和政府治理能力的严峻挑战，是对住在国华侨华人生存智慧的大考，也是对华侨华人与当地民族关系的真实检验。可圈可点的是，在疫情骤然暴发的情势下，华侨华人义无反顾地参与了这场跨国抗疫，不仅支援祖（籍）国抗疫，还与住在国一道抗疫，同舟共济，守望相助。应该看到，华侨华人跟住在国民众一样，都在疫情期间遭受了巨大经济损失。当各国大门被迫关闭、交通熔断之时，当地经济普遍衰退，民众大量失业，给华侨华人的冲击可想而知，给经营跨国业务的华商的冲击更是有目共睹。

中国有古老的慈善文化传统。这种优秀传统，深深嵌存于源远流长、博大精深且经过数千年积淀的中华文化大系中。可贵的是，华侨华人将这一传统带到了居住地，世代传承。尽管他们不可能精准地道出中华慈善文化的章章节节，或只是笼统地知道儒家的“仁爱”、道家的“为善”、佛家的“慈悲”和墨家的“兼爱”，但他们多少年来持之以恒的慈善实践，已完美地将中华慈善文化的方方面面写进了住在国的大地。回顾并不久远的过去，每当华侨华人与住在国人民一道参与抗击自然灾害的时候，便是完美地体现华侨华人与住在国人民团结互助的时候，也是相互认同、文化互动和融入当地不断深化的良好机会。多少年来，在不同的国家，华侨华人都交出了一份又一份亮丽的答卷。在这一次抗疫中，优秀的中华慈善文化传统在海外侨社得到了新的演绎，得到了深刻的验证和完美的升华。各国侨领、华商、专业人士和其他有志青年，既是抗疫行动的参与者，也是当地民族和谐平台的积极建构者。他们发扬“一方有难八方支援”的中华慈善精神，有钱出钱，有力出力，只讲付出，不求回报，给住在国的政府和民众，给祖（籍）国和家乡的人民，也给整个国际社会留下了深刻的印象。

回顾当初，华侨华人闻风而动，率先进入抗疫状态。他们既要支持祖（籍）国抗击疫情，又要参与住在国的防控，不仅全身心投入第一线抗疫，还经历了作为救助者和被救助者的角色转换过程。在许多国家，侨社侨团通过帮助当地政府与中国医疗器械生产企业对接，表现出积极主动投身当地抗疫的大无畏精神，让当地民众在疫情肆虐之际感受良深，难以忘怀。此外，华侨华人在行动中还表现出其创新性之举。例如，既往慈善机构和社会公益团体在事件发生的第一时间，常常采取晚会艺术表演、社会名流餐会、拍卖会等平台进行广泛动员，开展善款筹募。这一次，华人侨团改而创造性地采用“线上募捐”的方式。事实上，这一新方式的实际成效不逊于传统的方式。又如在慈善活动中，由于捐赠地域和涉及范围广泛分散，捐赠物品和捐赠渠道具有一定的特殊性，华侨华人的抗疫慈善公益活动因而呈现出多元化的样态，包括自发组建 SOS 互助群、在线解答疑难问题、提供心理疏导、向困难群体提供免费爱心餐、设立轻症患者隔离点和

24 小时紧急救助电话等，均前所未闻，也行之有效，积聚了丰富的经验。

人们注意到，这一次抗疫行动是在百年未遇的大变局下展开的，华侨华人的救助行为披上了一层特殊时代的特殊色彩。人们看到，在以习近平同志为核心的党中央坚强领导下，中国国内的疫情在最初阶段采取果断措施后迅速得到控制，风景这边独好。以武汉“解封”为标志，中国对新冠肺炎疫情的防控很快进入常态化阶段，全国的生产和生活秩序逐步恢复。中国成了世界上唯一的在全球性新冠肺炎疫情蔓延状态下实现正增长的主要经济体。人们本可期待，这一切应为海外华侨华人的抗疫行为添光增彩，也为华侨华人的形象加分。但事实上，这种情况没有全面发生。华侨华人在这一次抗疫中的感受无疑是立体的、叠面的，除了可以感受到参与抗疫的特有荣誉感和主人翁身份外，还需面对复杂得多的局面和考验。原因就在于，中国的抗疫行为，被一些别有用心的人（主要是个别国家的无良政客）肆意抹黑。在美国发起对华贸易战并对华进行肆无忌惮打压的背景下，中美两个最大经济体的关系跌入了冰点，一些西方国家被迫选边站队。于是，在大国博弈中，海外华侨华人的抗疫被不怀好意者涂上了子虚乌有的意识形态色彩。一场国际公共卫生危机，被居心叵测者硬与政治场域下的政治事件挂钩。在新冠肺炎疫情最严重的某些国家，也是华侨华人比较多的国家，种族歧视和排外情绪沉渣泛起，“中国病毒”“武汉病毒”等污名化言论纷纷攘攘，甚嚣尘上。别有用心者丧失道德底线，对中国国内的成功抗疫抹黑甩锅，极力污名化。与此同时，对华侨华人的抗疫也说三道四，冷嘲热讽。2021 年第一季度以来，发生在美国的针对亚裔的歧视行为，以及言语侮辱、肢体攻击甚至是致死案件屡有出现，积极抗疫的华侨华人的应有功勋被刻意淡化。于是，各国原本可以共度时艰的场景没有出现，抗疫与经济协同发展、人类一道应对共同命运的节奏被严重打乱。虽然华侨华人充分行使了正当维权的权利，但客观地说，华侨华人的这一次抗疫，要承载比以往任何一次抗灾沉重得多的心理和舆论压力。当然，这里所说的只是一小撮反华政客的行为，大部分国家的政府和民众的眼睛是雪亮的，他们不会忘记华侨华人于住在国抗疫过程中作出的巨大贡献。

在这种情况下，华侨华人不仅要与住在国民族一道应对肆虐的疫情，还不得不有所分身，通过法律的、网上的申诉乃至艺术作品、纪录片等多种形式，理性表达自己的诉求。无疑，华侨华人在住在国的抗疫行为，是在积极融入当地社会与保持固有民族身份文化符号这两个方面交集与碰撞的背景下展开的，也是思想意识上、观念形态上和思维方式上对某些人的直面交锋。华侨华人这一次抗疫实践，对他们如何应对未来的挑战，如何更好地融入当地社会，如何维护与当地民族和祖（籍）国的关系，是一次难得的实战演练。

华侨华人在这次疫情中所遭遇的一切，不是唯一一次，也不会是最后一次，在其此后的生存发展中还可能不时遇到。必须看到，在世界政治和国际关系愈益复杂化的今天，华侨华人可能要面对比既往复杂得多的环境和考验。华侨华人在融入当地的过程中，更需要国际化的眼光和胆识，步伐必须更加坚定，行动也要更加理智和务实。此刻，全世界的抗疫还在进行，华侨华人已在开动脑筋，积极思索。特别是精英人士，正在通过对当地侨胞参与抗疫实践的考察，总结如何在住在国更好地生存发展，以及如何精准积聚和利用各种资源。

对于邢菁华博士及其团队来说，一场又一场的线上座谈会，收获是丰满厚重的。人们可以看到世界上不同国家华侨华人的很多抗疫行为，不管是以个体形式开展的，还是以集体名义进行的，都一一被归入了海外华侨华人系列化抗疫的厚美画册中。他们的作为，有助于各方面观众全面真实地了解华侨华人在抗疫中的努力和贡献，有助于反驳和纠正境外某些传媒和政客的无知、偏见与认识误区，有助于国内学者了解各国的抗疫举措和民众心态，也有助于国内涉侨部门及时精准地把握新的侨情。

在一个迅速变化的世界中，华侨华人与住在国政府和民族的关系，华侨华人与祖（籍）国和家乡的关系，必然随着形势的变化而变化。包括华侨华人在内，开展慈善活动的思路也应与时俱进。比如，长期以来人们对华侨华人在祖（籍）国和家乡发生自然灾害时提供募捐习以为常，但实际上今天海外华侨华人的生存发展也需要得到多方面的适当支持，祖（籍）国“为侨服务”的实践还可以有所拓宽。

云山隔万重，寸心连千里。在抗疫过程中，国内学术界和传媒已经做了很多有益的工作。就我所见，邢菁华博士所在的团队是关于华侨华人抗疫报道最多、思考至深，联系海外侨胞（包括侨领）极广且见证海外侨胞抗疫场面和接触相关个案最多的国内学者团队之一。自 2020 年 3 月至 6 月，邢博士及其所在工作单位相继连线举办了有关西班牙、美国、德国、加拿大、意大利、非洲、东南亚、法国、俄罗斯、日本、巴西、澳大利亚等国家和地区侨胞抗疫的 12 个专场。五大洲 20 余个国家的学者、华侨华人和留学生群体热切关注，积极参与。庆幸的是，在疫情状态下出现的一个个动人画面，迅速发展成跨地域和跨商、学、政界别的多元化国际抗疫交流平台。邢博士对每一场线上座谈，都精心谋划，精心组织，精心筹措，力求达到最佳效果，力求使线上座谈会所传递的信息都是真实可靠的，同时是集约化、整体性的而非碎片化的。实际上在此之前，邢博士已经策划和主持了多场华侨华人（包括侨领）和相关学者参与的线上座谈，对新冠肺炎疫情中亲历的受访者的角色担当、作用发挥、功能显示、社会影响和应急能力等，均感同身受。她用心动脑，认真分析思索，产生了将之撰写成书从而记录在史、传之后人的愿望。难能可贵的是，邢博士与海外华侨华人的接触，不是止于线上，而是连续追踪，留下了很多真确素材。在每一场线上座谈之后，她还与各个国家的侨领和社团保持密切联系，有的跟踪采访还一直延续到本书成稿之时。毋庸置疑，邢博士及其团队所举办的一场场线上座谈会，既可以从海外侨胞的抗疫舆情中吸取广泛有益的思想成品，也可以推进海外侨胞对这场抗疫行为的深层次反思。

邢菁华博士具有良好的专业素养和厚实的前期成果。就该领域的研究起点来看，这些年来，她一直从事海外华商方面的研究，发表了不少有关华商慈善事业、华侨慈善传统乃至与华侨华人抗击新冠肺炎疫情直接相关的文章；在专业素养方面，她熟悉华侨华人研究所需要的人类学等学科理论和方法；在媒体基本功方面，她有丰富的传媒操作历练，曾经接受过多家主流媒体的采访。所有这些，为线上线下进行大规模、多样态、高效率的座谈积聚了难得的经验。此外，最值得注意的是邢菁华博士丰富的采访海外华侨华人的经历。她曾采访过多位为中国与住在国民间交往发挥了重要作用的不同国家主流社会的华人企业家和传媒人，对他们的成功事迹、思维方式、功利观和价值观均有直接的了解。有这些方面的条件作为基础，写作一本反映海外华侨华人抗疫斗争的著作，自然就瓜熟蒂落、水到渠成了。

受邀作序，我大难也。本人虽深为感念，然亦深知非个人之力所逮。操笔之际，每感惶恐。今草上数语，词不达意，亦在所难免，深祈作者和读者谅之、教之。

高伟浓

暨南大学国际关系学院/华侨华人研究院教授

2021 年 5 月 5 日于广州

目录 CONTENTS

第一章

绪　论

2020 年对于我们每个人都是非同寻常的一年，突如其来的新冠肺炎疫情给世界政治、经济、社会、文化等诸多方面带来前所未有的冲击和挑战。每个国家和民众都以不同的方式卷入其中，抗击疫情成为全人类共同面对的任务和使命。在中国众志成城抗击疫情并逐渐取得胜利的同时，疫情也在全球极速蔓延，全世界迄今已有超过 500 万的人因感染新冠病毒而离世。①

作为跨越国家、制度、文化的独特群体②，海外华侨华人常常处于错综复杂的多重情境中。正如孔飞力在《他者中的华人：中国近现代移民史》中描绘的“通道—生境”模式，海外华侨华人在移出地和移入地之间构建起条条“通道”，与之相辅相成的是在两者间的人员、资金和信息的双向流通，以及情感、文化的相互交织。作为外来者，海外华人还需要认识了解“他者”并与之共生共存，而“他者”同样也时时刻刻审视着这些远道而来的异乡人。③ 这里的“他者”从广义上讲不仅仅指住在国本地人，还包括那里的地域环境、文化、经济和社会等诸多因素。

这次疫情也是如此，海外华侨华人经历了救助者、被救助者和相互救

---

① 书稿出版前（2022 年 2 月底）查阅的数据，来源：维基百科。

② 龙登高：《跨越市场的障碍——海外华商在国家、制度与文化之间》，北京：科学出版社，2007 年。

③ ［美］孔飞力著，李明欢译：《他者中的华人：中国近现代移民史》，南京：江苏人民出版社，2016 年，第 38 - 39、311 页。

助者之间的角色转换和复杂社会实践过程。他们既要支持祖（籍）国抗击疫情，又要参与住在国的疫情防控；他们积极融入当地社会，然而固有的民族身份和文化符号，却成为此次疫情被污名化和歧视的对象；疫情期间各国大门基本关闭，加之贸易保护主义带来的严重冲击，可想而知，过去以跨国经营为主的华商正在面临最严峻的挑战。在不同境遇下的华侨华人群体中，侨领、华商、专业人士、有志青年都是抗疫行动者网络的积极建构者。

目前，全国人大华侨委员会列出的数据显示，在世界近200个国家和地区，分布着6 000多万华侨华人，他们在不同国家的生存和发展过程中形成了海外华人族群。[①] 在西方一些被称作“大熔炉[②]”的移民国家里，华族仍属于少数族裔，独有的中华文化情结依然鲜活地保存在海外华侨华人的日常起居中。在过去的几十年中，伴随着中国经济的腾飞，华人在住在国的地位也得到很大改善，他们正在努力从边缘群体走向主流群体，并与海内外商界和政界保持密切的联系。同时，改革开放以来，海外华侨华人与中国的各方面联系更加紧密，他们通过投资、捐赠、经济文化交流等多种渠道参与中国的经济发展，被视为中国独特的宝贵资源。

山川异域，风月同天，更何况血浓于水，根叶相连。当今世界形势风云变化，面对历史和现实，以温情之敬意，同情之理解，我们关注身处灾疫之中的海外侨胞和社会，具有深刻的现实意义，这是本书的写作意义所在，也是结合疫情大背景对自己这些年海外华侨华人研究的一次重新思考。

一、选题缘起

2020年春夏两季，清华大学华商研究中心、中国华侨华人研究所联合

---

① 曾少聪：《民族学视野中的海外华人——两岸三地民族学海外华人研究述评》，《民族研究》2003年第5期，第93－110页。

② 大熔炉（melting pot）指的是在各种民族混杂的都市中，由不同民族文化不断地影响、同化和融合，形成一种很独特的新的共同文化的社会。1908年英国作家伊斯雷尔·赞格威尔（Israel Zangwill）在戏剧《熔炉》中首次提出大熔炉一词。最早指的是美国的大都市纽约，现在多指多民族文化融合的国家。

发起和主办了“海外华商谈抗疫”在线观察系列活动①，广泛邀请和连线世界各地著名侨领、华商及学者通过比较视野探寻真知灼见。2020 年 3 月至 6 月，相继连线举办了西班牙、美国、德国、加拿大、意大利、非洲、东南亚、法国、俄罗斯、日本、巴西、澳大利亚十二个专场，得到五大洲十余个国家的学者、华侨华人、留学生群体热切关注和积极参与，成为疫情期间跨越地域及跨越商界、学界与政界的多元化国际交流平台。活动的宗旨在于：第一，全面真实地了解华侨华人及其在抗疫中的作用，纠正媒体的偏见与认识误区；第二，学者低成本地开展全球华人的调研，并能进行五大洲各国的比较研究；第三，涉侨部门及时把握侨情最新动态，大多是使领馆与驻外记者得不到的第一手信息；第四，了解世界各国不同的抗疫举措、民众心态，特别是各国与中国的交往关系。

我作为本次活动的策划人和主持人，对亲历新冠肺炎疫情的受访者所扮演的社会角色、发挥的作用、受到的影响，以及他们如何应对等问题产生了浓厚的兴趣。此后，我与各个国家的侨领和社团保持着密切的联系，跟踪采访延续到现在还未停止。

以视频连线方式举办不同国家的会议，这是一次新的尝试，对我个人而言也是不小的挑战。比如：一些老华侨不会使用视频会议软件，这就需要我逐步与他们沟通，教会他们如何使用。还有时差问题，因为需要提前和他们商议演讲的话题，但是不同国家有时差，我经常会晚上不定时地与他们沟通，以确定对他们方便的时间安排。为了保证会议效果，让听众获得更多的信息，我邀请嘉宾每人完成一个幻灯片讲义，这有时对于他们是富有挑战性的。如西班牙的老华侨张甲林先生，前期我与他沟通了很长时间，在双方共同努力下，他为自己竟然能制作出一个出色的讲义而惊喜。除此之外，我印象深刻的还有法国华侨华人协会主席任俐敏先生，他向当地华侨华人捐赠口罩，却被法国警方拘押询问。在此之前，他本来已经答应参加我的采访，但被此事件中断，后来我与他多次联络，经过沟通，他终于克服困难继续参加我们法国专场的活动。有人问他经历此事

① 邢菁华：《全球抗疫命运与共 华侨华人共克时艰——“海外华商谈抗疫”在线观察系列活动综述》，《华侨华人历史研究》2020 年第 2 期，第 95 – 96 页。

件之后是否会停止捐赠和帮扶，他肯定地说将继续贡献力量关爱法国华侨华人。疫情之中，有太多真实发生的海外华侨华人故事令人敬佩、感动，引人思考。

很多华侨华人非常感谢我们策划的活动，他们感觉拉近了祖（籍）国与住在国的距离，感受到了祖（籍）国的温暖，同时将自己的心声分享出来，这是一个非常好的体验。我们一直坚持将不同国家的华侨华人群体组织起来，克服了重重困难，一路走来，五大洲十多个国家的华侨华人、学者与政界朋友汇聚，实现了低成本、高收益的交流模式，这在疫情之前是极少有的。本次活动也得到《人民日报》（海外版）、中新社、新华社及当地华文媒体的争相报道。在此过程中，中国华侨公益基金会，新加坡南洋理工大学，清华大学东南亚中心、拉美中心、日本研究中心等成为合作支持单位，在此向他们表示感谢。

这些年来，我一直从事海外华侨华人华商方面的学习和研究。期间发表了《华人善二代在慈善事业中的形塑与转型》《华侨华人慈善传统与文化认同研究》《华侨华人、港澳同胞现代慈善事业探究与展望》《“一带一路”与华商网络：一项经济地理分析》《菲律宾华商网络中“头家制度”的经济学探析》等研究成果。我也相继发表了多篇有关海外华侨华人抗疫的文章，并接受了多家主流媒体的采访。新冠肺炎疫情是对海外华侨华人彼此协作、救助、文化融合、社会认同、商业经营的一次全方位的考验。华侨华人用实际行动架起了抗疫的桥梁，一些侨团组织和民间力量加入其中，形成了民间自发且全球性的跨越国界的支援行动，具有创新意义。

在写书的进程中，围绕新冠肺炎疫情的种族话题正掀起新的社会运动，成为新趋势，全球范围内要求消除对亚裔歧视的呼声越来越高涨。我频繁联系在美国的几位侨领，他们最近都非常忙碌，正在组织大规模的反歧视游行，声讨在美国多地发生的针对亚裔的暴力行为。我在对海外华裔新生代的采访中，发现他们中的有些人曾与中国的联系甚少，有的完全不会讲中文，但亚裔遭受歧视的事件唤醒了他们的民族意识。联合国大会召开会议纪念3月21日的“消除种族歧视国际日”，秘书长古特雷斯在发言中表示：“作为负责任的全球公民，消除种族主义是我们的责任。无论何时何地，只要见到种族主义，我们就必须毫无保留、毫无迟疑、毫无条件地加以谴责。”①

我采访了多位不同国家主流社会的华人企业家和传媒人。他们为中国与住在国民间交往发挥了重要作用。美国 V 视创始人、MGM 美高美传媒总裁高娓娓一直在践行讲好中美故事的愿景，她的自媒体网上阅读流量仅 2020 年一年累计就超过 4.5 亿；日本侨报出版社的创办人段跃中在东京每周举办“汉语角”，坚持了 13 年，成为日本社会学习中国文化的一个窗口；南非华人警民合作中心主任李新铸为疫情下南非侨胞的平安保驾护航；意大利 MAX FACTORY 零售连锁集团董事长李万春为刚收购的曾在意大利排名前三的家居零售连锁店 Mercatone Uno 进行团队重建；作为美国硅谷的创新型电商 Weee！的三位创始人，刘民、王炯和谢祖铭刚获得几笔千万美元融资，正开始他们在地域和族裔上的快速扩张；博茨瓦纳的环球广域传媒集团总裁南庚戌从“授人以鱼”的捐款捐物，转为“授人以渔”，帮助博茨瓦纳发展农业种植来解决当地粮食安全危机问题；华裔新生代张婷婷在疫情下多次组织亚裔反歧视活动，她的博士学位论文内容也因为这次疫情转向研究反歧视心理学问题。将近一年的采访素材一直压在手里，没有来得及整理，我的内心一直在思忖：为什么这么多好的故事，不写成一本书呢？这些内容既属于我的研究范畴，又是对前期工作的一个总结。因此，写这本书的动力也就油然而生了。

二、研究思路

海外华侨华人具有在地化、流动性、跨国性、少数族裔等特性。越来越多的学者开始涉足海外华侨华人的研究，研究视角日益多样化，包括移民社会学视角、文化人类学视角、历史发展史视角、华人经济与中国发展视角等。我也一直在考虑如何将这本书呈现在读者面前，毕竟疫情还在继续，情感与现实交融，需要记录的内容太多。在我的调研中，作为独特群体的华侨华人的“实践”令我印象深刻。实践是实现人类需要的根本方

① 详见联合国官方网站，https://www.un.org/en/observances/end-racism-day/messages，2021 年 3 月 21 日。

式，是推动人类发展的根本途径。[①] 人的实践由潜在变为现实的过程中实现了社会的存在和人的存在，同时又推动社会和人的存在状态的改变，实现人的社会发展，创造了一个有意义的世界。[②] 法国人类学家布鲁诺·拉图尔（Bruno Latour）曾经说过："我的工作一直是从事'经验哲学'的实践研究，也就是说，借用社会人类学中的实地考察的方法来解答哲学所提出的问题。"[③] 本书通过描写疫情与华侨华人相关联的诸多要素的交互过程，试图剖析主体内在与外在的变化和相互构建的社会实践转向。

海外华侨华人一直是人类学研究的主要对象之一，他们也是此次疫情中不可或缺的重要参与者。本书并不想对华族群体的普遍社会认知进行主观定论，而是透过民族志与科学人类学的社会建构论，去找寻疫情冲击下不同要素之间相互作用的本质动因和建构过程，这对于研究微观的抗疫活动具有积极的意义，其内涵、构成方法和研究视角可以帮助读者更加全面、系统和科学地理解跨国群体的抗疫实践价值。

民族志是由人类学学科发展并完善起来的一种调查研究方法。研究者通过田野作业，引用大量的实地参与者的原话，对实地的情景进行非常详细的描述。深描寓意着研究者不仅要描述这些语言、行为和事件，更要在写作过程中理解、翻译并解释当地人的思想观念，透过表面现象去揭示隐含的无限社会内容。出于对自身之外和世界意识存在的社会探知，西方社会最早兴起了有关民族志的研究。在中国，围绕家乡（本国）开展田野工作是人类学一贯的传统。费孝通先生是中国人类学的开拓者，他以中国乡村的田野调研为主旋律，考察了近代中国乡村社会的生活面貌。在他的众多学术成果中，"世界性社会"思想在早期并未得到学界重视。[④] 最近十多年，中国学界对于民族志研究有了新的取向，由于新时代中国与世界的联系日趋紧密，人们的"世界性社会"意识增强，人类学的研究开始走出国

---

① 马克思在《关于费尔巴哈的提纲》中，深刻剖析了实践问题对人类历史的重要性，提出了科学的唯物主义历史观。

② 张曙光：《生存哲学》，昆明：云南人民出版社，2001 年。

③ BLOOR D. Anti-latour. Studies in the history and philosophy of science, 1999, 30 (1): 81 – 82.

④ 费孝通：《美国人的性格·后记》，载《费孝通文集》（第 5 卷），北京：群言出版社，1999 年，第 49 – 50 页。

门，对不同于“我们”的“异域”进行探索和研究。①

高丙中教授在“人类学家传记丛书”总序中写道，“人类学者的成年礼是一个人的马拉松”，其他学科是在书房里、教室里读出来的，人类学是读不出来的，读不出来不一定是别的原因，其实是自己是否经得住一种心理的成长过程。② 我很赞同这个观点，如同我的研究一样，这些年我去过很多不同的国家，每次归来都有新的认知，我试图努力离开自己所熟悉的场域，近距离地走进受访者的世界，才能真正让自己获得一次心灵的洗礼。

行动者网络理论的研究通常以人类学的经验描述为基础，布鲁诺·拉图尔将人类学的方法开创性地应用到了科学知识社会学（Sociology of Scientific Knowledge，SSK）领域中，建构了科学人类学研究方法。该理论试图探究行动者之间相互建构、共同演进的多种异质性要素组成的网络，消除了西方传统哲学中的主体与客体的二元分立知识论预设，回到混沌、权利与实践的本体论哲学。③ 目前，学者们对于“行动者”的界定比较宽泛。科学实践中的一切参与要素，包括人类的、非人类的、宏观的、微观的等，凡能对事物状态改变起到作用的，都被纳入行动者行列，并置于相对平等的位置，通过“转译”来实现利益一致性。④ 行动者不仅包括人，还包括制度、观念、技术、生物、信息等。行动者网络就是通过行动者彼此之间的相互联系、作用和影响，以揭示“黑箱⑤”中事物的本质及其建构过程。

海外华侨华人的行为对此次抗疫起到了哪些关键性的作用？抗疫合作是如何组织与分工的？在抗疫过程中遇到哪些阻碍，又是如何突围的？他

---

① 郝国强：《近10年来中国海外民族志研究反观》，《思想战线》2014年第5期，第57－64页。

② 高丙中：《海外民族志与世界性社会》，《世界民族》2014年第1期。

③ 郭明哲：《行动者网络理论（ANT）：布鲁诺·拉图尔科学哲学研究》，复旦大学博士学位论文，2008年，第2页。

④ CALLON M. The sociology of an actor-network: the case of the electric vehicle, mapping the dynamics of science and technology: sociology of science in the real world. London: Palgrave Macmillan, 1986: 19－34.

⑤ LATOUR B. Science in action. Cambridge, Mass: Harvard University Press, 2005: 4.“黑箱”（black box）是拉图尔借用的控制论概念，此概念指被控制论者用来表示任何一部过于复杂的机器或者任何一组过于复杂的命令。

们个人或者其家庭因为这次疫情受到哪些改变？华商和他所经营的企业在逆境中如何抉择，又是如何创新？哪些类型企业在这次疫情中得到突围？这些都是本书研究和关注的重点。布鲁诺·拉图尔在《潘多拉的希望》(*Pandora's Hope*)① 中提到，科学知识的目的在于描述自然实在。也就是说，不受主观意见和社会文化因素的影响，而是剖析一个客观真相，观察它，让它自己说话，这是一种存在于独立客观的外在世界，也就是用科学来揭开真实理性的本质，而不是一切固有的假说。因此，为方便更完整地理解跨国抗疫网络的复杂性和实践创新性，本书将以民族志与科学人类学相结合的视角，透过华侨华人的层层实践过程和情境分析，正在发生中的民族历史记忆新图景悄然形成。

因为疫情，我虽然不能亲临受访者现场，但通过视频会议、微信和电话等通信方式，同样能充分感受到海外华侨华人的生活状况和所受影响，这种方式甚至超过以往的采访速度，更加高效快捷，也是对田野调查方法的新探索和尝试。采访通过结构式与半结构式的访谈设计，汲取受访者的不同信息，经过整理与解读，从整体上把握海外华侨华人在疫情中的慈善行动、反歧视抗争和商业活动三个层面的内部要素之间的利益相关性与互动关系。

针对五大洲十多个不同国家的华侨华人群体进行调研后，他们的叙事给我留下了深刻的印象。除了对突出的海外华侨华人个人和群体进行追踪采访，我还加入他们组建的多个微信救助群进行考察，结合中外媒体对相关事件跟踪报道的非参与式观察，力图获得对他们的行为和相关意义的解释性理解，从而挖掘研究对象更深层次的异质要素，让他们实现自我定义和转型。抗疫过程具有地域跨度大、参与范围广等情景依赖性特点，适合采用质性研究方法找寻各种社会现象的内在逻辑。

本书选取了巴西、澳大利亚、法国、意大利、西班牙、美国、加拿大、日本、新加坡、俄罗斯、南非、博茨瓦纳十二个国家的受访者作为深入访谈对象。基于前述我所提到的田野调研的内容，选择访谈对象的样本

---

① LATOUR B. Pandora's hope: essays on the reality of scientific studies. Cambridge, Mass: Harvard University Press, 1999.

有如下因素考虑：其一是社团组织完善，侨领有相当强的号召力和影响力。侨胞的社会服务意识和现代公民意识水平较高，慈善意识较强，侨界的社会慈善救助已经形成常态化机制。在海外华侨华人抗击新冠肺炎疫情的“上半场”行动中，抗疫行为在本区域的华侨华人社会中，具有较好的代表性。其二是受访者接受调研的意愿和主动性。我在接触不同国家的采访中发现，介于国际政治的敏感性和不确定性，如果受访者对访谈的要求是以非公开形式进行，那么相关内容就无法在我的书中呈现。其三是疫情暴发的走势。海外疫情最先开始在日本和欧洲暴发，而后美国成为全球疫情感染人数最多的国家，接着拉丁美洲的巴西和非洲感染人数大幅增加。澳大利亚虽然并不严重，但作为文化多元的新移民国家，海外华侨华人一直与国内联系非常紧密，对疫情的了解和共生性更加直接。新加坡是除中国外唯一一个由华人为主体族群组建的国家，也是疫情特别要关注的地方。样本的选择不仅仅是个体行为，更体现了民族研究中的群体性特征。当然，我也在此特别说明，没有列入样本案例的素材还有很多，这并不意味着其他国家的华侨华人抗疫行为不重要。

第二章

慈善传统与文化认同

中华传统文化源远流长、博大精深，在五千年连绵不断的中华民族文明史上产生了重大而深远的影响。陈来提出中华文明的核心价值是“责任先于自由，义务先于权利，社群高于个人，和谐高于冲突”①。中华文明核心价值所强调的仁爱原则、礼教精神、责任意识、社群取向，以及对王道世界的想象与实践，贯穿于两千多年的历史实践，彰显出中华文明对关联性、交互性伦理的特别重视，以及对多样性和谐的特别推崇。中华文化的特征是以群体为本位，以家庭为中心，由小及大，由近及远，由亲及疏，延伸拓展形成社会人际网络。②

慈善文化作为中华传统文化的瑰丽一章与重要组成部分，经过几千年的积淀与演进，形成了自身独特而精到的核心概念及思想体系。慈善文化正像一颗宝石，镶嵌于中华文化的桂冠之上，以其人性的宗旨、和谐的架构，形成了各个流派、各种学说的基本内核：儒家主张的“仁爱”，道家主张的“为善”，佛家主张的“慈悲”，墨家主张的“兼爱”，以及那些流芳百世的“老吾老以及人之老，幼吾幼以及人之幼”“恻隐之心，仁之端也”“积德累功，慈心于物”“善者吾善之，不善者吾亦善之”“天下兼相爱则治，交相恶则乱”“从善如登，从恶如崩”“勿以恶小而为之，勿以善

---

① 陈来：《中华文明的核心价值：国学流变与传统价值观》，北京：生活·读书·新知三联书店，2015 年。

② 费正清编：《中国的思想与制度》，北京：世界知识出版社，2009 年。

小而不为”等千古智慧的结晶。[①] 现代慈善早已超越财富的世俗含义本身，社会责任、乡土情结、民族精神都在其中熠熠生辉。弘扬慈善文化所要达到的境界就是要在全社会营造浓郁的人文关怀的氛围，减少冲突，调和矛盾，使社会呈现一种稳定和谐的状态。这与推动构建人类命运共同体的中华民族伟大使命理路相通，逻辑内在统一。

海外华侨华人社会对慈善文化的传承，也表明了中华文化的蓬勃生命力。华人在海外重建了各种文化认同与社会网络，以华商与侨领为核心形成了各种华人社团，组织多种活动，互帮互济，处理群体内部事务及与当地社会的关系，形成了以血缘为纽带的宗亲会、以地缘与方言为纽带的同乡会馆、以业缘为纽带的商会、以信仰为纽带的各种宗教团体等。“达则兼济天下”，成功华商勇于担当社会责任，不仅承担着华人社会的公益与公共事业，而且反哺当地社会，或回馈家乡与祖籍国。特别令人感动的是，各地的华文教育在他们完全自发组织下发展起来，形成华文基础教育、职业教育乃至高等教育的体系，却不需要当地政府出一分钱一分力。海外华人社会形成了富有生机和内在活力的自发秩序与自生机制。华商弘扬中华慈善文化，彰显社会责任与情怀，对世界繁荣与和平贡献卓著。[②]

近年来，随着新老交替的结构性变化，饱含祖国情怀的老一辈华侨华人逐渐淡出历史舞台，海外新生代，即新华侨华人和华裔新生代，正逐渐成为华侨华人社会的主体，以新的姿态走进公众视野。一般而言，新华侨华人是指改革开放（1978 年）以来通过赴海外留学、就职、定居等方式移居国外的华侨华人。新华侨华人是相对于 20 世纪 70 年代末期以前的老华侨华人而言的。华侨是指定居国外的中国公民。[③] 外籍华人是指已加入外

---

① 李济慈：《慈善文化：以传统为根时代为翼》，新华网，http://www.xinhuanet.com/gongyi/2017-02/16/c_129480631.htm，2017 年 2 月 16 日。

② 龙登高：《中华慈善文化源远流长》，《金融博览》2018 年第 6 期。

③ 以《中华人民共和国归侨侨眷权益保护法》的有关法律规定和国务院侨办《关于界定华侨外籍华人归侨侨眷身份的规定》（国侨发〔2009〕5 号）为依据，“华侨是指定居国外的中国公民”。国务院侨办对“定居”的界定是指中国公民已取得住在国长期或者永久居留权，并已在住在国连续居留两年，两年内累计居留不少于 18 个月。中国公民虽未取得住在国长期或者永久居留权，但已取得住在国连续 5 年以上（含 5 年）合法居留资格，5 年内在住在国累计居留不少于 30 个月，视为华侨。而加入住在国国籍者，为外籍华人。

国国籍的原中国公民及其外国籍后裔和中国公民的外国籍后裔。关于海外"华裔新生代"的界定，目前学术界没有一个统一的标准。有的学者认为，华裔新生代有广义和狭义之分。广义的华裔新生代是指在中国大陆、台湾、香港、澳门以外出生的华人；狭义的华裔新生代是指在中国大陆、台湾、香港、澳门以外出生，并正处于少年儿童和中青年阶段的华人。我在后者的基础上进行补充，华裔新生代指其家族长期定居在国外，且在住在国当地传承到他（她）这一代至少已经是第二代的外籍华人群体。[①]

一、海外华侨华人现代慈善事业总体概述

我国传统文化蕴含慈善观，慈善是中华民族的优秀传统美德。中华文化具有生生不息、历久弥新的强大生命力。海外华侨华人对慈善文化延绵传承，重建多元化的文化认同与社会网络。以侨领为核心形成的各种海外华人社团，或互济互助，或施善教化，促进了华人与当地文明交流、社会融合及推动了经济发展。

（一）海外华侨华人向中国大陆的慈善捐赠

近年来，华人慈善事业日趋成熟，从早期通过侨汇向家乡捐资助学，到如今各种慈善机构相继兴起，推动着中国救济与公益事业的发展。改革开放40余年以来，广大华侨华人及港澳同胞向内地社会公益事业的捐赠从2003年的600亿元人民币，到2017年累计增长已超过1 000亿元人民币（因数据可获得性，这里是华侨华人与港澳同胞的捐赠额合计数）。[②] 其中，仅捐建内地中小学、职业教育、大学等各类教育项目即占慈善捐赠的一半以上。

国务院侨办统计的2017年接受华侨华人、港澳同胞捐赠最多的16个省市，按受赠金额高低排列依次为：福建（12.39亿元）、广东（8.51亿

① 一些移民新现象，如孩子虽然出生在国外，但长期在中国居住的情况，不作为海外华裔新生代的研究对象。

② 该数据来源于时任国务院侨办主任许又声在2018年第十三届全国人民代表大会常务委员会第二次会议上发布的《国务院关于华侨权益保护工作情况的报告》。

元)、浙江(2.62 亿元)、上海(2.01 亿元)、江苏(9 915.94 万元)、河南(5 377.38 万元)、四川(3 216.04 万元)、云南(2 853.42 万元)、湖北(2 627.92 万元)、贵州(2 134.96 万元)、陕西(2 112.40 万元)、青海(1 752.40 万元)、甘肃(1 536.63 万元)、湖南(1 388.10 万元)、海南(1 036.08 万元)、重庆(1 028.60 万元)。可以看出,闽、粤、浙、沪4个省市受赠均超亿元,其受赠金额合计占全国总额的 85.93%,其中,闽、粤两个传统侨务大省受赠金额占总额的 70.34%;其他受赠超千万元的省市有 12 个,大多是中西部省份,捐赠资金为地方民生改善和社会发展提供了有力支持(见图 2-1)。①

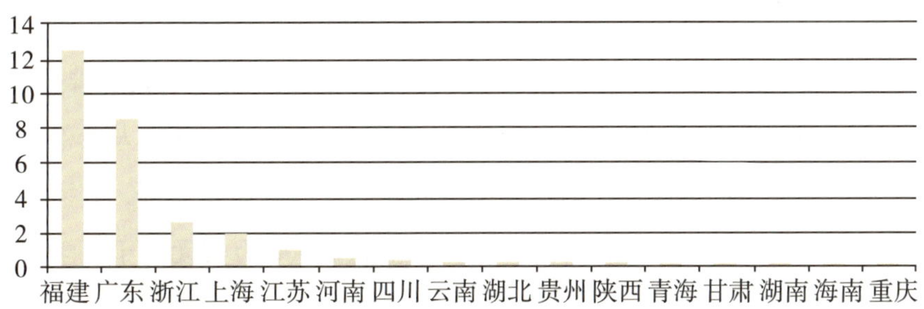

图 2-1 2017 年华侨华人、港澳同胞捐赠大陆的省市情况(单位:亿元)

资料来源:国务院侨办官网,清华大学华商研究中心,2018 年。

(二)海外华侨华人慈善家与基金会发展

华侨华人慈善事业以全球为视野,以促进人类的福祉为目标,侨乡、中国只是他们全球慈善的一部分。因此,他们的捐赠不分地域、民族、国家、性别等,捐赠的社会化程度明显提高。② 经济实力的提升是促成华人慈善捐助活动的一大因素。经过几代人的努力,华侨华人积累了雄厚的资本实力和经济资源,已有能力为住在国的慈善事业做出贡献。很多华侨华

① 国务院侨务办公室:《2017 年侨务部门受理华侨华人、港澳同胞慈善捐赠 29.71 亿》,http://www.gqb.gov.cn/news/2018/0207/44334.shtml。

② 陈世柏:《新世纪华侨华人、港澳同胞慈善事业在中国大陆的前景展望》,《八桂侨刊》2011 年第 1 期。

人在向祖（籍）国捐款的同时，把住在国当成自己的第二故乡，在发展自身的同时，开始积极融入当地社会，勇于承担社会责任，并向住在国展现负责任、有担当的华人形象。

海外华侨华人、港澳同胞慈善家积极参与捐赠，无论在私人或者组织层面，慈善捐款金额都不断升高，成立的基金会数量也越来越多。

《“全球华人慈善行动”首期研究报告》关于美籍华人慈善的统计显示，从机构数量看，全美共有近 1 300 家华人基金会，在 2000 年至 2014 年期间，华人基金会的数量增长了 418%。基金会中心网统计数据显示，从捐赠金额来看，自 2008 年到 2014 年，美籍华人捐赠额翻了五番，仅 2014 年，由美籍华人慈善家进行的大额捐赠就高达 4.92 亿美元，约 30 亿元人民币。①

海外华侨华人慈善家热衷捐赠教育事业。根据“全球华人慈善行动”论坛所公布的数据（见表 2－1），2000 年到 2017 年，美籍华人慈善家的捐款流向中美不同的高校，捐款金额也创新高。以陈启宗为例，其家族向哈佛大学捐款 3.5 亿美元，向南加州大学捐款 2 000 万美元用于医学教育的研究。②

表 2－1　美籍华人前十大投向教育捐款（2000—2017 年）

捐赠者	受赠高校	金额	年份
陈启宗 （Ronnie Chan）	哈佛大学 （Harvard University）	3.5 亿美元	2014
	南加州大学 （University of Southern California）	2 000 万美元	2014

① 该数据来源于亚美公益促进中心郭志明在 2018 年“全球华人慈善行动——清华论坛”上所作的主旨演讲。

② 该数据来源于亚美公益促进中心郭志明在 2018 年“全球华人慈善行动——清华论坛”上所作的主旨演讲。

（续上表）

捐赠者	受赠高校	金额	年份
杨致远夫妇 (Jerry Yong & Akiko Yamazaki)	斯坦福大学 (Stanford University)	7 500 万美元	2007
谢明夫妇 (Ming Hsieh)	南加州大学 (University of Southern California)	5 000 万美元 3 500 万美元	2010 2006
赵锡成 (James Chao)	哈佛大学 (Harvard University)	4 000 万美元	2012
段永平夫妇 (Duan Yongping & Liu Xin)	中国人民大学 (Renmin University of China)	3 700 万美元	2010
谢成刚夫妇 (John & Anna Sie)	科罗拉多大学 (University of Colorado)	3 400 万美元	2008
程正昌夫妇 (Andrew & Peggy Cherng)	加州理工大学 (California Institute of Technology)	3 000 万美元	2017
王周克璐 (Lulu Wang)	威尔斯利学院 (Wellesley College)	2 500 万美元	2000
唐仲英 (Cyrus Tang)	上海交通大学 (Shanghai Jiao Tong University)	1 600 万美元	2014
冯国经 (Victor Fung)	香港大学 (The University of Hong Kong)	1 500 万美元	2011

资料来源：美国洛杉矶亚美公义促进中心，全球华人慈善行动报告，2018 年。

2017 年 6 月胡润研究院发布《2017 胡润全球华人慈善榜》（Hurun Global Chinese Philanthropy List 2017），重点分析了历年慈善捐赠额超过 5 亿元的在世港澳台及海外华人慈善家（见表 2－2）。其中，美籍华裔、马克·扎克伯格的妻子普里西拉·陈成为港澳台及海外华人首善，扎克伯格夫妇 2016 年卖掉了价值 70 亿元的 Facebook 股票，以资助其慈善机构。手机游戏公司 Kabam 的周凯文和妻子陈康妮向母校美国加州大学伯克利分校哈斯商学院捐赠 1.75 亿元，位列第二。周大福的郑家纯家族上市公司捐款

1.72 亿元，位列第三。《2017 胡润全球华人慈善榜》中的总捐赠额为 83 亿元，比上一年增长 60%，平均捐赠额 4.9 亿元，比上一年增长一倍，是中国大陆前 100 位慈善家的平均捐赠额的 3 倍。①

表 2－2　2017 年胡润港澳台及海外华人慈善榜

单位：万元（人民币）

姓名	捐赠总额	公司名称	总部	籍贯	年龄	主要捐赠
马克·扎克伯格、普里西拉·陈夫妇	700 000	Facebook	帕洛阿尔托	美国、华裔	33、32	向慈善投资机构资助 70 亿元
周凯文、陈康妮夫妇	17 500	Kabam	旧金山	—	36	以个人名义向母校加州大学伯克利分校哈斯商学院捐赠 1.75 亿元
郑家纯家族	17 200	新世界/周大福	香港	香港	70	上市公司捐款 17 162万元
吴聪满	16 000	美佳世界	奎松	福建	65	以集团名义向菲律宾政府捐赠 1.6 亿元建造戒毒中心
李达三、叶耀珍夫妇	12 000	声宝—乐声	香港	浙江宁波	96	以夫妇名义向母校复旦大学捐赠 1 亿元，向宁波诺丁汉大学捐赠 2 000 万元成立“李达三讲席教授基金”
陈江和	10 000	赛得利	新加坡	福建莆田	68	以基金会名义捐赠 1 亿元支持中国和“一带一路”沿线国家开展双边人才培训项目

① 《2017 胡润全球华人慈善榜》，胡润百富网，http://www.hurun.net/CN/Article/Details?num=8715BF84DA69。

（续上表）

姓名	捐赠总额	公司名称	总部	籍贯	年龄	主要捐赠
郭鹤年家族	9 950	嘉里建设	新山	福建福州	94	上市公司捐款9 945万元
林高演	9 700	恒基兆业	香港	—	65	以基金会名义向江西2所高校、7所中学捐赠7 200万元，向福建福州捐赠2 500万元建设智华博物馆
曾宪梓	9 000	金利来	香港	广东梅州	83	以个人名义向奥运会中国金牌运动员捐赠9 000万元鼓励
李嘉诚	7 420	长江实业	香港	福建莆田	89	以基金会名义向奥克兰大学慈善捐款2 400万元，向应届香港中学文凭试考生捐赠2 565万元，上市公司捐款2 228万元
张虔生家族	6 866	日月光	台北	台湾	74	以母亲名义捐赠6 866万元成立讲座
程正昌、蒋佩琪夫妇	3 000	熊猫快餐	洛杉矶	—	70、70	以夫妇名义向加州理工学院捐赠3 000万元建造医学工程大楼
古润金	2 870	完美	中山	广东中山	58	以集团名义向中国禁毒基金会捐赠1 000万元，向广东省青少年发展基金会捐赠500万元，向暨南大学捐款500万元

（续上表）

姓名	捐赠总额	公司名称	总部	籍贯	年龄	主要捐赠
魏基成	2 800	ABC 纸业	悉尼	广东揭阳	33	以慈善机构名义向内蒙古捐赠价值 2 600 万元助听器
谭锦球	2 700	颂谦	香港	广西钦州	55	以个人名义向香港义工联盟捐赠 2 700 万元
吴光正	2 610	会德丰	香港	浙江宁波	71	上市公司捐款 2 610 万元
杨受成	1 610	英皇	香港	—	73	上市公司捐款 940 万元，以基金会名义向江苏盐城龙卷风冰雹受灾地区捐赠 500 万元

资料来源：胡润研究院，清华大学华商研究中心，2017 年。

（三）慈善的嬗变：观念、组织、领域

慈善文化作为一种观念形态，有着极其深刻的哲学背景和社会因素。从早年移民成立的“宗亲会”“会馆”等互助组织到如今的现代慈善事业多元化发展，华侨华人的慈善公益事业日渐成熟。从捐款方向看，慈善形式越来越多元化，实现了从实物到资金再到基金会的专项捐款的转变；捐款地域从以侨乡为主变为向全国辐射，特别向中国中西部贫困地区倾斜；捐款领域从以教育为主，变为逐步涉及医疗、灾难、重大事件、社会民生等各个方面。华人慈善组织长期以来在华人社区和当地民众中开展助危济困、关爱融入、公益回馈和社会服务等有意义的活动，彰显了华侨华人之间的帮扶互助形象。① 例如，2008 年汶川发生特大震灾，据不完全统计，五大洲 45 个国家和地区的华侨华人以及港澳台同胞参与了捐款灾区的行

① 《第八届世界华侨华人社团联谊大会》，新华网，http://www.xinhuanet.com/overseas/2016-05/18/c_128992754.htm。

动，捐款超过13亿元人民币；多年来正大集团为中国社会公益事业累计捐款金额超过5亿元人民币；澳大利亚华人慈善组织"光明之行"每年派遣志愿医疗队到中国贫困地区，开展义诊和扶贫助学等公益活动；来自102个国家和地区的35万海外华侨华人及港澳台同胞向北京奥运会合计捐款9.3亿元人民币建设奥运会场馆"水立方"等。①

国务院侨办统计数据显示，目前海外华侨华人社团约有2.5万个，2017年度各级政府侨务部门共受理华侨华人、港澳同胞向国内的慈善捐款总额合计29.71亿元人民币，同比增长38.83%，捐赠总额比上年增加8.31亿元人民币。捐助领域主要集中在教育事业、社会事业、卫生医疗和生产生活等，比例如图2-2所示。② 由此可见华侨华人及港澳同胞的捐赠偏好，教育仍然是他们关注并捐赠的最主要领域，其次为社会事业、卫生医疗和生产生活。

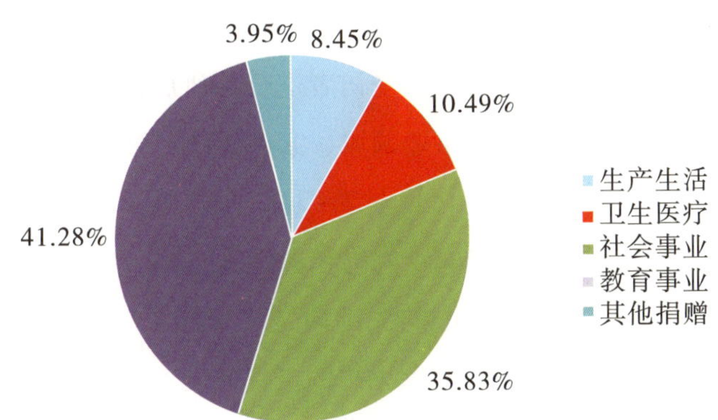

图2-2 2017年华侨华人、港澳同胞捐赠领域比例

资料来源：国务院侨办官网，清华大学华商研究中心，2018年。

中国从国家层面长期倡导通过传播慈善文化，发扬慈善精神，弘扬传统美德，践行社会主义核心价值观。海外侨胞的捐赠行为与政府对慈善的

---

① 张秀明：《改革开放以来华侨华人对中国慈善事业的贡献探析》，《华侨华人历史研究》2018年第4期。

② 《2017年华侨华人等慈善捐赠29.71亿》，慈善公益报（网络版），http://csgyb.com.cn/news/yaowen/20180514/18465.html。

态度密切相关。[①] 这些年慈善事业快速发展，很大程度上弥补了政府在社会保障投入上的不足。例如国务院侨办成立“侨爱工程”，中国侨联发起“中国华侨公益基金会”，福建省侨联发起中国第一个省级华侨公益基金会——福建省华侨公益基金会等，反映了中国政府对慈善的重视程度越来越高，海外华侨华人慈善意愿也随之增长。

二、慈善捐赠的行为动因

海外华侨华人捐款大体上经历了由非理性捐赠向理性捐赠转变的过程。他们在国内兴办公益事业，此前主要是出于报效桑梓、刻碑留名、纪念先人等目的。现在，捐款的目的则更加务实，有着经济和政治方面的追求和愿望，希望能在某一方面有所回报或者提高影响力，与祖（籍）国建立更深层次的合作关系等。慈善成为沟通海内外最快捷有效的阳光桥梁。当然，单纯以慈善作为眷恋故土、回报社会方式的慈善家也不在少数。

根据 2011 年《亚洲家族慈善调研报告》[②]，关于家族慈善事业的主要激励因素，在对 100 多位华侨华人受访者进行调研后发现，家族价值观与传承、长辈教育与鼓励、家族事业领域、家族传统、强化家族的联系、家族管理或税收为主要考虑因素（见图 2 - 3），特别是第一代慈善家对家族所属的地区、种族和文化更具有认同感和责任感。

亚洲的华侨华人慈善最核心的关键词是“家族”，这是中华传统文化中“家国同构”“家国情怀”儒家思想的当代体现。家族企业、家族传承和家族财富管理，体现了中国传统文化的基因图谱。自公元前 500 年孔孟思想萌芽开始，家族的观念就已深深烙印在中华民族的文化信仰之中。相比西方社会，国人对于家族更加重视，也更利于营造家族成员和谐相处的环境。调研数据显示，74% 的超高净值家族依靠实业经营积累财富，其家族财富规模分布在 5 000 万到 5 亿元人民币的区间。92% 的受访家族当前介入了实业经营。以实业经营致富的家族多数仍保有实业经营，通过非实业经营致富的家族也将家族财富再投资于创立实业，说明超高净值家族普

---

① 邓国胜：《中国富人捐款水平及其变化原因》，《中国行政管理》2013 年第 2 期。

② 龙登高、张洵君：《海外华商在中国》，北京：中华工商联合出版社，2014 年，第 150 页。

遍将实业经营视为创富之源。国内家族一代的成功形象与刻苦耐劳的事业精神，潜移默化地让二代形成对一代的尊敬与对家族的认同。超过80%的受访者以身为家族一分子为荣，并乐于投身家族事业。①

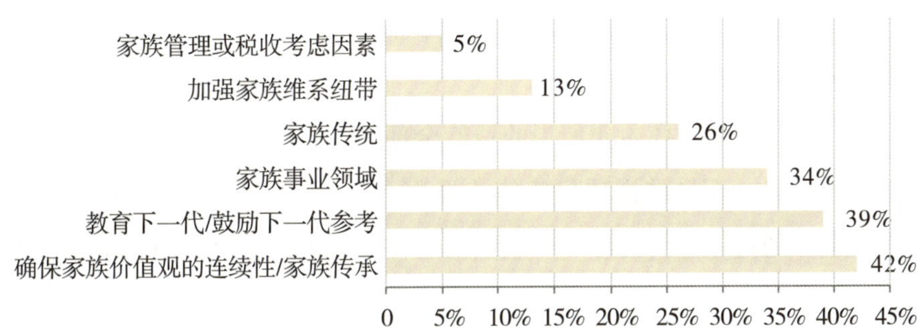

图2-3　华侨华人家族慈善事业的主要激励因素

资料来源：《亚洲家族慈善调研报告》，瑞银集团（UBS）与欧洲工商管理学院（INSEAD），2011年。

而北美华人方面，在美国洛杉矶亚美公义促进会（Asian Americans Advancing Justice—Los Angeles）发起的《“全球华人慈善行动”首期研究报告》中指出，三大因素是美籍华人慈善家的捐款动因：一是出于行业兴趣、从属关系、实用性、影响力；二是宗教、经历和家庭的影响；三是社会影响。

通过上面的比较可以发现，华侨华人从事慈善的动因是非常多元的，不能一概而论。身处不同的国家，受其文化差异的影响，捐款动因自然不同。缺乏对不同国家文化方面和地缘因素的考虑，就很难判断价值观的形成，从而对慈善动因的判断过于片面。但一般而言，家庭、兴趣以及人生经历是多数慈善家捐款的共同动机。

从投向国内的捐赠款看，人民币进账目前还是主流，虽然捐赠方主要来自广大华侨华人及港澳同胞，但事实上许多款项出自他们在国内的投资或资产。同时，捐赠呈现三个特点：一是在自己的家乡捐赠，回馈父母、

① 中国工商银行私人银行调研数据，2017年。

家乡对他们的养育之恩；二是在事业所在地捐赠，回馈当地对个人事业上的支持；三是奖教助学也比较多。

很多调研往往忽视国与国之间的文化差异。汉密尔顿认为中国社会是由“制度化的社会关系网组成的，这些网络的参与成员只承认与他们有私人义务关系的人群”①，家族之间的情谊、信任和义务是海外华侨华人群体捐款时经常考虑的因素。

华侨华人捐赠群体希望所捐的钱能全部用在项目建设上，他们不仅关注项目的结果，而且重视项目实施的过程，关心项目后期的运行及发展。一些慈善家通过基金会已经有着成熟的运作和管理经验，他们希望能够了解和掌握资金的用途，实现效率最大化。西方国家慈善事业发展早，且规范和成熟。中国慈善事业处于起步阶段，伴随着中国《慈善法》的颁布及社会的关注，近些年，慈善事业的透明度、规范化等方面也得到很大的改善，这对于海外捐款的持续性至关重要。

三、慈善代际差异和认同特征：从“他者叙述”到“我者建构”

随着财富在富裕家族中的不同代际成员之间传承，热心公益慈善事业的新一代慈善家们开始崭露头角。但由于不同的时代境遇、个体化的人生经历、变迁中的社会价值观，客观存在的代际差异形成了，这使得新一代创业者与他们的父辈们相比，在对慈善事业的定位、所关注的慈善领域、行动方式等方面迥然不同（见表2-3）。

① HAMILTON G G，DE GRUYTER W. Asian business networks. Berlin：Walter de Gruyter，1996：6.

表2-3 家族慈善代际差异分析

代际类别	老一辈慈善家	新一代慈善家
教育背景	捐款态度和途径主要受传统文化的影响，年少时很少接受正规的教育	不仅接受正规教育，而且很多名校毕业，并接受过西方教育理念
生活环境	往往是白手起家，经历了艰难打拼的创业过程	成长于优渥的家庭环境中
文化认知	受中国传统文化的影响	受西方文化和国际趋势的影响
身份认同	对于祖籍国有“叶”对“根”的感情，认同自己是“龙的传人”	祖籍国的概念渐渐淡化，更关注中国整体的发展和国际性的慈善事业
捐款领域	慈善捐款领域相对狭窄，主要以捐款捐物为主，多集中于教育行业以及重大灾难和扶贫的捐赠	兴趣更加广泛，不仅关注教育、医疗和扶贫，同时也关注艺术、文化和环境等诸多领域，很多年轻捐赠者还将目光投放到住在国的社会事务中
捐款动机	多数以情感为纽带、以结果为导向	从兴趣点出发，参与感增强，知识转化，像经营企业一样对待慈善，找到慈善带给他们的快乐和成就感
运作模式	方式简单、老套、传统	模式创新，运用互联网、大数据、新媒体传播等现代化信息技术，并将现代企业经营中资产运营、风险管理等先进方法运用在慈善公益事业中

资料来源：清华大学华商研究中心，2018年。

美国知名亚裔研究学者——加州大学洛杉矶分校（UCLA）周敏教授认为，当代国际移民虽然种族背景和社会经济地位不同，看起来还保持着自己的族裔身份认同、文化传统以及与祖籍国的联系，但是他们及其后裔有着强烈的融入移居国主流社会和被其接纳的意愿①，这反映了新一代华人慈善家们具有不同的社会融入价值观，从而影响着现代慈善事业的新发

① 周敏、刘宏：《海外华人跨国主义实践的模式及其差异——基于美国与新加坡的比较分析》，《华侨华人历史研究》2013年第1期。

展动向。华裔新生代不同于期待“落叶归根”的父辈、祖辈。华裔新生代的父辈、祖辈们是“他者的华人”，是一部中国近现代移民史，“从殖民统治者到被奴役的臣民，从独立后民族国家执掌大权的统治集团到洋溢民族主义激情的知识精英，从颐指气使的大富豪到埋头养家糊口的升斗小民，‘华人’与周边‘他者’之间呈现出错综复杂的互动关系”①。而在住在国出生的华裔虽然是华人的一部分，但不属于国际移民。特别是华裔新生代，更是“我者建构”“落地生根”的一代，生活观念、价值取向、社会体验、个人行为选择等方面有着与前辈不同的特征。

（一）自我认知与价值取向

华裔新生代往往生活在双重文化认同中寻找自我认知的平衡。他们与祖辈的感受不一样，一是他们的家族在住在国当地传承到他（她）这一代至少已经是第二代。由于他们出生、成长于住在国，基本没有受过母文化的熏陶，大多既不能听也不能说中国话，更不会写中国字。他们接受了住在国的文化教育和生活方式，其中的许多人缺乏对祖籍国的感性认识，故土观念比较淡薄，对中国传统文化的认知相对少一些。二是一些新生代在融入当地主流社会中难免对母文化有些陌生。有的认为学习中文平时很少会用，所以索性不学习中文，从而与长辈产生了分歧，很多新生代也会因此而感到困惑。这实际折射出的是华裔新生代身份认同与文化认同的问题。虽然有的父母也在极力向他们介绍中国的传统文化，但他们接受的是住在国教育，且融入当地社会的意识强。一些新生代仍然保留着华人“族源”的记忆，但在多元文化主义趋向下，华裔新生代的族群认同、国民认同、祖籍记忆将不断趋向均衡发展。

（二）开拓进取与创新思维

华裔新生代的观念已由老一辈的“落叶归根”转变为“落地生根”。

---

① ［美］孔飞力著，李明欢译：《他者中的华人：中国近现代移民史》，南京：江苏人民出版社，2016 年，第 38 - 39 页。

他们更加注重改善生存环境，提升社会经济地位，拓展生存发展空间。投资时更加理性务实，注重生态、经济、社会的三重效益，不再受制于本土观念的牵制，世界各地都是他们视野中的选择目标。

在改革开放 40 多年来，新华侨华人和华裔新生代中涌现出一批科技人才和企业家，他们正在不同行业崭露头角，活跃于世界的舞台。老一代华侨华人企业家往往是白手起家，经历了艰难打拼的创业过程，大多没有机会接受系统完整的高等教育。新一代慈善家往往成长于优越的家庭环境中，大多接受过西方教育，具有国际化视野，将慈善作为塑造家族企业社会责任形象的重要手段。① 在进行慈善行动的过程中，他们不仅限于简单的捐款捐物，而是像经营企业一样对待慈善，以慈善事业吸纳专业化人才，进行专业化管理，熟练应用新技术新工具，主动积极参与慈善进程，以各自兴趣点出发，找到慈善带给自己的成就感和满足感。

华裔新生代的创新与开拓，与父辈的言传身教密不可分，同时也刻上了自身成长经历和时代变迁的烙印。如励媖中国联合创始人及总裁——新加坡华裔陈玉馨表示，2013 年，她创办励媖中国，致力于在教育、技术、企业家精神等方面帮助女性提升自我发展能力。美国南加州大学职能科学与职能治疗学部的华裔助理教授陈文扬表示，作为美国华裔的一员，他对智能科学和智能治疗学颇有兴趣，正在美国积极与世界顶尖的大学合作。美国唐仲英基金会执行董事梁为功在采访中表示，与老一代的华侨华人相比，新华侨华人和华裔新生代更善于运用数据、科技、媒体等现代化技术，并将资产管理、项目管理、风险管理等专业化知识应用到现代经营管理事业中。鉴于这些年中国经济的持续发展，越来越多的海外华裔新生代积极与中国合作，中国也通过各种政策吸引他们回祖籍国发展和投资，并开展交流与合作。

（三）多样性和复杂性

华裔的成长背景、祖籍地，以及他们所生活的国家不同，导致华裔群

---

① 陆波：《行善天下：一个公益经理人的跨国札记》，北京：中国社会出版社，2016 年，第 27 页。

体的文化背景颇具多样性，有的华裔新生代对中国了解甚少，又不懂中文，与其他非华裔的外国人相差无几。还有一些华裔新生代由于受到家庭的教育和环境的影响，也部分由于自身对中华文化的热爱，体现出其基于民族身份认同而产生的认同感和责任感。不同于老一辈华裔把生活、交际圈子都集中在“唐人街”“中国城”这样的华人社区，新生代华裔更渴望彰显自己的“主人”身份，提升自己的社会、政治地位。但是，作为东方移民的后裔，祖籍国的人们用打量外来人的眼光看他们，在住在国民众眼中，他们依旧还是“外国人”，难以与住在国社会建立真正密切的关系，他们融入当地主流阶层依然需要长期的过程和努力。华裔新生代呈现出多样性和复杂性的特征，他们可能在族群身份上认同华人，在国家政治身份上认同住在国，在语言和生活方式上有多重结构，在价值和文化取向方面也是混合认同的状态。

客观上来看，华裔新生代与祖籍国有渐行渐远的趋势，是离散在全球各地的一个特殊的华人群体。他们已经不是传统意义上的中国人，而是有着不同国家、不同成长背景造就的完全不同的特质。但他们与祖籍国的渊源仍然难以割舍，一些人仍然存在着强烈的民族自豪感和文化归属感，珍惜和维系着与祖籍国之间的亲情纽带。

四、疫情中的慈善与人类命运共同体

大疫如大考，如何应考，值得深思。但毋庸置疑，这次重大公共卫生事件为慈善事业的创新提供了契机。只有在疫情中，我们才有可能更加全面细致地观察并思考慈善公益的起源和作用。这是因为，突如其来的疫情从某种程度上将整个社会最大可能地还原到“自然状态”。在这种状态下，我们看到了人性的各种写照，看到了各类组织的真实能力。在这个特定的时空下，我们才能在“看得见的”之外，思考和发现更多“看不见的”。

从主客观两方面而言，慈善公益在现代社会生活中已经成为一支推动社会进步的重要力量。虽然从整体而言依旧是一种边缘性的力量，但正是这种边缘性力量，带来新的视野和实践。这里，我们将扶贫济困、抢险救灾、突发事件中的应急施救等慈善行为，称为传统慈善。如 1998 年大洪水、2008 年汶川大地震等超强自然灾难中的慈善救助、捐赠行为。这次在中国乃至全球发生的新冠肺炎疫情，是历史上罕见的灾难。虽然它与传统的自然灾难同样具有突发性、严重的危害性，但又有许多不同的内容和特点。自然，与之相适应的慈善行为也呈现出不同的特征。海外华侨华人跨越国界的慈善行为，更是具有其鲜明的特点，主要表现在以下几个方面：

一是筹募形式发生新的变化。在传统的筹募中，一些慈善机构和社会公益团体，在事件发生的第一时间，往往通过举办大型文艺晚会、社会名流餐会、拍卖会等，广泛动员社会力量，唤起和激发人们的捐赠热情。这次疫情的暴发，由于受援对象和环境的特殊性，这类活动和形式自然不是首选。为适应外部环境的变化，大多数华侨华人和侨团采用线上募捐方式。事实证明，这一新形式同样取得了不逊以往的成绩。

二是捐赠的地域、范围广泛且分散。这与传统慈善捐赠的情况有很大不同。一般情况下，捐赠地域范围比较局限。而这次疫情范围既广泛又多变，使组织慈善捐赠遇到了新的难题。可能昨天位于不同国家的华侨华人还在支援中国，而很快他们所处的地域或者国家就成了需要被援助的对象。这种多变性让人一下子很难适应，更何况海外华侨华人分布广，所以跨越国界的救助在此次救援中体现得淋漓尽致。仅中国华侨公益基金会就收到捐款累计折合超过 2.7 亿元人民币，捐赠者覆盖六大洲。①

三是捐赠物品和捐赠渠道的特殊性。口罩等防疫物资成为各国主要稀缺资源。国内疫情暴发初期，防疫物资紧缺，广大华侨华人为了采购到防护用品和医疗器械全球扫货，既有满街搜罗，也有重金购买。国际运输不畅，海外华侨华人便想方设法、千方百计地把防疫物资运送回国，有的利用航空及国际物流等运输渠道，有的甚至采用蚂蚁搬家的方式，先将物资集中到机场，再委托来华人员以随身行李的方式“人肉护送”。“史上最长行李托运单”“最美带货人”“口罩航班”层出不穷，不一而足，一系列感人事迹令人动容。

四是慈善公益的模式呈现多元化。当国际疫情蔓延时，海外华侨华人

---

① 《2020 中国公益年会｜乔卫：华侨华人在公益慈善事业中发挥着独特作用》，《公益时报》，2020 年 12 月 30 日。

自发组建 SOS 互助群，联系国内的专家帮助海外华侨华人在线解答疑难问题、提供心理疏导，向留学生等困难群体提供免费爱心餐，设立轻症患者隔离点、24 小时紧急救助电话等。许多国外民众在自家门外的信报箱内惊喜地发现了华侨华人邻居投放的口罩和精心编译的防疫小贴士；许多国外医院、学校、警察局、养老院陆续收到了华侨华人捐赠的防疫物资；许多国家的侨团主动请缨，帮助当地政府与中国医疗器械生产企业对接；一些华商通过经营模式的创新开展对当地困难群体和生态环境的救助……华侨华人力挺住在国的用心用情，一如当初他们支援祖（籍）国的尽心尽力。

这些新的慈善变化在以往的经历中不曾有过，这也是外部环境影响下的首次慈善创新。慈善事业作为国内外的社会服务提供者、社会发展重要力量、社会治理现代化的重要参与者，伴随着中国改革开放 40 余年的不断深化得到迅速发展，也是全球治理体系中民间交往、民生项目、民心相通和构建人类命运共同体的重要载体。这充分体现了中国提出的构建人类命运共同体的重大倡议，具有全球视野、人类情怀的大格局，在世界大发展大变革大调整中确立了人类文明走向的新航标。中国文明已经深刻地加入了全球化的进程中，中国的命运不可能只局限于 960 万平方公里的土地，中国的命运与世界的命运紧紧连接在一起，成为一个人类命运共同体。

在构建和谐社会、消除贫困、增进繁荣方面，海外华侨华人发扬了爱国爱乡的优良传统，为中国慷慨捐赠，为建立一个富裕、文明、民主的中国贡献了力量。华侨华人慈善事业不仅代表着对祖（籍）国的热爱、眷恋之情，也是人类向善的追求。他们不仅为住在国抗疫作出了贡献，也将中华民族乐善好施的传统美德传递到住在国民众的心里，用实际行动践行了人类命运共同体理念，让世界再次领略到了中华儿女的大爱与担当。

中国的现代慈善事业还只是刚刚开始，海外华侨华人，特别是华裔新生代对于中华慈善文化的认同还需要经历一个较长期的过程。文化是一个国家、一个民族的灵魂，文化自信是一个国家、一个民族发展中更基本、更深沉、更持久的力量。文化是一个民族的魂魄，文化认同是民族团结的根脉。[①] 没有文化认同，就不可能坚定文化自信。进入 21 世纪以来，国际形势跌宕起伏、复杂多变，不稳定因素明显增多，这给文化自信带来新的挑战。要从文化认同，到民族认同，再到国家认同，最终实现中华民族伟大复兴。

我们必须清晰地认识到，文化认同是坚持文化自信的基石，没有高度的文化自信，就没有文化的繁荣兴盛和中华民族伟大复兴。而慈善是全世界人类共通的语言，慈善文化渗透在经济和社会发展中，它是中国与世界的沟通桥梁。海外华侨华人心系祖国捐款捐物，是中国社会现代化建设中的一支重要生力军。展望未来，华侨华人慈善事业的不断壮大，将为中国与世界的繁荣发挥积极作用。同时，华侨华人投身慈善公益事业，为提升中国参与全球治理、推动人类命运共同体建设作出巨大贡献。

这次疫情期间，我采访了多位慈善捐赠活动的组织者、亲历者和民间文化传播者。让我们一起跟随他们的脚步，重新认识那片国度里的华侨华人群体，感受他们身上真实发生的故事。

巴西

中国正能量在这里延续

巴西和中国分别为南北半球最大的发展中国家。中巴两国 1974 年建交，双边关系保持着良好发展，中国已经成为巴西最大投资来源国。[②] 自 2009 年以来，中国一直是巴西最大的贸易伙伴，巴西是“一带一路”向拉美延伸的重要支点。

巴西是拉美地区华侨华人移民历史较长、人数较多的国家。全巴西华侨华人总数在 25 万到 28 万，主要集中在圣保罗和里约热内卢两个巴西沿

① 习近平总书记2019 年9 月27 日在全国民族团结进步表彰大会上的讲话，http://www.qstheory.cn/zhuanqu/2021－03/10/c_1127195333.htm。

② 张秋生：《拉丁美洲华商：历史、现状与展望》，《八桂侨刊》2019 年第4 期，第47－56 页。

海城市。[①] 巴西也是一个移民国家，大部分是混血家庭。

巴西华侨华人来自中国各地，早期主要来自广东台山。从 20 世纪开始，浙江青田人陆续抵达了巴西。自 20 世纪 70 年代末中国开始改革开放，大量的中国新移民来到巴西，很快就成了巴西与中国贸易的主力军。对比老一辈华侨华人，这时候来的新移民眼光更开阔，既懂巴西国情商情，又通中国国情商情，在中国与巴西、中国与拉丁美洲之间的经济交往中发挥黏合剂作用。[②]

巴西华侨华人从事的职业较广，除中餐馆、百货店等传统行业外，还主要从事进出口贸易、农场种植、养殖加工、超市、石油化工、陶瓷制造等行业。发展到今天，新移民在巴西的进口贸易中发挥着越来越大的作用，为中巴两国间经贸往来的扩展作出了不可替代的贡献。

作为“金砖五国”之一的巴西，拥有广阔的土地、丰富的物产资源，它在 20 世纪 70 年代就已创造出南美“经济奇迹”。然而，20 世纪 80 年代末期国际大宗商品价格大幅下跌，使得大部分依赖资源出口的拉美国家经济受到重挫，再加上缺乏先进的生产技术，工业结构不完整，巴西出现了严重的通货膨胀，巴西货币雷亚尔不断贬值。[③] 巴西经济衰退，造成当地社会治安持续混乱，给当地华商带来不同程度的困扰，他们在巴西面临的竞争越来越激烈。

虽然巴西全国华人社团的准确数字难以统计，但可以用数以百计来形容。2008 年，仅圣保罗地区参与捐助四川汶川大地震的侨团、宗教团体、中资机构、文教团体就超过 100 个，巴西华人社团的数量之多由此可略见一斑。在巴西新移民中，以乡缘为代表的华人社团（同乡会）比较健全。巴西新移民有良好的慈善传统和健全的慈善机制。社团组织完善，侨领很有号召力，包括全国性号召力。侨胞的社会服务意识和现代公民意识水平

---

① 束长生：《巴西华侨华人研究文献综述与人口统计》，《华侨华人历史研究》2018 年第 1 期，第 30 – 40 页。

② 高伟浓：《中巴经贸关系与中国新移民华商》，《深圳大学学报（人文社会科学版）》2019 年第 4 期，第 134 – 144 页。

③ 陈涛涛、徐润、金莹等：《拉美基础设施投资环境和中国基建企业的投资能力与挑战》，《拉丁美洲研究》2017 年第 3 期，第 19 – 37 页。

相对较高，平时的慈善意识比较强，对当地弱势群体、自然灾害和祖籍国家乡的慈善活动已经常态化。[①] 一旦发生社会性危机，在需要慈善服务的关键时刻，侨团都能比较快速地开展慈善服务。

在巴西圣保罗有一个统一的并得到各省同乡会支持的“全侨性组织”，它是当地最大的侨团——巴西华人协会（以下简称“华协”）。这次疫情中，华协的捐赠和帮扶可谓功不可没，既高效又创新。在巴西的第二大城市里约热内卢，侨领孙特英更是充分体现了海外华侨华人的新形象与奉献精神。

华协成立于 1980 年，在 40 多年的发展过程中，协会不断帮助华人、团结侨社。现在，华协已经成为领导当地 50 多个侨团的龙头协会，侨团的会长都在华协中兼任副会长等职务。

2018 年 6 月，华协团结各方力量，促成了巴西时任总统特梅尔签署法案，以立法的形式将每年的 8 月 15 日定为“巴西中国移民日”。同年底，中国新闻社将该事件评为年度“全球华侨华人十大新闻”。[②] 2019 年，世界华侨华人社团联谊会授予华协“华社之光”的荣誉。[③] 巴西侨社的团结氛围在本次抗疫中发挥了非常积极的作用。巴西侨胞们在中国抗击疫情的关键时期，主动捐款捐物，万里驰援祖国，彰显了血脉相连、守望相助的同胞亲情。疫情蔓延至巴西以后，不少侨团又积极向当地捐助防疫物资，树立了旅巴侨界大爱无疆、患难与共的良好形象。

华协驰援祖（籍）国抗疫

疫情暴发后，华协第一时间组织华侨华人捐款捐物支持武汉抗疫。面对新冠病毒这一共同的敌人，华侨华人空前团结。侨领在抗疫中的组织、协作与创新能力得到提升。华协会长张伟作为全程抗疫的组织者与领导者，在接受采访中首先提到，在抗疫初期，通过微信和新闻报道，得悉家

---

① 高伟浓、徐珊珊：《巴西华人社团的类型及发展特色》，《八桂侨刊》2013 年第 2 期，第 48 - 53 页。

② 《巴西侨界庆祝“巴西设立中国移民日”获评华侨华人十大新闻》，中国新闻网，https://baijiahao.baidu.com/s?id=1622513313684708309&wfr=spider&for=pc，2019 年 1 月 13 日。

③ 《第九届世界华侨华人社团联谊大会授予十家侨团“华社之光”荣誉》，中国侨网，https://baijiahao.baidu.com/s?id=1634843473495608798&wfr=spider&for=pc，2019 年 5 月 30 日。

乡疫情非常严重，这牵动着海外华侨华人的心，出于对祖（籍）国的热爱，很多知道消息的海外游子都想为家乡出一分力，帮助家乡渡过难关。对身在异国他乡的华侨华人来说，此时最行之有效的方法莫过于为家乡筹集善款和抗疫物资。

2020 年 1 月 26 日，张伟第一时间号召各侨领组建救援队，同时发起“驰援祖国疫情”募捐活动。张伟通过原有的会员关系网络，呼吁下设的 50 多个侨团捐款捐物，每个侨团会长又以微信群和电话等方式，动员更多的会员加入进来。一些非会员华侨华人得知情况，也陆续参与到捐赠队伍中。侨胞们心系家乡的安危，为抗击疫情，众志成城，踊跃参与，慷慨解囊。经过多方联络和巴西所有侨团的不懈努力，在短时间内就筹得了近百万美元的善款，并迅速在巴西当地投入寻找与购买医疗物资的工作中，为此还专门成立了华协物资组，主要负责采购、分配、派发等工作。

购买医疗防护物资并不是件容易的事，他们找遍当地所有的药房，相关医疗物资都已所剩无几。通过多方寻找，他们在离圣保罗市几百公里外的城市找到了进口商，经了解，所有的防护物资的产地都是中国，大部分还是之前从湖北进口的。而最大的进口商就这么一家，而且很多侨胞和中资公司都在竞相向此公司下单，相互竞价，此公司也借机抬高物价。最终经各侨团通力协作、资源共享、统一采购，几番周折，购得了大量的一次性外科口罩、N95 口罩、防护服、护目镜、防护面具、手套等医疗防护物资。

物资是买到了，但怎么运回去？几乎所有快递公司的物流派送都要在一个月后才有空位，如何能快速通过巴西烦琐的通关手续也是亟须解决的问题。侨领们商议后确定以下四个方案：巴西华人协会—圣保罗总领馆—国航；巴西华人协会—圣保罗总领馆—巴西外交部—DHL 物流；其他商业航班；侨胞“人肉带货”。因此，在中国驻巴西使领馆支持下，华协迅速与圣保罗国际机场海关建立快速清关通道；同时也得到中国国航公司驻圣保罗办事处的支持，国航支援以免费货运的形式将所购物资分批发往中国湖北、湖南、河南、北京、上海、福建、江苏、安徽、浙江等省、市的慈善总会、红十字会及基金会。此外，有部分物资是在中国驻巴西大使馆和圣保罗总领馆的积极推动下，由巴西外交部支付运费，通过 DHL 发往中国。为能尽快将防护物资送到最需要的地方，不少华侨华人自发采购医用物资，通过回国人士携带行李搭机方式捐给国内的医疗单位。考虑到救援物资实在太多，结合运输渠道所能承受的风险性、安全性和时效性，华协所收集购买的大批物资主要依靠国航包机的途径运回国内。

法国著名哲学家布鲁诺·拉图尔在其行动者网络理论中这样描述：社会其实是“一种特殊的重新联结和重新组合的运动”①。华协此次捐赠也是通过与各利益相关者的联结，经过招募、动员、分工等一系列“转译”，建构了海外华侨华人的抗疫网络。由于侨领具有当地广泛的人脉资源，并与国内保持着紧密联系，他们是这场跨国救助的主要发起人与号召人，也是这场跨国救助网络的关键行动者。

蒋幼扬是华协的副会长，这次抗疫捐赠的各项细节工作，他一直亲力亲为。2020 年 1 月 30 日，他通过圣保罗一家上市医疗集团的渠道购买到了 38.5 万个口罩，他非常激动能一下找到这么多货源。连续多天要组织物资运输工作，那段时间他基本没有休息时间，一干就是大半夜，但当他看到救援物资顺利抵达家乡时心里总有满满的成就感。2 月 7 日他在朋友圈中发布了这样一段话：“巴西到中国航班停得差不多了，国航要经停西班牙，我们要跟西班牙抢仓位，今天预定要走的一批 140 万个口罩最后只发走了 67 箱，巴西华侨想支援家乡太难了。”疫情期间多个国家都缩减或者停飞到中国的航班，为了能将货物顺利送达国内，海外华侨华人使出了“十八般武艺”。

1 月 31 日，巴西华侨华人的朋友圈中不停转发一张图片，图片中的一位女士手中举着一个牌子，上面写着：我们的国家正经历突如其来的肺炎病毒袭击，医用口罩告急，现巴西华侨筹集了一批口罩捐赠给正在一线抢救病人的医护人员，恳请好心人帮我们带到中国。她的背后是一箱箱打包好的救援物资。巴西侨界询问后了解到此事是真实的，这让大家心急如焚，纷纷伸出援助之手，帮助解决物资运输问题。“在各方的共同努力下，通过在机场找侨民随身携带回国的方式，最终将货物成功送回国内，心中

---

① LATOUR B. Reassembling the social: an introduction to actor-network-theory. New York: Oxford University Press, 2005: 4-7.

的一块大石头终于落地了。”蒋幼扬提到图片中的那位女士在机场足足守护了四个小时，反映了巴西华人的强烈责任感和大爱无疆。

巴西使领馆在参与抗疫过程中为侨团提供了有力的国际物流帮助。使领馆先是与国航协商确定了为侨界免费运输抗疫物资的政策，同时联系巴西圣保罗机场海关，希望他们提供报关方面的协助，之后侨领团队中负责物资的成员到海关与负责出口报关的联邦税警总负责人协商具体流程，最终为华协物资出口打开了一条快速报关通道。华协出口的抗疫物资无须进行烦琐的在线申报流程，只需提供简单的手写申报单和使领馆照会①即可顺利通关。报关流程完成后，华协物资组发物资清单给使领馆，由使领馆再发公函给国航，让国航提供免费物流的配合，最后飞机经停马德里抵达中国各个省份（见图2－4）。

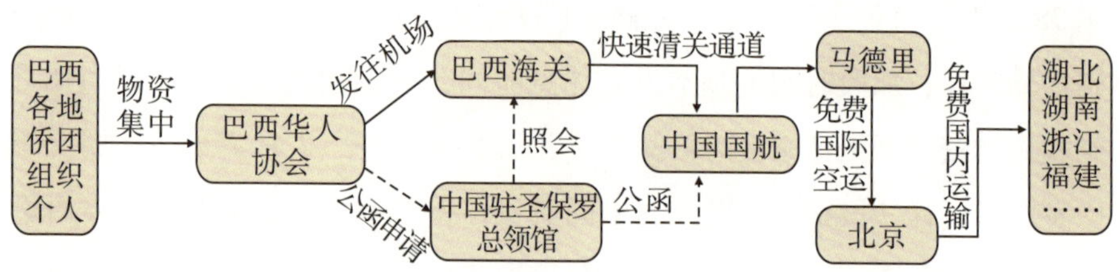

图2－4 巴西各行动者之间的协作关系

概括地说，在这个阶段侨领和侨团救援队是负责侨社动员、物资组织、物资集散和发送工作的关键行动者，使领馆提供了侨团与本地相关部门以及侨团与航空、铁路等物流间的连接、协助和支持工作。

侨领将任务层层分解，通过高效的组织与号召力，以及对原有人脉资源的整合和行动者彼此间的信任，从而吸引更多华人群体参与到救助中，并为每个行动者分配任务，抗疫救助网络恰是在原有的人际关系网络基础上的延伸和创新。根据华协统计，此次向中国累计发送物资 49 批次，共

① 照会，指为了协助中国抗击疫情，巴西华人协会提供将出口某批次的物资，每批次物资包括哪些具体的内容以及数量的信息，希望圣保罗机场海关本着人道主义的精神，尽快办理通关手续。这个照会是圣保罗海关要求的，为了证明防疫物资的真实性，确保里面不会夹杂其他物品，使领馆也只为巴西华人协会的物资出具了照会。

18.66 吨、171 立方米、包括 380.35 万个一次性外科口罩、308 198 个 N95 口罩、15 723 副护目镜、28 820 件防护服等。

图 2－5　巴西华人协会第一时间帮助中国筹备救援物资

为巴西人民和侨胞加油

自 2020 年 4 月以来，巴西新冠肺炎疫情日益严峻，单日新增确诊病例和死亡病例数均位居拉美地区首位。疫情不仅导致巴西的医疗资源和防疫物资紧缺，还让部分民众的生活因为停工失业、收入锐减而陷入窘境，甚至解决温饱成为一大难题。在这个特殊的困难时期，侨领开始组织救援团队向当地侨界和巴西政府、医院、特殊人群提供物资援助。

华协首先通过视频会议的方式，邀请中巴两国医生共同进行线上交流会，答疑解惑，帮助当地民众消除恐慌心理，以科学的方法面对病毒。之后，又组织温州医科大学附属第一医院的医生、巴西圣保罗一线医疗专家，以及同乡会成员参加交流会，为侨胞普及新冠知识。通过华协和 Demazo 健康咨询公司牵线，巴西当地著名的叙利亚—黎巴嫩医院专家、巴西连锁医疗机构创始人与中、美、印、埃的一线专家一起参与央视直播节目，学习中国抗疫经验。华协发布了节目在YouTube、Facebook、Twitter等媒体平台和CGTN频道直播的消息，在侨胞群体和巴西各界友人中引起广泛响应。

在巴西最大的城市圣保罗，2020年5月8日，华协与本地教会合作，向巴西贫困人士分发1 000份“基本食物篮”，里面包含大米、黑豆、糖、盐、咖啡、食用油、面条等基本食品以及肥皂、洗涤液、厕纸、牙膏等清洁用品，以应对疫情对巴西弱势群体带来的冲击。为了支持巴西华侨华人的防疫工作，华协向有切实防疫需求的侨胞免费发放爱心防疫物资。

此外，国内多个地区，特别是华协在驰援祖（籍）国疫情时支援过的相关省市的政府部门和企业单位，也陆续为华协捐赠物资。其中，武汉、温州、河北、新疆捐赠的物资，包括口罩等防护物品，以及连花清瘟胶囊、甘草茶饮等，通过空运或海运陆续到达巴西。2020年4月4日，华协会长张伟带领志工小组的成员来到中国商会，将第一批从国内寄来的物资封装成每包含有10个医用口罩的26 000个爱心抗疫包，他们为封装工作整整忙碌了一天。4月6日，张伟和几位志工一大早就来到中国商会做前期准备工作。下午2点以后，来领口罩的华侨华人越来越多，门口排起了大长队。为了方便统计领取情况，华协副会长蒋幼扬用了三天时间紧急开发App，“很多都是我们以前从来没有接触的，这次App的开发也是现学现用”，蒋幼扬说，“有了这个软件，分发工作就方便多了”。志工们首先让大家扫描一个二维码，进入小程序后录入个人信息，负责接待的志工在审核资料信息后，将一个个爱心抗疫包发放给巴西侨胞。拿到爱心抗疫包的侨胞们在离开时一再向华协表示感谢。就这样，在华协工作人员的齐心协力下，第一次的派发工作就接待侨胞近300人。之后华协又增加了几个发放点，帮助了更多的巴西华侨华人。

2020年7月，我看到巴西华人朋友圈中经常出现中国盒饭的很多图片，里面有虾、牛腩、鲳鱼等。我向蒋幼扬咨询后得知，这是华协联合浙江省侨缘公益会、浙江省侨联餐促会在7月16日至8月15日举办的“浙里有爱　爱心中餐”活动，助侨暖侨，鼓励和慰问在巴西抗疫的华侨华人。餐券由圣保罗各侨团从华协领取并发放给有需要的侨胞。蒋幼扬告诉我："本次活动持续30天，为侨胞免费提供共计12 000份爱心午餐，每天有400份，希望用爱心满满的中餐，为巴西华侨华人带去一分温暖和关怀。"

由于在疫情最严重的那段时间，使领馆不能对外办公，华协考虑到一些侨胞的认证工作会被延误，于是再次组织侨团，负责起部分侨胞身份的临时认证工作。例如为华侨子女考试加分提供华侨身份临时认证工作（待使领馆恢复办公后进行文件补办）。温州同乡联谊会还在疫情期间开通了为侨服务"全球通"办公室，结合人脸识别、远程签字等高科技手段，与温州市民中心、各政府有关部门、公证处连线，免费为侨胞提供办理公证、翻译、房产、社保、旅行、户籍、车驾、民事仲裁等服务。除温州地区外，其他地区若承认此服务合法性的，有关侨胞也可办理。在使领馆暂停对外业务、侨胞回国昂贵且困难重重的情况下，新挑战与新机遇并行，为侨社服务开辟出另一条道路。

在2021年中国传统新春佳节之时，巴西侨领又忙于为侨界筹办过年事宜。华协联合巴西侨界，举办为侨胞春节送温暖活动。他们为因感染新冠或因疫情导致生活困难的侨胞送上春节祝福，并发放春节慰问金。他们说，慰问活动以往每年都会举办，但今年的意义最为特殊。

通过采访华协的侨领，我们理解了巴西华人抗疫行动者网络中各成员的彼此互动过程（见图2－6），其中非人类行动者包括微信、视频会议、人脸识别、远程签字等新科技手段的应用，以及各种救援物资和物流运输工具等，而人类行动者则是捐赠方，包括侨领、社团、华商等与祖（籍）国和住在国各方的联结。为了筹措救援物资，早日实现战胜病毒的共同目标，侨领作为关键行动者，通过明确其他行动者的利益相关性，招募和动员更多社会力量纳入网络中来，并持续跟进网络的"转译"过程，一旦出现"异议[①]"，为了保持网络的稳定性，关键行动者会为相关利益群体重新

① CALLON M. Some elements of a sociology of translation: domestication of the scallops and the fishermen of St Brieuc Bay. Sociological review, 1984 (32): 196－233. "异议"常常渗透在网络创建与运行过程中且随时发生。"异议"是对关键行动者的质疑、讨论、协商、拒绝等所有表现形式。"异议"产生时，其他行动者拒绝跟随关键行动者，不接受方案中的角色定位和行动承诺，表现出对网络的"背叛"。因此，无论"异议"发生在哪个环节，都需要第一时间进行处理，否则就会影响到合作网络的创建和稳定运行。

调整任务，因此在动态的网络中，侨领和侨团灵活创新的组织能力和管理能力发挥了重要作用，他们为其他行动者分配任务并激发其在网络中的能动性。巴西华侨华人的抗疫行动者网络的形成和演化体现了人与非人、内部与外部行动者之间有机构成性的相互交织，从而最终实现异质性的跨国抗疫行动者网络。

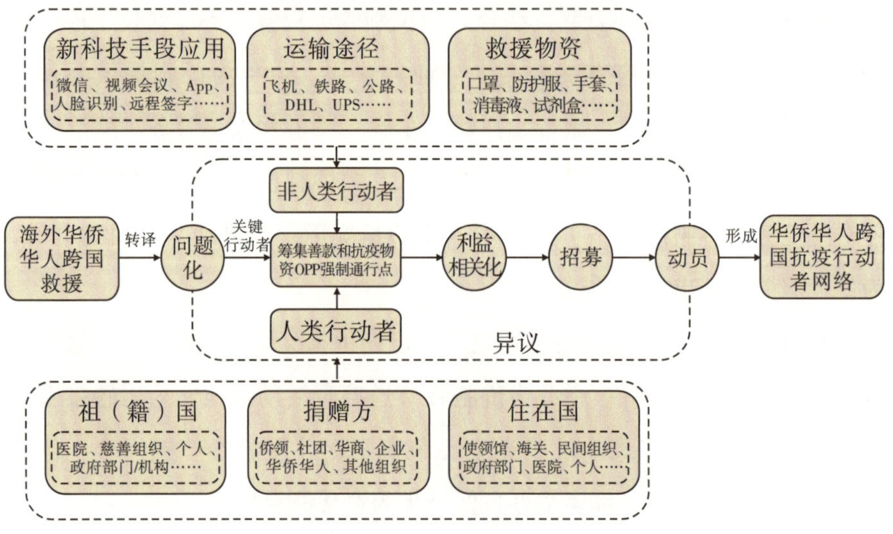

图 2－6　海外华侨华人跨国救助抗疫行动者网络模型

巴西

阳光正义的“阿兰”

在巴西的华人圈子中，“阿兰”这个名字，可以说是无人不知无人不晓，或是因为她帮助过太多初到巴西的华人，或是因为她曾为那些在巴西受到迫害的华人四处奔走和打抱不平，也或是因为她从一个“提包”女成为巴西里约热内卢商界响当当的人物，这样一位充满着传奇色彩的华人女性就是巴西华人文化交流协会荣誉主席孙特英。

最初采访她的时候，她那爽朗的声音、热情洋溢的笑容给我留下了深刻的印象。因为研究需要，我多次向她请教巴西的情况。但巴西和中国时差 10 个小时，基本每次都是我早上她晚上，或者就是我晚上她早上。即使因为时差问题而造成不便，她还是不厌其烦、细致地回答每一个我提出的问题。通过几个月的接触，我对她鲜明的个性和她的传奇经历都有了更加深入的了解。

1967 年 1 月 1 日，年仅 13 岁的孙特英便与父亲和弟弟一起从老家温州来到了巴西里约热内卢，至 2021 年她已经在巴西度过了 54 个年头。孙特英说，家族中她的爷爷是在 1925 年最早抵达巴西的，她的家族在巴西已经有六代了，她是第三代，所以她非常感谢巴西这片热土能够收留和滋养他们这个大家庭，巴西已经成了他们的第二故乡，她的家庭也早已融入巴西当地的主流社会。

在家中，她和身为大学教授的丈夫育有一儿两女，她始终向孩子们传递家乡好、中国好的观念。孙特英常说："你永远改变不了你是中国人的脸孔，根不能忘。"在弟弟孙华凯心中，姐姐是一路相随相伴最亲的人："总觉得姐姐是不会老的，每天都是那么开心、乐观、热情，有用不完的能量。"

初到巴西的孙特英，还来不及感受这座城市的繁华，便匆匆扛上"提包"，开始了自己的经商生涯。为了生存，她和来到这儿的华族一样，做起了巴西街头的"提包"生意。这让我想起了高伟浓教授笔下栩栩如生的巴西华人"提包客"：他们将各种各样的家庭用品全装在一个大提包内，提在手上或背在肩上，来到居民住宅区，伸手按响门铃，见到屋主后，即开门见山地说有货要卖，如果屋主迎入客厅，"提包客"即将包内货物全数取出来，任凭挑选，然后讨价还价，成交付款，完事后即告谢退出，再寻另一家，如此一遍又一遍枯燥地重复着。①

经过不懈的努力，仅仅三年的时间，年仅 16 岁的孙特英就靠着赚到的钱在巴西购买了一套住宅。18 岁那年她已经拥有一辆属于自己的车。凭借着她与生俱来的悟性和温州人天然的"生意人"属性，1989 年，她结束了"提包"生涯，成立了属于自己的进出口公司。

---

① 高伟浓、张应进：《巴西华人"提包业"探昔》，《八桂侨刊》2019 年第 1 期，第 49－58 页。

从20世纪末开始，巴西经济出现了严重的通货膨胀，货币贬值，经济衰退带来了很多负面影响。[①] 在巴西华人社会流传着这样一句话——“有事找阿兰”。孙特英在缩小事业经营范围的同时，开始为当地社会团体提供服务。每个来到里约热内卢的华人，只要能力所及，她都会热情招待、悉心帮助，努力为前来求助的华人解决燃眉之急。

巴西里约热内卢时常发生入室行窃和当街抢劫，特别对在那里生活的华人构成了很大的威胁。由于很多华侨华人怯于当地黑恶势力，怕遭受报复，即便很多人手中握有证据，也不敢报案，纵容得犯罪分子更加猖獗。孙特英曾经用自己的力量帮助当地受害华人群体与警署沟通，将6名罪犯绳之以法。自那次事件后的一段很长的时间里，当地街区的治安状况改善了很多。曾经，侨居巴西20多年的陈建湛在携带自己经营所得的3万多美元出境时，被巴西警方以其所带外汇超过额度且未申报为由扣留狱中严刑拷打致死。这一事件在当时巴西侨界引起强烈的震惊与气愤。为了讨回公正，孙特英和其他几位侨领昼夜奔波，与巴西政界、新闻界，以及社会活动家取得多方联络，经过华侨华人的共同努力，为屈死同胞讨回公道。孙特英说：“大家在国外谋生一定要团结起来，如果不团结，今天受害的是别人，明天就可能是自己。”

万里驰援　共克时艰

就是这样一位一身正气、勤奋乐观、满怀热情且乐于助人的女侨领，在这次新冠肺炎疫情到来之时，即使远在巴西里约热内卢，也为了筹集抗疫急需的医疗物资，开始了一场相隔18 000公里的抗“疫”之旅。

“虽然和祖国相隔千山万水，但我们和国内人民心连着心，现在国内疫情紧急，我们万分焦急。我们要并肩战斗，齐心协力战胜这场严重疫情。”这是中国疫情刚暴发时，孙特英在朋友圈中写的一段话。

2020年1月26日是一个周日，原本是孙特英家族聚餐的日子。可是那天，一群人却都提不起劲来。电视和微信中有关中国疫情的报道，时刻

---

① [英] 维克托·布尔默-托马斯著，张森根、王萍译：《独立以来的拉丁美洲经济史》，杭州：浙江大学出版社，2020年。

牵动着家人的心。家乡温州疫情严重，此时的她心中忐忑，想为家乡做些力所能及的事情。中国当时最缺口罩和防护服，因此她准备发动里约热内卢侨界的力量，聚沙成塔，帮助家乡走出困境。孙特英迅速组建了“巴西里约爱心侨胞捐赠抗疫团队”微信群。没多久，里约热内卢亲朋好友和侨界人士纷纷加入群。不到一周，这个爱心捐助群人数就近 80 人，认捐金额达到 29 万巴币（约 37 万元人民币）。“尽管距离祖国有 18 000 公里，但是里约侨胞的爱国心从不因距离而改变。”孙特英说。

发出爱心捐款集结号的同时，孙特英就紧急联系了 3 家口罩代理商。几天后，有两家代理商反馈，可以提供 304 箱共计 31 000 个 N95 医用口罩，但位置在巴西圣保罗。因为圣保罗机场一周只有两趟飞往温州的国航航班，为了方便快速运到国内，她计划直接将物资送到距离圣保罗机场最近的运输站。

为了争分夺秒，确保救援物资不出状况，她决定亲自从里约热内卢驱车前往圣保罗。当时，我与她交流的时候很不解地问她，为什么这些货不让厂家直接交给巴西最大的侨团——巴西华人协会。她表示，“必须亲自赶来。一要现场验货，看口罩是否符合要求；二要贴上每箱的收货标签，方便国内提货”。常年做贸易生意锻炼了她做事严谨周到的习惯。就这样，她和她的家人驾车 6 个小时，从里约热内卢赶到圣保罗。孙特英说，幸运的是，赶到圣保罗后，经爱心捐助群成员多方筹集，她又购得 15 040 个 N95 口罩和 20 万个一次性医用外科口罩。物资的筹集过程还算顺利，但回想起托运的经历，孙特英说，心情就好比坐过山车一般。

2 月 7 日，46 040 个 N95 口罩和 20 万个一次性医用外科口罩整理完毕，随时等待启运回国。口罩被送到圣保罗机场仓库后，当地下起了大暴雨。再大的雨也阻挡不了孙特英的脚步，她冒着大雨坚持一定要亲自开车赶去仓库。从孙特英发给我的视频中可以看到，路面积水很深，雨水已经漫过她的车门，感觉非常危险。等他们到了仓库，发现雨水已经不断地涌入。“这些是里约侨胞辛辛苦苦找来捐给祖国的，一定要保护好！”为保险起见，孙特英和仓库的工人们一起，把一箱箱物资搬到了卡车里，上演了一场“雨中抢救物资”行动。

“星期天（2 月 9 日）国航有趟航班，争取赶上！”为了跟时间赛跑，孙特英一刻不停联系运输司机、盯着报关员办理出口手续。等一切手续完成后，她又赶紧把通关文件交给物流公司，只期盼着能把货物尽快送上飞机，运回国内。

2 月 9 日当天，孙特英放心不下，一心惦记着物资是否已经上了飞机，便给国航相关负责人发信息询问，对方回答：应该上了。可是到了 2 月 10 日一早，物流公司却反馈说，2 月 9 日的航班要托太多货，她的货无法进舱。心急如焚之下，她又是多方联系，找了中国驻圣保罗总领馆、中国驻里约总领馆、国航在巴西站的相关领导后，终于在各方帮助下，得到一个消息：下一个航班，2 月 13 日，她的货予以“特别优先”上飞机。

随后，孙特英又接到里约热内卢公司电话告知他们订的第二批救援物资已经到货，包括 800 件防护服和 8 300 个 N95 医用口罩，问她是否还要送到圣保罗机场。孙特英深知，温州的 N95 医用口罩需求量非常大，这批货如果再到圣保罗排队，不知道要排到什么时候。她当即决定：“不等国航免费运回国内了，我们自费托运，直接从里约发走。”

巴西时间 2 月 12 日一早，只睡了四五个小时的孙特英亲自将这批货送到里约热内卢机场。因为货物体积太大，她付了 4 500 美金（约 3 万元人民币）的托运费。“此时此刻，只要能把物资运回去，再贵的托运费我们都愿意承担。”孙特英说。这批物资最终通过阿联酋航空公司发货，从里约热内卢起飞经迪拜再飞往北京。爱心捐助群的成员已经联系到温州当地受捐赠部门，这些货到北京后再发回她的家乡。

巴西时间 2 月 13 日上午，孙特英在爱心捐助群内发布了一条消息：“在里约爱国侨胞的同心协力下，医疗物资已于凌晨 2 点 55 分启运回国，大家辛苦了！”此时，等待最新消息的侨胞们终于松了一口气，纷纷表示了感谢。看着这些回复，孙特英笑着说：“我的辛苦不算什么，祖国同胞尽快恢复健康快乐，就是我们最好的礼物！”

就这样，经过两周的努力，两批医疗物资都成功运到了中国，送到了温州最急需的地方。孙特英的心情经历了失望、沮丧，也有着无比的开心、幸福。对于距离祖籍国 18 000 公里外的这位爱国侨领，这次的抗疫经历注定是永生难忘的。此后，巴西的各大侨胞社团和个人都纷纷参与抗疫行动。孙特英多次对我说："中国强大才能让华侨华人更有话语权，我为中国成为世界第二强经济大国而感到自豪。"

可能很多人会疑惑，海外华侨华人都在向祖（籍）国捐赠，为什么我会对孙特英的捐款经历记忆犹新？我想，在一个遥远的国度，一位女性能一如既往地支持祖籍国和家乡、帮扶当地的华侨华人，其中饱含着多么大的热情和决心，支持着她克服各种困难和挑战。或许，这份坚持与勇敢，就是源于刻在一个人内心深处的那份情怀——对祖籍国和家乡最深厚的爱。

我爱第二故乡巴西

"我爱我的第二故乡巴西，没有她，就没有我的今天，我很在乎巴西，希望她一切都好"，孙特英在我主持的"海外华商谈抗疫"巴西专场开场说的几句话，深深地触动了我。是啊，作为一位在巴西生活了那么久的华人，双重文化特性在她身上展现得淋漓尽致。对早已加入巴西国籍的海外华人群体来说，自己赖以生存的国家经济发达、社会安全也是他们殷切的希望。

病毒不分种族和国家，遥远的巴西一样未能幸免。巴西疫情自 2020 年 5 月起急速蔓延，巴西政府没有能力在短时间内有效控制病毒传播，再加之巴西政治动荡，基础设施落后，贫富差距相当悬殊，当地的贫穷人口基本生活都无法保证，更是无能力应对疫情。

得知里约热内卢有许多贫困区居民受疫情影响生活困难，孙特英和当地的侨胞商量后，在里约热内卢华侨华人微信群里募集善款。"我们仅用了一周时间，就募集到 4. 19 万巴币（折合人民币 5. 4 万余元）的善款。"孙特英说。同时，里约热内卢侨胞们还义不容辞地捐赠了 3 000 多份生活基本食品篮给巴西贫民区的居民。当地人收到基本食品篮时有说不出的感激之情。驻巴西的中国企业也纷纷伸出援手，捐款捐物给巴西各州政府、市政府、医院等。呼吸机、医生防护衣、口罩、检验试剂等防疫物资，对于疫情严重的巴西来说可谓雪中送炭。孙特英表示，这一切反映出中巴两国民间的友好和珍贵情谊。

在圣诞节前夕，孙特英组织购买了上千公斤大米、黑豆、面粉、白糖、奶粉、面条、食用油等食品，以及牙膏、肥皂、毛巾、洗洁精、书包、玩具等生活用品和学习用品，连同上千个口罩、酒精等防疫物资，花费一周时间，赠送给里约热内卢当地的盲人福利院、孤儿院、老人院、儿童残障教育中心、儿童癌症收留所、贫民窟、收容所等23家机构，受益人达3 000余人。

图2－7　孙特英捐赠慰问巴西里约热内卢的孤儿院

孙特英告诉我："当天很多盲人以及孤儿们一起为我们表演节目，感谢我们的关怀和善举，我们也非常欣慰和高兴。"之后，一家盲人福利院的负责人向孙特英发来感谢信息，上面写着"你们送来的不仅是宝贵的医疗物资和生活用品，更是温暖人心的力量"。

"我们华侨华人生活在巴西，无论是祖（籍）国有难，还是巴西遭灾，都应该伸出援手，帮助那些需要帮助的人。"孙特英说，希望通过捐赠物资，让当地困难群众在温暖中迎接圣诞节的到来。这些爱心行动树立了华人在海外的良好形象，更坚定了中巴人民携手并肩、抗击疫情的信心。

在与孙特英的交谈中，她多次强调："请不要只体现我一个人，这些是我们里约全体侨胞共同的努力。"通过孙特英所讲述的故事，我们看到，发生在异国土地上的这些抗疫行动，展现了巴西侨胞的责任与担当。爱国侨胞为助力家乡打赢疫情防控阻击战贡献了智慧和力量，彰显了海内外侨胞血浓于水，始终与祖（籍）国同呼吸、共命运，爱国爱乡的赤子情怀。

澳大利亚

2020 年澳大利亚遭受了双重打击：山火和新冠肺炎疫情。澳大利亚经济倚重于三大支柱产业：资源出口、教育和旅游。虽然澳大利亚的新冠肺炎疫情感染人数和死亡率偏低，但控制新冠肺炎疫情的措施使得澳大利亚两大经济领域——教育和旅游，遭受了严重的打击。

作为南太平洋地区最重要的西方发达国家，长期以来澳大利亚一直是中国移民的重要目的地。至 2016 年，澳大利亚华人人口总量已高达 121.4 万人，占全国总人口比例的 5.2%，是澳大利亚最大亚裔移民族群。[①] 澳大利亚华人移民人口众多，他们不仅对澳大利亚经济与社会发展作出了重要贡献，也在很大程度上影响了中澳关系的发展与现状。

中国移民到澳大利亚的历史悠久，大致经历了三个历史阶段：

第一阶段是 19 世纪 50 年代澳大利亚兴起淘金热，中国人蜂拥而至。之后因澳大利亚种族主义排华浪潮兴起，各州严格限制华人入境，致使 1901 年澳大利亚联邦成立后"白澳政策"正式确立为基本国策，只允许白人移居，大部分华人忍受不了欺压，被迫离开澳大利亚。

第二阶段是 20 世纪 70 年代至 90 年代初，这是中国内地对澳移民稳步增长的时期。由于 20 世纪 70 年代初以来，澳大利亚摒弃了种族主义传统，开始执行多元文化政策，这为中国人移民澳大利亚打开了方便之门，与此同时，中国政府逐渐放开了出国留学政策限制，加之"澳籍华人家庭团聚计划"等移民政策出台，也一定程度上促进了在澳中国内地华人人口增

---

① 刘泽庆、颜廷：《十余年澳大利亚中国内地移民人口变化及其对华人社区发展的影响》，《八桂侨刊》2020 年第 2 期，第 18－29 页。

长。尤其以推广留学业务开始，吸引了大量中国留学生赴澳，很多学生学成后以技术移民方式获得澳大利亚居留权。由此，这与 20 世纪 70 年代之前的状况相比已不可同日而语，但即便如此，中国内地出生人口占澳总人口比例仍仅为 0.62%，故对澳社会影响仍十分微弱。

第三阶段是 20 世纪 90 年代中后期以来至 21 世纪初，这是中国内地对澳移民的爆发性增长时期。为重振自 20 世纪 80 年代以来持续萧条了十多年的澳大利亚经济，降低一度高达 10% 的失业率，[①] 20 世纪 90 年代末澳大利亚前总理霍华德进行了一系列移民政策改革，大幅度削减亲属移民和人道主义移民配额，大量扩容技术移民配额，以便吸引海外专业技术人才，这为中国内地华人移民澳大利亚提供了更加公平、广阔的通道，加之 20 世纪 90 年代中期以来中国政府对公民因私出国限制越来越宽松，以及中国改革开放不断深入，经济持续繁荣与发展，激发了中产阶层向西方发达国家移民的无限热情，从而形成了史无前例的对澳移民浪潮。[②]

当然，随着澳大利亚华人移民出现中产化的倾向，以及华人人数不断增加，所谓主流社会出现了比较强烈的反华情绪。而其根本原因在于“白澳主义者”质疑华人对澳大利亚的政治忠诚、对中国快速发展在世界的影响力而感到“威胁”。同时，澳大利亚内部政党的博弈、种族主义的抬头，导致了澳大利亚近年来对华人群体不同程度的歧视。新冠肺炎疫情暴发以来，针对澳大利亚华人群体的歧视变得赤裸裸。澳大利亚媒体更是将这种不和谐放大，污名化海外华侨华人的捐款捐物行为，这在后面一个章节会详细介绍。尽管如此，澳大利亚华侨华人依然在这场疫情大考下表现得相当出色，让我们一起走近这样一位不计成本、甘于奉献的澳大利亚侨领——邝远平。

---

① ［澳］斯图亚特·麦金泰尔著，潘兴明译：《澳大利亚史》，上海：东方出版中心，2009 年，第 227 页。

② 刘泽庆、颜廷：《十余年澳大利亚中国内地移民人口变化及其对华人社区发展的影响》，《八桂侨刊》2020 年第 2 期，第 18 – 29 页。

一个为爱“化缘”的人

他是个传奇，从军人到企业家，再到侨领，一个不停“折腾蹦跶”的传奇。

他所受的教育告诉他，要与人为善、积善成德、仁德至上。这份精神力量让他时刻都想着责任与担当，让他见不得那些困厄、危难与不公。

他虽富足，但每遇重大灾害需要援助时，他总是义不容辞出手大方。从过去到现在，一如既往，初心不改。1998 年抗洪，他不甘人后、为所当为，得到表彰；汶川大地震，他捐款捐物，一马当先；帮扶贫困学生，十年如一日，到处留下他的身影。

特别是这次让世界谈之色变的新冠肺炎疫情，他虽然身在澳大利亚，却使尽浑身解数，远隔重洋向家乡伸出援手；当国内疫情缓解，澳大利亚疫情趋紧的时候，他又向澳大利亚人民献出爱心。借由中澳往返的两次双向包机运输救援物资，这成为跨国抗疫的“杰作”。他与其他侨领一起号召 78 个国家的海外湖北社团合作联盟携手抗疫，树立了全球抗疫合作典范。他不但自己身体力行，还发动公司捐、员工捐、家人捐，连 80 多岁老母亲和 3 岁的孙女都齐上阵，一家四代人各捐一台呼吸机给宜昌市枝江问安镇医院的举动，成就了一段时代佳话。

2020 年他被中央宣传部、国家退役军人事务部、中央军委政治工作部共同授予“最美退役军人”荣誉称号，是获此殊荣的唯一一位湖北退役军人。他，就是中国侨商联合会副会长、澳中慈善协会会长、澳洲杰出华商协会会长、华人集团董事局主席邝远平先生。

全球湖北籍华侨华人合作抗疫

如果你第一次听说由 78 个国家的华侨华人组成的海外湖北社团合作联盟，你一定会觉得比较诧异。组织这么一个庞大的团体可不是一件容易的事，这也让人由衷佩服湖北人的聪明能干。在这次疫情中，这个横跨 78 个国家的社团联盟发挥了重要作用。这也是自联盟成立以来的首次大规模的跨国携手合作，让我们充分感受到了湖北籍华侨华人的那份魄力和担当。

谈到海外湖北社团合作联盟为什么会有如此大的凝聚力，我们还要先从它的成立说起。2018 年初，正值湖北省“两会”期间，很多参会的海内外知名社团侨领列席了湖北省政协海外委员的组合。这次相聚难得，大家希望借此机会以湖北海外商人的爱国情、乡情、友情为纽带，打造海外最大的湖北籍社团和海外侨领合作平台，为住在国和所在地区与中国的经济合作提供全方位服务，经过商议后共同发起了海外湖北社团合作联盟。美国北加州湖北同乡会会长喻鹏成为联盟主席，邝远平为联席主席兼秘书长。当时的初心是以经济发展为目的，但谁也没有料到，仅仅成立不到两年的联盟团体，却在全球抗击新冠肺炎疫情行动中，发挥了独特而重要的作用。

2020 年的春节，一场突如其来、态势凶猛的新冠肺炎疫情如漫天阴云笼罩了荆楚大地，牵动着海外华侨华人的心。“我是从湖北走出来在澳大利亚生活和工作的华侨，许多家乡父老、亲朋好友都身处疫区一线留守奋战，自己身处澳大利亚对他们非常忧心和牵挂。”邝远平得知国内疫情后表示。当看到湖北医疗物资告急通知后，邝远平等几位侨领第一时间通过海外湖北社团合作联盟，向来自全球 78 个国家的湖北籍侨团发出倡议，号召侨领联盟成员要发挥“一方有难、八方支援”的精神，积极主动向湖北省，尤其是武汉市抗击疫情奉献爱心，捐款捐物。

倡议一发出，包括美国、日本、澳大利亚、新西兰、加拿大、法国、英国、墨西哥在内的世界各地湖北社团都积极行动了起来。多个国家的侨团会长与邝远平取得联系并表达了捐赠意愿，并希望邝远平协调帮助采购医疗物资并能及时运到疫情一线。邝远平意识到这不仅仅是募集资金那么简单，还需要物资采购、运输、衔接、捐赠、宣传等方方面面的工作。为此，他与几位侨领商议后，决定成立专门的海外湖北社团合作联盟保障组、宣传组、筹款组、综合组，并面向全球征召爱国爱乡人士成为小组成员，发挥群团群力与家乡一起共度难关。团队成立后，邝远平与工作小组成员们不眠不休地在澳大利亚就地采购、集装、打包、运输，厘清各种通关手续，与受捐方直接衔接沟通，一心为了在最短时间内将物资送到家乡疫情最前线。

众人拾柴火焰高。在多个澳大利亚华人社团组织任职的邝远平，广泛发动爱心企业、华侨华人为祖（籍）国抗击疫情捐款捐物，得到了热烈响应。他亲自召开多个发布会和举办募捐活动，为湖北疫情筹措物资“化缘”。澳大利亚湖北联谊会与新州侨社各大社团组织了武汉抗疫筹委会，他作为募捐召集人之一，现场募集了近百万澳元的物资和善款，在澳大利亚获得了热烈反响；他在澳中新春慈善晚宴的慈善拍卖会环节发表感人至深的讲话，现场总募集现金 15 487 澳元，N95 口罩 1 500 只，护目镜 1 100 副，外科口罩 15 000 只，医用口罩 11 万只，所有募集到的澳币现金用于购买抗疫物资并邮寄给湖北疫区；他代表澳大利亚华人集团向家乡湖北捐赠符合医用和民用国际标准的口罩 10 万只，直接通过湖北省慈善总会华人华侨慈善基金捐给最需要急用物资的湖北及武汉防疫单位；他先后前往塔斯马尼亚、西澳等地动员侨团，连续参加了四场慈善募捐活动，在他的组织下，澳大利亚侨界人士筹集到价值约 2 亿元人民币的物资，为家乡人民早日战胜疫情贡献了力量。

当时适逢春节假期，许多生产口罩等医疗物资的工厂未能开工。疫情抗击任务千头万绪、信息纷繁复杂，为了提高对接效率，加紧支援疫区，邝远平穿针引线、牵线搭桥、多方沟通，与湖北省卫健委、湖北省和武汉市新型冠状病毒感染肺炎疫情防控指挥部、湖北省慈善总会、湖北省红十字会等部门机构有效衔接，为美国、墨西哥、日本、澳大利亚、新西兰等国家的侨领打通捐助渠道。就这样，一批批口罩、防护服等急需医疗用品分批送达湖北，成功捐赠到相关单位。

一次次的集结，一次次的成功送达疫区，靠的是邝远平在背后的辛勤付出。那段时间，他连续两个月废寝忘食，移动办公，兼顾美、加、德、日、俄、澳时差，竭尽全力为海外湖北侨胞捐赠提供各种协助和服务，助力 300 批次医护物资送到家乡防控一线。邝远平表示，在家乡疫情攻坚的关键时刻，海外侨界力量只要团结一致，尽力所能、同舟共济，必能遏制疫情蔓延势头，最终打赢这场疫情防控战。

武汉市委市政府 4 月 30 日专门给海外湖北社团合作联盟发来感谢信，信中说：“在武汉抗击疫情最紧要的关头，在武汉人们最急需帮助的时刻，贵联盟积极响应，侨领联盟抗疫工作小组在第一时间向全球78个海外社团合作联盟单位发出捐款捐物倡议，这充分体现了侨界深厚的家国情怀和守望相助的社会担当，为我们战胜疫情增添了信心和力量。”

实属不易的中澳两次包机　为人称羡

中澳的两次双向包机，成为疫情救助的最大亮点。2020年2月24日，一架从澳大利亚悉尼起航，满载防护服、医用防护口罩等防疫医疗物资的飞机直达武汉。这批物资由澳大利亚华侨华人募捐集结，分发至武汉市各新冠肺炎疫情防控指挥部和部分定点医院。邝远平正是此次包机的发起人和策划人。作为多个社团的侨领，他牵头向澳大利亚华侨华人发出疫情防控物资召集令，告知可以接受爱心募捐物资并免费承运。召集令一发出，澳大利亚侨团、侨界人士纷纷响应。

在他的召集书上写着：我们竭诚为爱心人士和社团做好组织、协调和服务工作。中国湖北省慈善总会、武汉市红十字会负责按捐赠意愿分发到汉物资。每笔物资和钱款，如同快递运送一般，随时查询运行动态，我们保证公开透明，不乱花一分钱，不浪费一件物资，并件件必回复。

邝远平表示，澳大利亚华侨华人的募捐让他非常感动，很多人为祖国抗疫出钱出力，甚至在还没有包机渠道的消息时，大部分人早已经买好了口罩、消毒液等物资放在家里，随时等机会捐到国内。因为募捐物资众多，邝远平想到了通过集结包机的形式展开行动，向全澳大利亚发起召集，动员每一个人，把大家的力量集中起来。短短两三天时间内，侨团组织就接收到来自悉尼、墨尔本、布里斯班、珀斯、阿德莱德及新西兰奥克兰六个城市的各侨团、爱心侨胞捐赠的大量抗疫物资，总价值逾一亿元人民币，其中邝远平执掌的澳大利亚华人集团及旗下企业共捐赠价值1 000万余元人民币的医用物资。这些物资包括医用隔离服、防护服、制氧机、呼吸机、防护面罩、医用口罩等。这些防疫一线急需物资通过波音777货运飞机直飞武汉，全部赠予湖北省慈善总会指定的湖北省及武汉市各大医院和省市政府防疫指挥部。

当天，在飞机起飞前，悉尼举行了专机起航仪式，中国驻悉尼总领事顾小杰，领事孙颜涛、胡德辉，澳大利亚外交贸易部代表 Maria Poulos，澳大利亚贸易委员会代表 Anna Lin，新州赖德市副市长周硕等领导应邀出席，澳大利亚华人集团、碧桂园国强公益基金会、中国南方航空公司、万纬集团、澳大利亚乔安娜集团等捐赠代表共同见证了专机起飞。邝远平在起航仪式上说，自己大学毕业后就留在了武汉，在武汉工作、生活了 35 年。“35 年弹指一挥间，回忆走过的路，是武汉这个地方培养了我、成就了我。武汉就像是我的故乡，虽然我目前在澳洲，不能像抗疫一线的白衣天使们一样艰苦奋战，但我一定会利用侨界资源、汇聚侨界力量、发挥自身优势，向疫区持续捐赠物资，与家乡人民共度难关。”

图 2-8　邝远平（右二）将捐赠的物资运上飞机驰援武汉

经过两个月的奋战，湖北疫情得到了有效控制。然而，随着新冠肺炎疫情在全球范围内蔓延，世界疫情防控的重心正在从东方转移到西方。美国宣布进入紧急状态，欧洲、美洲一些国家相继采取封城措施。澳大利亚的疫情形势也十分严峻，感染人数不断增多，医疗设备及医疗物资严重不足，民众出现恐慌情绪，抢购生活及医疗物资现象时有发生，这是所有人都始料未及的。澳大利亚时间 2020 年 3 月 15 日，邝远平再次召开澳大利亚湖北籍侨团组织负责人紧急电话会议，商讨帮助住在国抗击新冠肺炎疫情的措施和最佳方案。他在会议上说：

墨尔本一些地区的医疗体系濒临瘫痪，很多医疗机构没有防护服、呼吸机等医疗设备，床位、口罩和药物严重不足。

澳洲是我们的居住地，是我们的“家园”，保护澳洲是我们义不容辞的责任。布里斯班现在物资紧缺，无法购买到医用口罩、护目镜和防护服，市民们非常紧张，一些中国留学生的家长也非常关心撤侨的问题，希望联盟能与政府加强沟通，想办法尽快为侨胞们购买到符合要求的口罩，保护大家的健康。

南澳目前病例不多，物资还比较充足，尚未出现抢购现象，但医务人员和医疗设备不足，市民们对新冠肺炎缺乏正确认识，有些恐慌。南澳大利亚湖北同乡会已将仅有的 1 000 个口罩分给大家，并邀请国内参与疫情防治的医生加入微信群解答疑问，缓解大家的紧张情绪，增强大家对病毒的了解，提高自保能力。同时，希望能得到国内湖北侨联组织的支持和帮助，购买到医用口罩等急需物资。

前段时间澳洲华侨华人同心协力支援湖北，现在国内疫情已经稳定，澳洲也遇到防疫物资缺乏的问题。目前从国内采购的口罩等物资因国家管控无法顺利运抵澳洲，希望能与中澳两国相关部门沟通，疏通物资采购、运输渠道。

各侨团的焦虑让邝远平感受到自身也要参与到澳大利亚的防疫行动中了。身在澳大利亚的他从此前支援国内战“疫”的上半场又加入亲身战“疫”的下半场。他首先向澳洲湖北社团联盟的成员部署下一步工作，并要求澳洲湖北社团联盟每周要定期召开电话会议，加强澳大利亚各地侨团间的沟通，协调解决大家遇到的问题；与国内参与抗疫的医生及痊愈的病人联系，收集疫情防控知识等资料分享给大家，帮助大家提高自我防护能力；要求与会侨领分别拜访所在州的健康官员，了解澳大利亚各地医疗物资是否充足、有无检测试剂需求等实际情况，为下一步澳洲湖北社团联盟组织各侨团对澳大利亚政府以及社区进行捐赠捐助工作的开展做好准备。

邝远平说，自己与湖北省及武汉市侨联领导沟通联系，并向湖北省外事工作委员会递交《关于协调采购 100 万只口罩随包机赴澳捐赠》报告，原计划 3 月 27 日开通双向包机，从武汉包机运输急需的医疗物资至悉尼，再从悉尼运送生活物资回武汉。这样做既能帮助澳大利亚人民、在澳华侨华人和留学生们，又能让澳大利亚民众消除前期的误解。报告得到湖北省政府防疫指挥部的批准，并希望大家切实做好双向包机活动的推进落实工作，齐心协力，共同为中澳两国战胜疫情灾害拼尽全力。

“包机说起来很风光，但最头痛，也最不确定。”邝远平回忆道。比如第二趟包机原定 3 月 27 日晚飞澳大利亚，他派人到某医疗生产商处直接请求董事长加班加点，优先生产 20 万只 N95 口罩、8 万多只一次性医用口罩及纱布绷带。拉货的人蹲守到 3 月 26 日凌晨 5 点，到中午才运到武汉，这一过程始终在抢时间，分秒必争。

谁知天有不测风云。4 月 1 日澳大利亚政策突然调整，口罩进口必须有 TGA 资格。邝远平得知此情况，焦虑不安。如此一来，筹集几百万元的货物的努力，可能会付诸东流。他到处求援，求助各社团有影响力的侨领、相熟的澳大利亚政府议员、澳大利亚贸易委员会武汉代表处，甚至找中介代理公司，但一切努力都未起效，希望落空了，邝远平不得不紧急申请退库手续，退掉这批货。

防疫物资一下子变得不符合要求了，更严重的是飞机又出问题。中国民航局原批准包机 3 月 27 日起飞，突然，中国外交部和国家移民管理局新出规定——暂时停止外国人持目前有效来华签证和居留许可入境。而邝远平租赁的飞机属于金鹏航空，其机组人员恰恰有四名外籍人员，如起飞，他们就不能返航。如此一来，邝远平不得不取消包机。

2020 年 4 月 8 日，武汉解封，包机终于成行。邝远平的华人集团出资向海航集团旗下金鹏航空包机，这是武汉关闭离汉通道后，武汉天河国际机场恢复的首架国际商业货运航班。九州通医药集团、炎黄商贸、湖北省企业家联合发展促进会、海外湖北社团合作联盟、澳中慈善协会、澳洲湖北同乡会等中澳知名企业和侨团从湖北仙桃、宜昌等地采购的救援物资，经此次航班，终于抵达澳大利亚。募集的口罩、防护服、护目镜、手套等

70 余吨、500 立方米的防疫物品，反过来捐赠给了澳大利亚医疗机构、学校、居民社区、养老院等。

如果包机空载状态下返程回国，会是对资源的巨大浪费，尤其在全球抗疫的艰难时刻。于是，次日上午，这架包机又满载澳大利亚羊肉、三文鱼、奶粉等价值 600 万元人民币的生活物资从悉尼返回武汉，支援武汉复工复产。

大家本想着这样一趟完美的双向包机，承载着中澳友谊和华侨华人的爱心，会惠及两国人民，但接下来通关放行环节却碰到了无法想象的困难。4 月 8 日飞机刚落地澳大利亚悉尼国际机场，就遇到海关的阻拦，澳大利亚海关以包装问题等各种理由为借口，不放行这批物资。邝远平和澳大利亚的多位侨领联系各方，想尽所有方法，但依旧无果，而这些物资在澳大利亚防控紧张时期是非常急需的物品。经过多方沟通后，这批物资终于在滞留了近两个月后才通关放行。再看武汉这边，4 月 9 日包机终于抵达武汉天河国际机场，但因清关和防控检疫要求，加之武汉刚刚解封，包机所载货物滞留一个月后才放行。两头算下来，物资滞留在澳大利亚悉尼机场和武汉天河国际机场仓库，光存储费一天就几万元，但邝远平默默忍受着，缴清费用。就这样，经过了九九八十一难，这些物资才终于帮扶到了两国人民。生活所需货物捐赠到湖北省防疫指挥部对外公布的湖北省青少年发展基金会，发放到湖北省及武汉市的医院、学校、儿童保健院、幼儿园、养老院等社会福利机构。

邝远平与在澳侨胞一道奋战在防疫一线，根据澳大利亚防疫需求，精准地将每一件物资分发至最需要的地方，以最大的努力为在澳华侨华人、留学生提供帮助，让他们真正体会到家乡人民带来的温暖。两次组织包机，邝远平除了付出金钱，还付出大量的精力和时间，高效完成了与国内外各方的组织协调。其间，邝远平还经受着澳大利亚部分媒体的恶意抹黑。面对流言和质疑，他不言不语，用实际行动予以反驳和证明。

除了物资捐赠，邝远平作为澳洲湖北社团联盟主席、湖北华人文化艺术有限公司董事长和国内外著名艺术家，先后创作了《让爱回家》《武汉欢迎你》《我们在一起》等抗疫主题歌曲，从精神和文化方面，用旋律与歌词彰显海外华侨华人在抗击新冠肺炎疫情的特殊时期对祖（籍）国人民的无限牵挂和拳拳赤子之心。

澳大利亚华侨华人华商用乐施善行来展示华人的传统美德，用慈善广泽的实际行动支持祖国救疫控疫，希望祖国亲人战胜疫情时，创造奇迹！邝远平表示，当家乡湖北遇到疫情，居住在澳大利亚的湖北同乡们踊跃捐款捐物，许多人放下了自己的本职工作当起志愿者。特别是在此前自己发起并组织的从悉尼直飞武汉包机运送捐赠物资的行动中，他们更是积极参与防疫物资的协调、运输、张贴等各项工作，才顺利将紧急医疗物资及时运抵家乡。他们为澳大利亚华侨华人参与家乡抗疫作出了积极示范作用，是侨界的楷模。

武汉战友们常说："邝远平这家伙，有军人血性，讲家乡之情，有赤子之心，是转业军人楷模。"在祖国危难之际、人民需要之时，他又一次挺身而出，用实际行动践行了"若有战、召必回"的铮铮誓言。

宅心仁厚　四代抗疫

对于邝远平来说，15 年军旅生活是他一生最为骄傲和自豪的经历。他常说，小时候家里穷，是部队锤炼了他，难忘其恩。

邝远平出生于黑龙江一个普通农家，18 岁应征入伍扎根边陲，22 岁军校毕业后留在湖北省军区服役，先后荣获二等功一次、三等功四次。

1995 年从部队转业后，邝远平先后在军企、政府、国企、民企任职，后自己在武汉创业，将一家只有十几号人马的民营企业发展成拥有数十家子公司的集团公司。他现任科华银赛创业投资有限公司董事长、华人集团董事局主席、炎黄集团董事长，先后获得"全国优秀转业退伍军人""98 时代人物""中国自主创新先进人物""湖北省十大民营企业家"等荣誉称号。

由于多年在武汉学习、工作，邝远平常说自己是"半个武汉人"，看着这座城市越变越好，是他最幸福的事。作为湖北省政协海外委员、武汉市政协委员，他积极提交议案，为城市发展建言献策。在他的提案推动下，武汉市国际合作商会成立，武汉海外留学人员回国创业投资基金设立，武汉与悉尼结成友好交流城市。

这次湖北疫情严重，而湖北的乡镇卫生院缺医少药，更缺少制氧机。邝远平得知消息后，考虑用何种方法，帮助湖北渡过难关。

于是，他同妈妈和儿子商量，邝家四代——老母亲、邝远平、儿子及孙女，每人向宜昌市枝江问安镇卫生院各捐赠一台美国产医用制氧机，每台5 980元。想法甫一出口，老母亲就同意了，顺理成章，不用过多解释。有这位大仁大义的老母亲做表率，邝远平的慈善之心静水流深。

邝远平的老母亲81岁了，虔信佛教。听说有医院缺少防护服，她非常着急，“没装备如何救人”，立刻拿出5万元私房钱，让儿子帮她买防护服送去。

而邝远平更是一门心思想着防疫之事。翻看其当时朋友圈，一天几十条，尽是与新冠肺炎疫情有关的经验教训、专家访谈、人物追问，不一而足。比如，3月15日的一条朋友圈说：“中国抗疫是一盘棋，世界抗疫也是一盘棋，君子坦荡，大爱无疆！”为抗疫，他心力交瘁，午夜梦回，泪湿枕巾。他安慰自己说，心怀善良，自然天助，但行好事，莫问前程。

这次疫情中，邝远平儿子邝幸天天跟着老爸鞍前马后，忙着采购、统计、运输、装机。到处可以看到他忙碌的身影。

更为难得的是，邝幸自己捐款20万元，还发动朋友、合作伙伴慷慨解囊，加入抗击疫情行列。这让邝远平甚感宽慰，大为感叹：“这小子懂事了，大义当前，知道该做什么，不该做什么，是条汉子。”

难道是虎父无犬子之故？我想，与其说是骨肉之亲，不如说是仁爱之传承。家风熏陶是最好的老师，更与父母平时的言传身教密切相关。

邝远平和儿子谈及向宜昌市问安镇捐制氧机的事，邝幸毫不犹豫，满口应承，还主动提出，以三岁半女儿的名义，也捐一台。“小不点”的压岁钱就这样被“挪用”了。孩子父母和爷爷有一个朴素的愿望：为孩子积福积德，望其一生平安。

2020年3月8日，国际劳动妇女节之日，邝远平向远在武汉的母亲亲笔送上一封家书：

亲爱的妈妈：

近日可好？

今天是3月8日国际劳动妇女节，儿子以及您孙子、孙媳在千里之外的澳洲恭祝您老人家节日快乐，健康平安！同时，也祝妹妹以及侄女青春永驻，永远美丽！

妈妈，原本儿子计划尽快处理好澳洲公司事务，带着邝幸一家，春节前回武汉陪您过节。没想到来势汹汹的疫情打乱了计划，湖北武汉等多城市封城，交通阻断，我们不得不退掉机票，留了下来。

虽然离开武汉前，我托老家在十堰郧西的妹夫、妹妹照顾您老，但每当看到湖北各地病毒感染人数不断上升，想到您和妹妹一家仍隔离在家，许多亲朋好友都身处疫区一线，想到您已80多岁还牵挂着我们，再三叮嘱我们注意身体，还让小孙女监督我一定要戴口罩，儿子着实寝食难安，恨不得立刻插上翅膀飞到您身边。

妈妈，儿子这些年虽然从澳洲回到武汉，和您生活在一起，但作为两大集团及30多家子公司掌舵人，总被这样那样公务缠绕，满世界各地飞来飞去，真正陪您时间并不多。您总是笑着说自己身体很好，让我不要操心。这次疫情发生后，您还在电话里劝慰我："留在澳洲也好，国内物资紧缺，你们在国外就想想办法，多买点医疗物资运回来帮着抗击疫情吧！"

妈妈，您总是用自己的实际行动为儿孙们做表率。得知我捐助医疗物资，您连声夸我做得对，还拿5万元积蓄托妹夫通过微信转给我。您说："这是自己一点心意。钱没了可以再挣，疫情这么严重，那么多人等着医疗物资来救命，一定要多买点医疗物资捐给需要的单位和个人。"

妈妈，儿子已用您给的5万元钱购买了200套医用防护服、1万只医用口罩，分别捐给了武汉和十堰郧西医疗机构。而且，儿子和邝幸，这个多月放下所有工作，一直在为捐助、购买、运输医疗物资四处奔走。

1月23日，武汉等地封城后，我们得知湖北省很多医疗机构因口罩、防护服、护目镜等医疗物资匮乏，导致感染人数剧增。儿子没有袖手旁观，带头捐款，并带领华人集团、炎黄集团及旗下澳洲中国发展有限公司、国内炎黄科技园、光谷微电子、机构投资者等三十多家子公司员工为抗击疫情捐款捐物，首批价值200万元口罩、防护服等急需物资，2月1日就运抵武汉防疫一线。

我们还特别征召1 000余名志愿者在澳洲、新西兰全域采购，我带着您孙子、孙媳以及同事们参与其中。

截至日前，我们公司捐款及采购捐赠医用及生活物资已近2 000万元人民币。

妈妈，您老常说，一个篱笆三个桩，一个好汉三个帮。一人力量有限，众人拾柴火焰高。

海上生明月，天涯共此时。通过不懈努力，我们联络全球各大洲朋友们，已募集价值大约2亿元人民币的呼吸机、制氧机、医用口罩、防护服、隔离衣等紧缺医疗及婴幼儿生活用品，将分批包机运到武汉。

妈妈，这些日子，我和邝幸及很多侨胞朋友每天工作十几个小时，加班加点，做募集物资统计、入库、转运，十分疲惫，但想到这些救援物资能给千里之外的湖北及武汉同胞带去一点帮助，我们丝毫不觉得苦。

看到邝幸因为连续工作患了重感冒，咳嗽不止，依然坚持工作，我有些心疼，也感到非常欣慰。特别是邝幸个人捐20万元人民币，还积极发动朋友、合作伙伴慷慨解囊，加入抗击疫情行列。这小子他更懂事了，知道大义当前，有良知者不能退缩。

妈妈，这次疫情是一场浩劫，但也是一个磁场，把海内外中华儿女凝聚成一股抗击疫情的强大合力。同气连枝，同心战“疫”。相信海外千万华侨华人万众一心，全力以赴，就一定能够战胜这场疫情。

妈妈，因为疫情阻隔，我只能在大洋彼岸祝您节日快乐！祝愿妈妈健康长寿，笑口常开！也祝愿祖国母亲早日战胜疫情，实现全民健康！

等疫情过去，春暖花开，儿子再陪您去踏青赏花，可好？

儿子：邝远平

2020年3月8日

一封家书传递的不仅仅是对亲人的思念、对家乡的思念，更体现了一名海外游子的家国情怀。邝远平一家人身隔重洋，胸怀大爱。当祖国和家乡遇到危难的时候，他们挺身而出；当住在国需要帮助的时候，他们义不容辞。岳飞精忠报国，三十功名尘与土，八千里路云和月；邝家四代人心心相印，接力抗疫，成就了一段时代佳话。

法国

一次不寻常的抗疫之路

华人来到欧洲的进程并非一帆风顺，甚至是与苦难并行。华人第一次大规模来到法国这片土地的历史可以追溯到第一次世界大战，为补充战争造成的劳力匮乏，英、法、俄等国曾先后在中国招募 20 余万华工赴欧。[①] 大战之后，有五千至七千人留在了法国，成为日后法国华裔群体最早的来源之一。[②] 在此之后，来自浙江青田的手工商人经过东欧抵达法国，与“一战”后立足巴黎的华工在巴黎第十二区里昂火车站附近聚集，主要以经销手工商品为主业。“二战”结束后，部分华商向市中心第三区迁徙，开始了皮包的制作、批发和零售。[③] 1964 年，中法建交。1976 年，中国结束了长达十年的“文化大革命”，中国领导人开始频繁亮相国际舞台。改革开放后国门渐渐打开，中国新移民开始以家庭团聚、自费留学、投奔老乡等各种路径前往欧洲，如果实在没有办法投靠的，就会“八仙过海，各显神通”。正当在西欧的逾期居留者与日俱增而导致人心惶惶时，1981 年法国政府的一纸大赦令，顿时改变了这些早期“违法者”的命运：经过一纸公文的确认后，非法偷渡客摇身一变成了合法移民。[④]

法国一直以来被誉为欧洲华人的“桥头堡”，已成为欧洲华侨华人最

---

① 李明欢：《欧洲华侨华人史》（增订版），广州：暨南大学出版社，2019 年，第 26、484、726 页。

② CONDLIFFE J B. Problems of the Pacific: proceedings of the Second Conference of the Institute of Pacific Relations Conference. Chicago: University of Chicago Press, 1928: 410.

③ 王思萌、陈柙兵、雷丹宇：《如何转危为机：法国华商受新冠肺炎疫情催化实现商业模式转型的一项实证研究》，《华人研究国际学报》2020 年第 2 期，第 1－23 页。

④ 李明欢：《欧洲华侨华人史》（增订版），广州：暨南大学出版社，2019 年，第 26、484、726 页。

多的国家，大约有 70 万华侨华人侨居在此，大部分聚居在巴黎。首都巴黎是欧洲第二大城市，是法国的政治、经济、文化、商业中心，也是旅欧浙商最为集中聚居的城市之一。①

同时，法国的华人社团相继成立。根据李明欢教授《欧洲华侨华人史》所显示的社团数量，法国的华人社团有 170 多家。② 其中，法国华侨华人会是中法建交后的第一个华人社团，也是全法影响力最大、会员最多的一个华人社团。法国华侨华人会开设有文化中心、中文学校等机构，是法国迄今少数拥有大规模固定办公、活动场所的侨团。2016 年 10 月 2 日，任俐敏当选法国华侨华人会第 22 届主席。2019 年初，他又蝉联第 23 届主席。在任俐敏的努力下，法国华侨华人会积极维护侨胞权益、努力建设海外和谐侨社、支持建设华助中心、促进侨社文化建设、组织华商企业、支持华二代融入当地社会等一系列举措，实现旅法侨界空前团结的大好局面，在爱国爱乡等各方面发挥了积极作用，法国华侨华人会进入了一个全新的发展阶段。任俐敏表示："法国华侨华人会的平台是中法两国人民的彩虹桥，是沟通两国文化、经贸、科技、情感、友谊的桥梁。今后，我们将更努力讲好中国故事，让中国的声音传遍世界。"

2020 年春天本应该是巴黎人漫步塞纳河畔享受春意盎然巴黎美景的时候，法国各大城市却笼罩在疫情的阴霾下，人心惶惶。随着疫情在欧洲的蔓延，我们的"海外华商谈抗疫"系列活动在第一时间联系到了法国的任俐敏先生。可时间不巧，他正好碰到了一起荒谬的法国口罩起诉事件，陷入了困境。当时他心情很糟糕，再加上被要求隔离，所以推掉了我主持的法国专场。但我想，这是一个难得的机会，或许可以通过清华大学组织的这场活动，让更多的人了解真相，倾听海外侨胞的真实故事。经过与任俐敏的多次沟通后，他最终答应了我们的邀请。就这样，我在与任俐敏的采访中，一边了解他的故事，一边了解法国华侨华人在疫情下的境遇，从而让我看到了一个有温度的法国华侨华人社会。

---

① 王春光：《巴黎的温州人：一个移民群体的跨社会建构行动》，南昌：江西人民出版社，2000 年。

② 李明欢：《欧洲华侨华人史》（增订版），广州：暨南大学出版社，2019 年，第 26、484、726 页。

从不理解到“抗疫英雄”

“侨团要成为树立新时代大国侨民形象的坚强基石。”法国华侨华人会主席任俐敏说。在他看来，重任之下侨团要敢担当，困难面前侨团要有作为。当新冠肺炎疫情在法国蔓延时，他带领法国华侨华人会为这个“基石”作出了生动的诠释。

“大家都觉得我疯了，当时相当不理解。”事情过去了将近一年，但任俐敏对2020年的大年三十仍然记忆犹新。他告诉我，当时反对的声音很多，但他的内心是无比坚定的，“内心一直有一个声音在呐喊，大家的生命安全是第一位的”。

巴黎时间2020年1月24日晚，正好是大年三十。任俐敏跟往年一样在位于巴黎市中心的法国华侨华人会会所与协会的骨干一起过年。任俐敏在与侨胞们叙乡情的时候，手机上不断传来国内疫情加速蔓延的消息，“当时有点坐不住了”。

会所里，大家还在兴致勃勃讨论巴黎春节彩妆大游行的事情。这个大游行是法国侨界筹备六个月之久，在投入了巨大的精力、人力、物力、财力后才得以重启的。曾因法国反恐，巴黎彩妆文化交流活动有三年的时间没有得到批准，2020年春节这次活动不仅获批，还吸引市长表示要亲自前来观看。这次再度开启，吸引了法国几十万人的关注，原定于正月初二举行。“可以说已经箭在弦上，一切准备妥当，还有两天就要举行了。”

当晚，任俐敏辗转反侧。大年初一一早，他再度紧急召开会长团会议，“我顶住了一切压力，并说服大家停掉这场几十万人瞩目的大游行”。当时很多人并不理解他，法国媒体还说，这么大规模的活动，说停就停，如同玩笑一场。但两个月后的事实证明任俐敏当初的疯狂行为其实是对的，有侨胞称他为英雄。

停掉春节彩妆大游行后，任俐敏第一时间成立了抗疫指挥部，带领法国侨胞齐心协力、全力以赴支援国内。“当时侨胞们都自发有钱出钱，有力出力，与时间赛跑，为国内搭建后勤生命线。”

在这场万里驰援祖国的大爱行动中，侨胞们的爱国热情被空前激发出来。任俐敏说，让他印象深刻的是两位并不认识的老年人，他们并不是法国华侨华人会的成员，只是普通的老华侨而已。他们颤颤巍巍地来到法国华侨华人会，分别从兜里拿出了1 000欧元和1 500欧元要为家乡捐款。他们说："我好多年都没有回去了，我的钱也不多，但麻烦你们多买一些口罩给温州，寄给家乡的父老乡亲们。"任俐敏回忆，"那种爱国之情，太让人感动了"。有些老人在法国的生活并不宽裕，但是他们把节省下来的钱毫无保留地捐给家乡。

国家有需要，侨胞们总是冲在第一线。当时，侨胞们自发踊跃捐款捐物，所有侨团也都全力以赴支援国内，有的到药店购买口罩，有的从其他地方批发口罩送过来，有的想尽一切办法找人随身把口罩带回去。这一切都完全是自发的行动。"不到一个月的时间，旅法侨胞的捐款数额达到了300万欧元，这在旅法史上是第一次。"任俐敏的话语掷地有声："海外游子最爱的永远是祖国和家乡。"在购买口罩的过程中，因为在法国有几十个侨团协会都在同时购买，所以口罩价格出现从几倍到几十倍再到上百倍的增长。这也是当时的一个典型现象。

因为物流问题，大家想尽各种办法将口罩等物资陆续运回国内。但没过多久，欧洲疫情就开始恶化了。疫情在法国蔓延后，任俐敏又带领法国侨团们开始援助住在国，反哺第二故乡。任俐敏通过协会抗疫指挥部发布了一条信息，让大家首先要学会保护自己。从中国回来的侨胞，要做到主动隔离14天，不要与任何人接触，要保护好法国华侨华人的安全。

与此同时，帮助法国当地政府部门抗疫，成为法国侨胞新的任务。因此，任俐敏又开始动员大家向政府部门、红十字会、警察署、老人院等捐款捐物。2020年5月21日，在浙江涉侨部门的驰援下，任俐敏带领20多位旅法浙江籍侨领来到巴黎第十三区皮蒂—萨尔佩特里埃（Pitié-Salpêtrière）医院，把写着"守望相助，风雨同舟，浙江驰援法国抗疫物资"的20万只口罩从集装箱上一箱一箱搬下来，捐赠给了法国最大的医院集团——法国巴黎公立医院集团（AP-HP），支援法国抗击疫情。

法国巴黎公立医院集团下辖巴黎首都及大巴黎地区的所有公立医院共39家，在医界地位崇高，是法国抗疫一线的最核心力量。法国巴黎公立医院集团高层财务长迪迪埃面对法国媒体大胆表白："20 万只口罩真是雪中送炭！谢谢你们，中国人！"

像这样的捐赠还有很多。任俐敏带领法国侨胞们给养老院、大区政府捐赠了大量口罩。疫情暴发后，他带领着侨团在关键时刻显担当，将侨胞组织起来，将爱心汇聚起来，凝聚起共克时艰的强大合力。

从拘押审讯到维权成功

本是一个大爱无疆的正面故事，却成了一桩出庭应讯的荒唐事，这是任俐敏万万没有想到的。随着欧洲疫情的加重，海外华侨华人的角色从救助者变成了被救助者。

2020 年 4 月 2 日，温州世界温州人联谊总会捐赠的防疫物资送达法国华侨华人会。这批捐赠物资一共有 80 箱，包括多达 16 万只外科口罩。世界温州人联谊总会希望这些物资能够帮助到疫情严重的法国，对在法国的温州同乡、中国人以及相关单位予以援手，略尽绵薄之力。考虑到当时口罩在法国是非常紧缺的物资，在 4 月 2 日的时候，任俐敏怕口罩被盗窃，专门委派了 4 位侨胞在法国华侨华人会彻夜守护，一夜未眠。

法国华侨华人会是法国华人社团的中坚力量，作为会长的任俐敏当天第一时间组织协会将收到的捐赠物资分发下派，交给众多乡亲侨胞和法国口罩资源紧缺的医院、警察局。法国浙江同乡会会长高铭铿领取了 4 000 个口罩，因要保持居家隔离，所以暂时将这批口罩存放在家中。5 日，高铭铿接到自己协会下属的一名分会长的来电，称他们急需 400 个口罩，其中 100 个口罩自用和捐赠给当地一家医院，其余 300 个口罩带给另外 3 位侨领分发。于是，那位分会长赶到高铭铿家里将 400 个口罩取走，在开车回家的途中被 8 名便衣警察拦截盘问。警察发现他车中 400 个口罩后，问他口罩从哪里获得的，他说从会长高铭铿那里得到的。警察随即来到高铭铿的家中搜查，发现另外 3 600 个口罩，立即对高铭铿采取了拘押并将口罩全部没收。当天，高铭铿的家人打电话给任俐敏，说出事了，高铭铿现在在警察局，请任俐敏给他出一个证明。任俐敏表示，这些口罩完全是做善事，与商业毫无关系，他们没有做任何亏心事。他立即组织了其他几位副会长一起来到法国华侨华人会，说警察可能会过来盘问。没过多久，法国警察就冲进协会到处搜查，扣留了放在协会的1.1万多个口罩，并立即宣布拘押任俐敏。任俐敏向警方解释这批口罩是中国捐赠给当地华侨华人的，来源和分发的整个过程都是免费的，无任何商业买卖，并向其出示相关文件。但法国警方怀疑他们倒卖口罩，表示个人和协会不能拥有较多数量的口罩，也没有权利接受捐赠，或把口罩捐赠给他人。

任俐敏考虑，如果他不去，高铭铿也出不来，他必须去警察局做个证明。于是，两名在法华人社团负责人任俐敏和高铭铿因向当地华侨华人免费派发口罩，都被巴黎警方拘押询问，在羁押满24小时后才得以释放，但他们被告知2020年9月还将再次出庭应讯。此外，另有1.5万个国内捐赠给法国华侨华人的口罩被法国警方扣留。

任俐敏回忆说，当时他被法国警察关在了一个四平方米的小房间里，“很臭，地上很脏，只有一个塑料床垫，可以躺一会儿，完全是被当贼一样对待”。他表示，在押的24个小时中，他被不同的警察提审了5次，“有些态度还行，有些态度比较差”。

此事发生后，部分法国媒体恶意歪曲和编造故事，称华侨华人在法国兜售口罩，还附上了一张不实照片。“这张照片里是FFP2规格的口罩，根本就不是我们捐赠的外科普通口罩。”为了制作“海外华商谈抗疫”法国专场，我在网上搜索到了这张照片。任俐敏告诉我，法国华侨华人形象一直很好，这次歪曲的报道，包括配上假照片的行为，引起华侨华人的众怒。

任俐敏表示这批口罩经合法渠道入境，向急需防疫物资的旅法中国同胞免费分发，而且其中部分口罩还捐给了法国医院、警察局等一线抗疫机构，怎么被法国警察误认为是倒卖口罩？他真的很无奈，而且感到气愤和荒谬。

然而，就在任俐敏被释放的第二天，3位中国留学生因协助中国驻法国大使馆分发留学生“健康包”也被警方扣押。所幸中国驻法国大使馆及时出面与警局交涉，3位学生得以当天被释放。

警方对任俐敏和高铭铿的指控，以及法国媒体的不实报道，在旅法华侨华人中引起强烈不满。大家纷纷支持任俐敏和高铭铿用法律手段捍卫自己的权益，捍卫旅法华人的权益。

文化不同，思维不同，各国法律不同，使得很平常的事情出现了这么大的偏差。当海外侨胞权益受到损坏，遭受不公正待遇的时候，华人群体应积极利用法律手段维护自身合法权益。任俐敏和其他侨领聘请了当地专业律师团队进行辩护。在经历了近半年的等待后，法国当地时间9月16日上午9点30分，巴黎高等刑事法院法官作出裁决，对于法国华侨华人会主席任俐敏和法国浙江同乡会会长高铭铿“涉嫌倒卖口罩”一案，因检方起诉主体及相关程序不当，故对此案不予受理。这让整个法国侨界松了一口气，维权成功让旅法华侨华人深感振奋和鼓舞。

图2-9　任俐敏（中左）、高铭铿（中右）和辩护律师在法官裁决案件不予受理后合影留念

任俐敏的辩护律师——巴黎伯尚律师事务所律师 François Gery 在法官裁决后表示，法官的裁决在意料之中，因为检方在很多方面存在一定的问题，而且是关键性的。检方在陈述中也承认，对于在禁足期间法国政府制定的口罩销售限制的相关条例存在一定的认识不足，对新法令不够熟悉。

法国电视一台前来采访任俐敏，当被问到接下来是否会继续做这些帮扶的事情时，任俐敏的回答是坚定的："当然了，不会受此影响，我们的协会做好事善事本来就是工作中的一部分内容，如果有口罩，我还要继续帮助当地侨胞和法国民众。"作为法国华侨华人会主席，任俐敏依然坚持为侨服务，战斗在第一线，尽到自己最大的努力和贡献，充分彰显了灾难面前的侨领那份责任与担当，历史也会铭记这些海外英雄。

日本

传播中国文化的民间使者

日本政府公布的数据显示，截至 2019 年底，在日华侨华人共计约 81.4 万人，其中约有 27.4 万人取得了日本国籍。[①] 日本的华侨华人的构成中，老华侨多经营餐饮、娱乐业和商业，有少数华人从事贸易和不动产业。新华侨华人大部分是中国改革开放后赴日的留学人员。他们学有所成之后，有的自办企业，有的就职于日本大学、科研机构和公司，活跃在日本的经济、科技、文化、教育等多个领域，并取得了令人瞩目的成就。[②]

中日两国隔水相邻，从古代时期开始就交往密切，日本华侨华人往返于两国之间，在中日交往的进程中担当着重要桥梁。华侨华人发挥作用的平台，有社团、媒体、个人之分。面对中日关系的复杂性，中国政府多次呼吁中日媒体人从大局出发，务实合作，把注意力放在两国的民间交流上，妥当处理两国敏感问题，并呼吁两国媒体勇于担当，以客观、务实、稳妥的方式报道中日关系。当前，中日关系持续改善向好，中国政府希望中日共同利用好这一机制，推动人文交流，促进民心相通，为构建和发展契合新时代要求的中日关系提供人文支撑。[③] 在日本，较大的两个华侨华人社团是日本华侨华人联合总会和日本新华侨华人会。他们在加强日本华

---

① 日本法务省在日本外国人统计，http://www.moj.go.jp/housei/toukei/toukei_ichiran_touroku.html，2020 年 12 月 6 日。

② 国务院侨务办公室：《日本华侨华人概况》，http://www.chinaqw.com/node2/node3/node52/node54/node62/userobject7ai293.html，2004 年 9 月 21 日。

③ 《习近平关于中日关系的 8 个论断》，《人民日报》，2019 年 11 月 25 日。

侨华人和住在国以及祖（籍）国之间的关系上发挥了重要的作用。[①] 中日两国在应对此次疫情的过程中相互驰援助力，多次跨国合作，更有许多温暖人心的故事在民间流传。

东京是日本华侨华人的主要聚居城市，在东京的丰岛区有一家由当地华人开办的出版社——日本侨报出版社，出版社的创办人名叫段跃中。

每个星期天，段跃中都会很早来到办公室，打印各种资料，筹备活动道具，为下午的户外活动提前做好各项准备。这个活动就是他创办并坚守了十多年的“汉语角”。

活动的地点是距离他的出版社只有几百米的一个公园——东京西池袋公园。一到下午，在公园的一角会有不少人聚集在一起，等待段跃中的到来。参加活动的有东京以及周边城市的日本民众和在日本的留学生等。大家会先做简短的自我介绍，然后相互交流对中国感兴趣的话题。有些日本朋友说中文还不够流利，或是刚刚学习中文，但段跃中总会鼓励他们大胆表达自己，耐心地帮助他们纠正错误的字音。一些日本民众从中找到了学习语言的乐趣，了解了中国文化，结识了新的朋友。从 2007 年 8 月开始，段跃中组织的“汉语角”活动，在疫情到来前从未中断过，即便是刮风下雨也会照常举办，当地汉语爱好者也会从日本各地赶过来，参加的人数越来越多。但是，这场新冠肺炎疫情的严重程度，远远超出了大家的预料。2020 年 2 月之后，日本疫情愈发严重。日本政府发出通知不让出门聚集，无奈之下段跃中只有先暂停了“汉语角”的举办。

在经历了半年多的时间后，段跃中终于决定重新开始每周的“汉语角”活动。段跃中告诉我 2021 年 1 月 17 日举办了第 633 次的“汉语角”，但目前是以线上的方式举办的，有近 50 个人参加。他觉得线上也有线上的优势，方便快捷，不用再考虑天气原因，参加者不必长途跋涉，但缺少了些见面交流的效果。

那么是出于什么原因让他长期坚守这么一项活动呢？这要从 2005 年说起。段跃中在那一年举办了一个面向日本人的汉语作文比赛，比赛后产生

---

① 杨冬珍、夏军：《日本华侨华人在中日关系中的作用研究》，《长春师范大学学报》2018 年第 3 期，第 47 – 51 页。

了36位获奖者。这些获奖朋友提出想有一个定期交流平台的想法。段跃中为了能将每一届的获奖者组织起来，便从网上找“汉语角”三个字，检索了半天也没有找到任何曾在日本举办过类似活动的信息，所以他就产生了要在东京办一个“汉语角”的想法。当时段跃中的公司正好从埼玉县搬到了池袋，在公司附近就有一个西池袋公园适合办“汉语角”。作为日本侨报出版社的负责人，段跃中在早年间曾经举办过多次面向日本普通民众的征文比赛，并出版获奖文集。而最早参加“汉语角”的人们，大部分都是这些征文比赛的参与者。后来，这个“汉语角”的影响力越来越大，很多喜欢中国文化的日本民众都慕名前来，甚至有的人专门从其他城市坐火车赶过来参加活动。据不完全统计，截至2021年1月，“汉语角”活动已历经13个春秋，累计近4万名日本民众和中国留学生参加过这个活动。“汉语角”活动看起来很简单，但是想要做到600多个周末从不间断，却是非常困难的。段跃中说其中最大难题就是天气问题，“有时候遇到刮风下雨的天气，最初开始的时候基本上就在我们公司举办。后来人越来越多，我们公司也坐不下了，就转移到附近的茶馆或咖啡馆里面。大家买一份茶，一边交流一边喝茶也挺好”。

2013年8月4日的“汉语角”第300次活动上，日本主流媒体《朝日新闻》、日本放送协会（NHK）的记者都来到了现场采访报道。在2019年7月14日“汉语角”成功举办的第600次活动中，除了日本主流媒体的关注以外，新华社、《人民日报》等国内媒体也相继报道。段跃中说自己下一个目标就是把“汉语角”开到700次、800次、1 000次……一直开下去。段跃中希望到第1 000次的时候，他正好到70岁，他也希望参加过“汉语角”的朋友们都能再次相聚，在“汉语角”和他一起庆祝70岁的生日。

图 2-10 段跃中（第一排左四）和朋友们相聚第 600 场“汉语角”

坚持了 13 年的“汉语角”活动，让段跃中很骄傲也很欣慰，但背后却隐藏着他对家人的一份深深的歉疚。为了不中断“汉语角”活动，几乎每一次段跃中都要亲自到现场组织。过去的 600 多个周末，段跃中很少有时间陪伴自己的妻子和孩子。“刚开始的时候，其实这个活动还是我爱人和我两个人一起创办的，开始容易，就是坚持下来很不容易，坚持一年、两年、三年，那么渐渐地也确实要做出很多牺牲，尤其每个星期六下午都要去，那个时候小孩还比较小，刚开始的时候家里面当然也有怨言，特别是不能陪伴他们，小孩子们后来慢慢地也理解了。”段跃中有两个孩子，年纪小的儿子正在学校读高中，他在学校的优秀学生颁奖会上向所有人介绍了“汉语角”，并骄傲地称赞父亲是“中日友好的桥梁”。

其实，“汉语角”活动只是段跃中在业余时间从事的一项公益活动。他在日本曾创办过报刊，后来又经营起了出版社，出版各种中日书籍。由他出版的各种日文图书有 420 多本，平均一年近 30 本，其中很多图书销量可观，进入了当地的畅销书榜单。然而在 20 多年前，段跃中还只是一个普通的中国留学生。之所以能取得今天这样的成绩，还要从他年轻的时候说起。

1958 年，段跃中出生在中国湖南。在来日本之前，他曾在中国青年报社当记者。20 世纪 90 年代，段跃中的妻子到日本深造。为了能够陪伴照顾妻子，在 1991 年他也放弃了原来稳定的工作赴日求学。“刚来日本日语不会说，没有钱，也没有人脉，所以人家都说我是零日元、零日语、零人脉的‘三零’青年”，段跃中回忆道。就这样他一边打工一边上学，用了 7 年时间，先后进入日本驹泽大学和日本国立新潟大学，完成了硕士和博士阶段的学习。也正是在读书期间，有过记者经验的段跃中靠着敏锐的观察力，关注到了当时日本主流媒体在报道中国方面存在着一些问题。“因为当时日本媒体关于中国人的报道，在我看来还是犯罪的负面新闻比较多，其实我周围的很多中国人都是非常优秀的，但是他们很难成为新闻报道的主角。”面对这种状况，段跃中结合自己在日本攻读的人文社会学科知识和媒体工作经验，在读博士期间，于 1996 年先是创办了一份每个月发行一期的报刊《日本侨报》，向日本政、财、文、学各界介绍中国国情、文化以及在日华人的动态与诉求。两年后，他又创办了《日本侨报电子周刊》，凭借网络的成本低、传递迅速和覆盖面广的特性，更是牢牢抓住一万余名受众，将中国的重要新闻源源不断地介绍给他们。之后他又开始着手研究关于中国人在日本的发展情况，并把这份研究作为自己的博士学位论文。

1998 年，还是一名留学生的段跃中出版了日本侨报出版社的第一本图书《在日中国人大全》。“编辑这本书其实是出于一个基本而朴素的想法，就是把我所掌握的这些素材、我认识的这些中国优秀人物用日语的形式告诉更多的日本朋友。”把中国故事介绍到日本主流社会，这是段跃中的心愿。为了完成自己的心愿，从 1993 年开始，段跃中除了要读博士、打工、照顾家庭之外，还要拿出大部分精力去图书馆，收集各大报刊资料，以及实地采访在日本各地的优秀华人。那段时间，他超负荷地运转，身体很快就出了问题，曾经两次被救护车送进医院。然而，疾病并没有打倒段跃中，经过 6 年的收集、整理、编辑，《在日中国人大全》终于出版了。书中收录了一万名当时生活在日本的华人信息，还有中国人在日本创办的社团、在日本的华人学者、华商创业的三千多家公司，以及近代以来中国人在日本死亡的消息等。《在日中国人大全》出版后，受到了日本当地媒体的关注，并且得到了积极的评价。同时，日本的各个图书馆、中日历史研究学者和机构，还有日本一些企业都开始收藏这本书，作为他们了解在日华人信息的重要渠道。经日本的《朝日新闻》、日本放送协会、《读卖新闻》等知名媒体关注报道以后，这本书在日本引起很大的反响，销售量也很快上升了。段跃中在采访中表示："这本书给日本社会提供了一个史上第一次完整、比较全面、系统地记录和反映华人在日本正面形象的数据库，就是从那个时候起，之前很多的媒体介绍中国人在日本的一些犯罪情况，通过这本书有了很大的改观。所以这本书给我一个新的启发，每年就这么以单行本的形式，向日本社会介绍中国的新书，介绍中国的发展变化。"

如今段跃中的出版社已经走上了正轨，每年除了出版各种图书之外，还创办了日中翻译学院，并通过组织当地的各种征文比赛来扩大出版社的影响力。为纪念《中日和平友好条约》缔结 40 周年，2018 年 11 月中旬，段跃中的出版社与中国驻日本大使馆联合举办了第 1 届"难忘的旅华故事"征文比赛，并将优秀论文集结成书出版发行。在段跃中的积极推进下，2021 年 11 月，"难忘的旅华故事"活动成功举办了第 4 届颁奖典礼。中国驻日本大使孔铉佑在颁奖仪式上表示，2022 年是中日邦交正常化 50 周年，希望此次参赛选手的获奖作品集能给更多的日本人一个观察中国的新视角，成为日本民众与中国及中国人接触的契机，成为参与中日友好的原点。

为了给日本提供中国抗疫的经验，2020 年 4 月段跃中组织日本侨报出版社的所有成员，紧急面向日本全国出版发行日文版《携手抗击新冠肺炎》。日本政府及民间曾在第一时间为中国提供口罩、医用防护服等救灾物资，一批防疫物资上还配有"山川异域，风月同天"八个汉字，感动了无数中国人。当日本面临疫情恶化时，中国各级政府、企业和个人也积极向日本捐款捐物，加油打气。此书一经出版就引来日本三大日报《朝日新闻》《读卖新闻》《每日新闻》、日本执政党之一的公明党机关报《公明新闻》及《日中友好新闻》等多家日本媒体追踪报道。段跃中提到："出版本书不仅表达了中国人民对日本人民支援的感谢之情，而且希望通过此书促进中日相互理解，特别是'国际社会携手共战难关'的信息和经验。"

日本侨报出版社还面向全日本举行了"携手抗击新冠肺炎"的征文活

动，请日本朋友拿起笔，记录和中国人民携手抗击新冠肺炎的故事。同时，出版社还举行面向中国大学生的全日语征文活动，并将主题定为“中国人民齐心协力抗击新冠肺炎和日本各界支援中国”。出版社在收到的上千份来稿中进行挑选，最终出版了《中日携手抗击新冠肺炎疫情》文集。其中，第16届“全中国日语作文大赛”最优秀奖（日本大使奖）获得者万园华同学在《语言将我们联系在一起》这一作品中提到，在新冠肺炎疫情肆虐时，日本捐赠给中国的救援物资以及上面所写着的赠言给她留下了深刻的印象，并使她回想起了2008年四川大地震时前来中国实施救援的日本救援队那真挚的姿态，让她更加坚定了“一定要努力学习日语，将来成为一名出色的译员”的决心。这是一篇充满了年轻人的蓬勃希望的作品。通过新冠肺炎疫情的经历，她希望为继续促进中日相互理解贡献自己的力量。这一积极的想法获得了高度评价。段跃中希望通过一系列的活动，用自己独到的、当地老百姓喜闻乐见的语言，去讲述中国故事。把这个活动做好、做深入，这是今后继续努力的一个方向。同时他也提到，驻外使领馆、中资企业、华侨华人以Twitter、Facebook等互联网社交媒体为平台，在本次防疫宣传中发挥了重要作用。所以应培养和重用优秀的年轻人担任社交媒体的制作和编辑工作，他们才是社交媒体的重要力量。

组织“汉语角”也好，出版日文图书也好，都是讲述中国故事的方法。让日本朋友更加理解中国，和更多的中国人成为朋友，共同架接友好的金桥，这是在日华人群体共同的愿望。段跃中在采访中说道：“作为海外华人，看到中国不断发展，我们从心底自豪。作为在海外的出版人，我们希望讲好中国故事。”创业20多年的时间里，段跃中正是践行着这样的理念，扮演着中日民间友好使者的角色，他深知不仅要讲好在日华侨华人的中国故事，更应翻译出版中国的优秀图书，把来自中国的故事介绍到日本主流社会，引导日本社会客观认知中国。

段跃中常说，现在的外交，不仅仅是政府的外交，更多的也是一种公共外交、民间外交。也就是说我们每一个国民都是民间大使，都是一个外交官，都代表着中国。如果我们每个人都能够表现出中国人的优秀风貌，传达给对方一个正确的中国文化的信息，那么，外国朋友对中国的印象也会越来越好。“国之交在于民相亲，民相亲在于心相通。”① 作为中国外交的一大特色，长期以来，民间外交为增进人民友谊、促进国家关系发展做出了重要贡献。其中，海外华侨华人发挥了日益重要的作用。段跃中就是这样一面中日民间友好交往的旗帜，他运用自身的工作专长，积极主动履行社会责任，大力弘扬中华文化，为促进中日友好关系贡献了力量。

日本

山川异域，风月同天

庚子年农历春节，武汉发生重大疫情。日本大力支援中国的同时，“山川异域，风月同天”这句诗也感动了无数的中国人。疫情的发展、祖国亲人的安危，时刻都在牵动着每一位在日华侨华人的心。日本规模最大、极具影响力的超大侨团联合体——全日本华侨华人社团联合会（以下简称“全华联”）在此次抗击疫情中极大地凝聚了侨心，促进了中日民间友好交流，在抗击疫情中践行了社会责任，功不可没。

日本全华联是一个有着18年历史的华侨华人社团，覆盖了日本各地的75个社团和联合团体。无论是祖（籍）国发生水灾、SARS、汶川地震和九寨沟地震，还是日本发生311大地震、熊本地震，每逢危难之时，全华联都冲在前面。而作为全华联创会元老和现任会长，贺乃和先生更是义无反顾带头组织募捐。

日本一直以“匠人精神”作为一种信仰。在日本的文化和做事方式上，精益求精、极其认真的工作精神代代相传。日本的华侨华人作为中日跨文化的独特群体，做事严谨，踏踏实实，考虑周全。在这次疫情到来之时，全华联的组织与各种分工和应对体现得淋漓尽致。

新任会长贺乃和与他的历练

我与贺会长的相识，正是缘于2020年“海外华商谈抗疫”的这场活

① 2017年5月14日，习近平主席出席“一带一路”国际合作高峰论坛开幕式的主旨演讲。

动。在活动前期策划中，我需要寻找一些华人的优秀代表。作为日本专场的协办单位，清华大学日本研究中心自然起到了推荐嘉宾的作用。就这样，贺会长答应参加我们的活动。在第一次与贺会长聊天后，我发现他人很随和，而且他说以前他的家就在北京，我们谈到了北京的很多地方，他总是说太熟悉了，是他以前在中国的时候经常去的，所以有一种很亲切的感觉。后来经过几番沟通，才知道他是第十届全华联刚当选不久的新一任会长。要知道负责日本最大的侨团可是了不起的事情，只有在日本很有威望和信誉的人才有可能当选。贺会长就是这样一位在日本华人圈举足轻重的人物。如今已经步入花甲之年的他，却有着不寻常的人生历练。

贺会长从一个极其普通的留日学生开始，一步步在日本创造他的辉煌。毕业于北京工业大学计算机学院的他，在35岁之际辞去了中国科学院的工作，于1988年东渡扶桑。初到日本的他面临着经济和语言的双重困境。为谋生，他当过清扫工、洗碗工等，生活支出力求最小，胃痛不去医院，就吞几片中国带去的止痛药；伙食也没得选，只挑市场上最便宜的，一度整天吃鸡肉、鸡蛋，半年里没买过一罐饮料。目标坚定、勤奋刻苦的他如愿考进了庆应大学大学院，攻读计算机专业，毕业后就职于一家计算机公司，从事软件开发。

之后，不安于现状、一直想干一番事业的他，于1996年在老校友、老朋友的帮助下，凑齐1 000万日元作为创业资本，创办了日本PSB公司（后更名为“日本太平洋软件银行”）。日本前首相中曾根康弘在得知贺会长在日本艰苦创业的故事后，曾挥毫写下四个字：正气堂堂。

PSB公司成立初期，员工只有4人，如今发展到近百人。第一年营业额6 000万日元，翌年达到3亿日元，2000年已达6亿日元，6 000万至6亿仅仅用了4年的时间。由于有成熟的技术和良好的信誉，一些日本大企业，如樱花银行、富士通、NTT、日立、松下等相继与PSB公司建立了业务关系。

PSB公司的用人机制深受日本人羡慕。即使在公司业务量急剧减少时期，贺会长也不裁员。员工只要有能力，一年能加薪4次。日本NHK电视台曾对贺会长以勤奋和智慧创造的日本华人高科技公司“PSB经营模式”做了专题报道，在日本经济界和侨界引起了很大的反响。

如果说，留学打磨了他的毅力，商界教会了他的正气，那么，军旅生涯则奠定了他人生的基石，树立了“言必行，行必果”的正直人生观。海军特种兵出身的贺会长经历过胶鞋走在甲板上都要热得变形的高温；曾写下遗书，去迎接美国军舰的挑战；退役后又当过 4 年爆破工。这些特有的历练注定了贺会长将谱写不平凡的人生。

如今已过花甲之年的贺会长开始淡出商界，将大部分精力投入热心的协会、社团和公益，他视其为余生的再一次创业。贺会长说：“侨团活动中，威信很重要，没有威信则难称为侨领。威信靠做人，不是靠任命，也是任命不了的。中国古话，人过留名，雁过留声，侨领也一样，靠口碑，靠做人。遇到事情是否出于公心，是否正直，是否出钱出力冲在前面，这是衡量一个侨领的标志。既然当会长，那就要认真地团结大家，把事情做好。全华联应该立足于在日侨民，把华侨华人团结在一起，融入当地社会，搞好中日民间友好，积极配合使馆做好各项活动。”

贺会长在日本华人社会中有很高的声誉、威望和良好的口碑。一位众望所归的华人新领袖，必定会带领广大旅日华侨华人一起打赢这场防疫阻击战。

青山一道同云雨　明月何曾是两乡

当看到中国新冠肺炎疫情的严重情况时，2020 年 1 月 21 日，贺会长召开网上副会长会议，决定发起驰援武汉捐赠公益活动。贺会长表示：“我们不讲大道理、空话、官话，我们只知道救灾无地界，爱乡情义真。一元不嫌少，也是慈爱心。一方有难，八方支援，爱国爱乡，理所应当。”

1 月 23 日，全华联向全日本华侨华人发出了倡议书，号召在日华侨华人和全华联各个社团、个人都行动起来，和祖（籍）国一起参加战胜疫情防控战，为战胜新冠肺炎贡献在日华侨华人的微薄之力。倡议一经发出，全华联所属的 75 个社团马上就行动起来。配合当地政府的规定和华侨华人抗疫的需要，全华联组建了由义捐组、事务局、财务组、报道组、收集组构成的华侨华人灾害应急委员会，发挥了重要的组织、调度和协调作用。

截至 2 月 6 日，在短短两个星期内，全华联与非全华联会员的社团，以及在日企业共捐款捐物超过 6 500 万日元，直接捐给全华联账号的款项就达到550多万日元。全华联将其中200万日元捐给了中国华侨公益基金会，其他的350多万日元采购了一线医务人员的N95口罩，同其他捐赠物资一起送往武汉。首批物资于2月7日大阪专机直飞武汉，定向分配到武汉钢铁第二职工医院、武昌东湖梨园医院、武汉市黄陂艾格眼科医院、汉南区中医医院、天门市第一人民医院、鄂州市中医医院、秭归县人民医院七家医院。

贺会长表示这次募捐的整个过程不是靠一个人就能做好的，而是得靠一个民主、团结、勇于奉献的团队。特别是义捐组日夜兼程地组织募捐非常辛劳，只为早一刻将急缺的物资送往灾区。“我们知道，今天的武汉市民以及广大医务工作者正在进行一场极为艰苦卓绝的斗争，你们面临的是巨大的危险。但是请记住，你们并不是孤军奋战，从今天开始，我们已与你们站在一起。”这是全华联致抗击新冠肺炎前线人民慰问信中的心声。国家有难，侨胞有责。全华联号召每个团体为武汉疫区捐资捐物，也为各自家乡的省市县及当地医院提供医疗救助物资。

图2-11　全日本华侨华人联合会驰援武汉

救助侨胞和当地社会

日本疫情从一艘游轮开始，很快在日本全国蔓延。全华联灾害应急委员会认为，针对华侨华人群体因为疫情引起的不安，在日华人中医团队可以发挥专业知识作用，帮助大家渡过难关。于是他们采取了多形式的自救渠道。侨团领导首先让75个侨团分别成立一个三人防疫小组，小组负责人的联系方式都公开，让全日本的每个侨民都能找到相应的省市同乡会、商会及各种专业组织。每个小组长轮流帮助侨胞解答问题，解决包括口罩不足、同胞生病、无法接受检查等困难；社团将中医请到防疫小组群里，充分发挥传统中医的特长，为华侨华人讲授防疫知识，进行答疑解惑；全华联各所属侨团通过微信群，建立困难求助的联络体系，利用网络帮助侨胞排忧解难、进行心理疏导；呼吁华侨华人经营的医院、药局、针灸院积极为华侨华人提供温馨服务，解答华侨华人的相关防疫问题，以共同度过防疫的艰难时期；通过网络发声，组织多场中医讲座、抗疫艺术演出等网络直播。

在为当地侨胞免费发放防护物资、抱团取暖的同时，全华联还组织了向当地社会献爱心活动，他们把援助物资快速准确地送到日本政府、医院、养老院、学校、幼儿园等机构，为支持当地社会抗疫提供力所能及的帮助，赢得了日本国民的好评。在中日共同抗疫过程中，侨团起到了桥梁和纽带的重要作用，促进了中日民间友好往来和交流，给中日关系带来了一股暖暖的春风。

中秋节是海外游子思乡的时候，但因为疫情，全华联艺术团大型文艺现场晚会的计划不得不终止。为了能给日本的华侨华人送去祝福与慰问，全华联艺术团改为以视频的方式献上了精彩纷呈的文艺演出。贺会长表示，举办一场艺术演出很不容易，但今年全华联的这场晚会有着特殊的意义，不仅是为了给在日华侨华人带来一份快乐，同时也是为了感谢中国驻日大使馆、中国侨联侨办对侨民的支援，感谢在日华侨华人中的抗疫先锋，以及全华联的所有理事们。

贺会长认为，这在以前是从来没有过的救援，很多的组织方式都是第一次的尝试，可以说是一种创新。全华联在疫情中的表现，体现了华侨华人善良无私的互助大爱精神。事实上，在历史上任何一次的重大事件面前，华侨华人彰显出的家国情怀和大爱无疆都是一脉相承的。

关爱老侨　情暖空巢

在我调研不同国家的侨团所获得的信息中，日本全华联是唯一一个对在日老华侨采取特别关爱的侨团。我们都知道，日本是全球老龄化程度最严重的国家。日本的老华侨经历了艰辛的打拼。很多人都知道老华侨在海外的“三把刀”：一把是剪刀，做裁缝的；一把是剃头刀，理发的；还有一把是菜刀，做厨师的。老华侨凭借着“三把刀”打天下，而且赢得了在当地生存、生活的可能，这是老华侨的典型特征。很多老华侨为侨社的发展、为中日的关系也做出了巨大的努力。这场疫情使得老年人更加无助，特别是很多老华侨缺少口罩。全华联得知后，动员各个团体驰援老华侨口罩。当时，口罩在日本已经基本脱销，即便是各种药店和超市也很难买到。经过苦苦寻找之后，全华联终于收集到 14 000 个口罩，分发给了当地 70 岁以上的老华侨，很多老人在收到口罩后既惊喜又感动。这种日本新老华侨华人的互帮互助，展现出团结抗疫的社群凝聚力。

不间断的倡议书和告知书

2020 年 3 月 6 日，全华联发布《致全体在日华侨华人的倡议书》，以下为倡议书全文：

进入 3 月以来，新冠病毒疫情已在世界上的约 80 个国家和地区出现，感染人数持续增加。特别是在中国的疫情得到基本控制，感染人数显著下降后，在韩国、日本、意大利、伊朗、法国、西班牙、德国、美国等国的疫情呈现出较为明显的扩散态势。新冠病毒疫情作为突发的国际社会公共卫生事件，需要国际社会所有成员携手共同对应。在疫情面前，人类命运共相连。

我们全日本华侨华人联合会呼吁全体在日华侨华人，作为日本社会的一员，积极行动起来，从自身做起，与日本人民同心互助，共同防控新冠病毒疫情的扩散。

1. 希望广大侨胞要自觉遵守当地防疫法律法规，主动配合所在地的各项疫情防控措施，积极参与当地抗击疫情的公益事业，积极帮助当地侨胞和民众，不听信谣言，不参与扰乱社会秩序的活动，建立和维护日本华侨华人的良好形象。各侨团要关注我使领馆官方信息，如遇到紧急情况，及时向当地政府有关部门求助，并与中国驻日本使领馆联系。

2. 希望广大侨胞采取必要防范手段，加强自我防护，尽量减少不必要外出，避免前往人员密集场所，不举办不参加群体性活动。注意饮食卫生安全，保持居住和工作空间的卫生环境。如有疑似症状，要及时就诊，并及时将情况反馈所在侨团、使领馆。要自觉遵守日本政府关于入境后进行14日隔离观察的要求。

3. 希望广大侨胞一定要考虑出行风险，尽量减少不必要的移动。如您近期有返乡计划，请提前通过各省的海外侨胞回国健康信息预申报平台界面报告相关信息。请全程落实安全防护措施，回国后请遵守国内相关防护举措，维护好自己和他人的健康安全，共同防范好疫情相关风险。如您出现发热、咳嗽等疑似症状，请第一时间向当地卫生部门或所在社区报告，做到早发现、早报告、早隔离、早治疗。

春风起，万物新！在这非常时期，我们在日华侨华人要与日本人民一道，守望相助，心手相连，携手合作，共同防控。

同胞们相聚一定不远。指日乐见樱花浪漫日，翘首笑迎奥运盛开时！

2021年1月6日，全华联发布告知书：

全华联灾害应急委员会号召，全华联75个下属会的各个防疫小组一一提醒所属团体严格防护，避免大型聚会。积极配合使馆和当地政府的防疫措施，保自己和家人平安。顺利渡过第三波疫情的影响。

在日同胞确诊也呈快速增长态势。去年1—9月共确诊78人，10月确诊9人，11月确诊41人，12月确诊101人，2021年1月17日止确诊96人。

目前，在日华侨华人确诊总数达到325人（不含邮轮感染）。

疫情日益严重，全华联号召75个所属社团会长积极行动起来，配合使馆抗疫工作，广为宣传，遵守当地紧急状态下的各种政策和规则，提醒各会华侨华人注意防护，重视疫情扩大的现状。也请各位会长开始行动。动员各自的会骨干加强抗疫宣传，帮助、救助、解决各自的团体会员抗疫中的具体求助，打好抗疫持久战。

转发参考一北京某群保证书：

宁把自己灌醉，也不参加聚会。

宁把自己灌倒，也不出去乱跑。

宁把脑袋睡扁，也不外出冒险。

宁把沙发坐破，也不出去惹祸。

宁在家里打转，也不聚友蹭饭。

宁可憋得冒汗，不给社会添乱。

紧急状态，严防严控。

抵制聚会聚餐，平安渡过寒天。

2021年1月23日，全华联发布告知书：

各位，昨天，日本4 717人（东京1 070人）降低了。节前好兆，1月22日晚上，全华联代表（会长和事务局局长）参加了由使馆领事部组织的网上抗疫座谈会。老一辈华侨代表东京华总和横滨侨团的会长事务局局长也参加。针对大家遇到的抗疫、签证护照等问题，使馆迅速出台了用邮寄解决问题的方案，受到欢迎。

全华联继续提醒所属会华侨华人严格防控，不可大意。

根据前天新闻，日本三万多人在排队等候住院。

一旦中招，住院极难，自备好药品，准备万一遇到感染不能住院时，我们自己救自己，同时可求助全华联75个侨团及防疫小组，可在住院、药品、物资上与使馆一起提供咨询帮助与服务。

别再聚会、打球，忍一忍，愿大家及家人都平平安安。

这是全华联向下属社团所有侨胞发出的倡议书和告知书。从 2020 年新冠肺炎疫情开始至今，全华联不停关注日本新闻动态，并与使领馆通力合作，将日本疫情的走势第一时间告知侨胞，不间断地提醒他们关注自身健康，做好防疫保护。日本侨团一丝不苟的态度令人敬佩。全华联领导团队在贺会长的带领下，自疫情发生近一年的时间里，一直与各个社团共同奋战在抗疫最前线。无论是义捐还是组织发放来自国内的爱心口罩，无论是组织 75 个社团的防疫小组还是请中医老师进全华联各防疫群主办和参加各种抗疫直播，全华联的力量处处彰显。

当我向贺会长问到他对于有关侨领的认识和感悟时，他发给我这么一段文字：

什么叫侨领？

侨领重要的一点是为人。

我是军人出身，个人的理解是：

好军人的必要条件——能够在打仗时冲锋在前。

好侨领的条件应该——威信高，口碑好，接地气，谦为上，有号召影响力。

威信来自口碑，口碑来自为人。

在抗疫中，全华联第十届集体领导班子成员无私奉献，冲在一线，艰苦奋战，每周见面或网上开会，一刻不停，带领社团抗疫，同时继续抓好社团建设。这次抗疫行动中，他们既锻炼了自己，又赢得了威望。贺会长以及他所带领的全华联的一次有意义的抗疫纪实，让我们看到了侨团作为树立新时代大国侨民形象的坚强基石，可谓重任之下敢担当，困难面前有作为。

美国

美国是东南亚以外拥有海外华侨华人数量最多的国家。《世界侨情报告（2020）》蓝皮书显示，在美华侨华人数量已经超过 550 万。① 近些年，美国移民的结构发生了新的变化。数十年来，墨西哥一直是美国新移民的主要来源国。但从 2013 年开始，中国成为全美移民的第一大来源国（14.7 万），其次是印度（12.9 万）和墨西哥（12.5 万）。从 2000 年到 2016 年，在美国的华人数量增长近 75%。② 同时，中国新移民对美国产生了长远影响，中国已经成为美国高等教育机构招收外国学生最多的国家。根据 2019 年全球化智库（CCG）统计的数据，中国在美留学人员群体近 50 万人，其中包括 30 万左右大学生，10 万左右中学生，5 万访问学者，每年向美国贡献的教育收入多达 200 亿美元。③ 此外，在 EB－5 投资者签证项目的申请中，来自中国的申请人占据多数，仅 2015 年，中国人就占该项目所有申请者的 90%。他们也是获得 H－1B 临时就业签证的第二大群体。④

美国是世界上最大的一个移民国家，其民众来自全世界各地。华人在美国的移民历程并不长，算下来也只有 200 年，但移民之路艰辛而曲折。19 世纪 70 年代，由于经济不景气和西岸劳工市场不稳定，华工充当了替罪羊，于是 1882 年美国国会通过了《排华法案》，禁止华工进入美国。这在后面的章节会详细提到。20 世纪 60 年代，鉴于国内平权运动和全球经济发展的双重压力，美国国会对当时的移民法进行了根本改革，于 1965 年

---

① 张春旺、张秀明主编：《世界侨情报告（2020）》，北京：社会科学文献出版社，2020 年，第 265 页。

② CHISHTI M，HIPSMAN F. In historic shift，new migration flows from Mexico fall below those from China and India. Migration information source，2015－05－21. 这个数据是按照官方统计所得，不包括非法移民人数，实际各国到达美国的人数还有待商榷，可能远远大于这个数字。但毋庸置疑，中国移民美国的人数正在急速增长。

③《希望美方把欢迎中国学生真正落到实处》，人民网，https://baijiahao.baidu.com/s?id=1649864175879351259&wfr=spider&for=pc，2019 年 11 月 11 日。

④ ［美］李漪莲（Erika Lee）著，伍斌译：《亚裔美国的创生：一部历史》，北京：中信出版社，2019 年，第 8 页。

通过了《移民法修订案》，要求平等对待不同族裔的移民和平等对待不同的来源国。此后1978年中国改革开放，移民政策相对放宽，大批来自中国大陆的新移民开始涌入美国。①

美国虽然自我标榜为民族大熔炉，强调来自各地不同文化背景的移民摒弃族裔文化而融入主流文化，但是长期以来，非欧裔背景的有色人种族群，包括华裔，被主流社会边缘化。由于20世纪60年代的平权运动和多元文化运动的冲击，美国的社会结构发生了巨大变化。但是，海外华人曾经蒙受60多年的法律排斥，种族歧视延续至今仍然挥之不去。在排华期间，虽然允许华商入境，但由于主流社会对华裔的歧视，华商与华工都被拒绝于民族大熔炉之外，只能退至唐人街相互依赖以求生存。即便今天，虽然华人的社会地位不断提高，一些社会流动的硬指标，如教育、职业和收入水平，华人已经接近甚至超过白人，但他们在群体的层面上还是被种族分层制度边缘化。

从总体区域看，美国华侨华人主要聚居在西部与东北部地区，这两个地区的华侨华人分别占美国华侨华人总数的49%和26.4%，南部和中西部分别为15.7%和8.9%。但近年来华人聚居密集度已经略为下降。从各州分布看，美国华侨华人最为集中的州是加利福尼亚州（38.9%）与纽约州（15.7%），其次是夏威夷州、马萨诸塞州、新泽西州、得克萨斯州、伊利诺伊州等。②

2021年春节前夕，我采访了居住在加州洛杉矶的林光先生。疫情下，他由全美“打火机大王”转变为全美中国留学生的守护者。在美的中国留学生是一个庞大的群体，服务他们可不是易事，更何况疫情面前人人自危，让我们看看林光是如何做到的。

全美中国留学生守护者

林光，一位美国的传奇华商，被誉为“打火机大王”，疫情下他成为

① 周敏、刘宏：《海外华人跨国主义实践的模式及其差异——基于美国与新加坡的比较分析》，《华侨华人历史研究》2013年第1期，第1－19页。

② 陈奕平、宋敏锋：《美国华侨华人政治经济发展新形势及对我国政策建议》，《八桂侨刊》2014年第1期，第3－12页。

全美中国留学生守护者。让我们先从他的打火机商业传奇开始讲起。

林光是第一个将温州打火机卖到美国的人，如今他创办的美国幸运贸易有限公司已发展成全美打火机市场的龙头企业。2000 年 12 月，他成立美国国际安全打火机协会，这是美国第一个由华人创办的行业性协会，会员拥有的进口量约占美国金属打火机的 75%，是中国金属安全打火机出口的主力军。他历经坎坷，曾四次攻破美国的贸易壁垒，尤其是 2002 年中国打火机在美国遭遇 CR① 技术壁垒时，他成功发明了“加重型防儿童开启装置”，并让生产打火机的中国企业分享他的打火机安全锁专利，帮助国内整个打火机行业渡过危机。为了让国内生产的打火机符合国际市场的安全标准，他在温州投资兴建了打火机生产园区，目前这个园区是整个国内打火机生产的航母。2003 年 2 月，林光被接纳为“联合国全球协议”成员，成为全球极少数获此殊荣的华人之一。

这些年在商业之余，林光开始热衷社团公益活动。2017 年他发起成立了全美浙江总商会并担任第一届会长，如今他继续连任第二届会长。2021 年春天，我有幸采访了林光先生，聆听他在特殊时期化身为全美留学生守护者的整个过程。兼具“天时地利人和”才能完成这个看似不可能实现的任务，而全美浙江总商会在他的带领下出色完成了历史使命。林光被浙江省侨联等多个部门授予“华人华侨抗疫英雄”的称号，全美浙江总商会也荣获浙江省侨联颁发的“全省侨联系统先进集体”荣誉称号。

Lucky 热线成为全美留学生的救命热线

全美浙江总商会在成立之初，就开通了免费 Lucky 热线：1 – 833 – 20 – 58259。林光最初的想法是在到美国旅游的同胞出现意外时提供紧急援助。“lucky 是幸运的意思，所以希望 lucky 能陪伴每一位旅美侨胞。”林光说这是起热线名字的初衷。考虑到华人在美国遇到问题时，身上往往没有现金，所以这个热线号码在注册的时候就是完全免费拨打的。开通的这些

---

① CR（Child Resistance，儿童防护）法规是美国联邦消费品安全委员会（CPSC）1994 年宣布执行的，它要求美国市场售价低于 2 美元的打火机都必须安装防护儿童开启的特殊安全装置，否则不准销售。

年里，商会已经帮助了不少旅美侨胞，比如丢失护照的、遇到事故的等。但是谁都没有想到，这个 Lucky 热线，竟成为疫情下全美留学生的救助热线，在特殊时期发挥了重要作用。

这种转变还要从滞留在林光那里的 10 万多个口罩讲起。2020 年 3 月初，一场原本还在救援国内的“上半场”抗疫行动突然被打断了。2020 年新春伊始，新型冠状病毒迅速扩散到华夏大地，林光和全美浙江总商会的一百多名会员一起为中国和家乡温州的抗疫物资四处奔波。他们将一批批买到的口罩通过南航、东航顺利运回国内，与国内航空货运经理建立了紧密的合作关系。无论是客运还是货运都为他们留出抗疫物资的舱位，只要货一到，填写一个申报表，交给航空公司，24 小时之后便能抵达杭州，航运费免费，关税免费，由此形成一条 VIP 航空物资通道。

可是 3 月初美国疫情开始蔓延和升级，机场物流运送的 VIP 通道关闭，使得最后一批向国内运送的 10 万多个口罩没有运走，林光为此苦恼发愁。此时中国疫情已经迈过至暗时刻，而美国疫情开始暴发，当时美国基本买不到口罩了。林光说“那个时候的口罩比黄金还贵”。3 月 10 日以后随着疫情的加重，美国人心惶惶。这么大批滞留的昂贵口罩，接下来该如何处理呢？林光决定转战第二战场，迅速开启了“关爱互助模式”，成立全美浙江总商会防疫应急专委会，及时将焦点转向美国本土，指导和协助在美留学生做好抗疫防疫工作。全美浙江总商会与温州市留学人员和家属联谊会联合美国西南部、中部与东部各中国学生学者联谊会，组建了“全美浙商—全美学联抗疫联盟”。目前该联盟已经联合全美 100 多所大学的中国学生学者联谊会，可以为近 20 万中国留学生提供帮助，覆盖了全美近一半的留学生。

全美浙江总商会与各片区的学联主席一起行动起来，赶在 2020 年 3 月 20 日洛杉矶封城之前的 18 日就已经将 10 万个口罩全部送到留学生的手中，这是让林光颇为自豪的一件事。正是他们的迅速反应让留学生的燃眉之急在封城前得以解决。之后他们又陆续派发了从国内寄来的口罩、洗手液和安全包给美国各地的中国留学生。全美浙江总商会也因此获得了美国众多的学生资源。林光告诉我：“现在商会对于在美的中国留学生资源最熟悉了，使领馆都做不到，因为他们只能分片区，而我们是面向全美国的留学生。”

在此基础上，林光决定将全美浙江总商会的 Lucky 热线转变为“全美留学生防疫应急热线”。温州市留联会也加入了热线服务与宣传的工作。热线得到广泛的传播，使更多的留学生与家长受惠，在中美两国带来无数的好评。同时，温州市留联会还将热线服务模式复制到全球九个疫情较重的国家。浙江省委省政府有关部门也通过报纸和广播等多媒体传播，Lucky 热线成为浙江省政府推荐的唯一一个在美留学生救助电话。

从那以后，Lucky 热线成为 24 小时守候的爱心电话。“3 月 20 日到 4 月初是热线最繁忙的时候，每天收到几十个，最高纪录达到 150 个电话，打不通的就加我们微信，留学生心急如焚，家长无助和纠结，我们对每一个救援者都力所能及地给予答复和帮助。”林光介绍道。求助电话中包括这样的声音：

我们学校地处美国偏僻小镇，周围超市食品等物资都被抢空了，我们的食品只够三天了，口罩也没有，急急急！……

我是纽约的一年级留学生，学校停课了，并要求我们搬离学校，我人疏地不熟一下子找不到住所，怎么办呢？急急急！……

我孩子在美国读大学，现在学校都停课了，我要他回来，但机票也买不到，怎么办呢？急急急！……

我的孩子发烧了，没法得到检测和治疗，怎么办呢？急急急……

我的女儿失联已一周了，你能帮我吗？急急急……

林光常常亲自上阵当救援应急电话接线员。求助人急切的语气、无助的心情，深深震撼着他的心。特别是有一次收到一位家长因为女儿失联一周而万分焦急的电话，林光通宵帮忙联系当地的领馆和侨领。终于，在凌晨时分，家长传来女儿找到了的消息。那段时间，林光每天的睡觉时间不足 6 个小时，收发物资，处理热线问题，有太多的感人故事，有太多的惊喜。“帮人也会成瘾，也会成为习惯，现在如有一天没有收到求助电话，心里反而觉得空虚不踏实。”林光说。

根据需求，全美浙江总商会为在美国的留学生提供四大服务：一是为留学生发放免费防疫用品；二是帮助离校学生安排住宿；三是为学生留守和返乡提供指南；四是提供远程医疗咨询服务。

全美浙江总商会防疫应急专委会与温州市留联会联手，迅速组建了全美各地 20 多个留学生和家长协助的微信群，每个群有 500 个上线人员参加。全美浙江总商会防疫应急专委会成员各司其职：专委会总指挥潘松林、总商会财务长谢巧玲、副秘书长滕滕统筹疫情，全方位服务各群；医学专家丁凌博士一边做线上问答一边为个案咨询；陈时升控股的纽约万豪酒店以最优惠的价格为学生提供过渡时期的住宿；爱心人士许旭升和陈国彬凭借个人社会资源，建立了南航与东航两大通道，使防疫物资的进出口有了保障；以及洛杉矶、纽约、旧金山、芝加哥、休斯敦、西雅图、圣地亚哥及密歇根州、佛罗里达州、宾夕法尼亚州、新泽西州、俄勒冈州等地的多位商会会员，作为各地家长微信群的爱心志愿者和当地代表，为家长们排忧解难，使留学生安心，家长放心。

为防止学校里出现爆发性新冠肺炎疫情，美国的大学提前放假，学校关门，在校学生被要求搬离学校。一些留学生没有地方住，更糟糕的是如果留学生生病了，在美国是没有办法看病的，除非急症，但被病毒传染的风险更大。为此，林光建立了留学生家庭医生联络点。每个区有一位职业医生，还有一位商会的医生，再找一位会员成为志愿者。留学生可以选择当地医生，也可以选择商会总部的丁医生，双线服务。如果一定要在当地看病的，就推荐家庭医生视频会诊。因为在美国人们看病通常先找家庭医生，然后再介绍到专业医院。

大多学生一旦出现了发烧、头痛、乏力、胸闷、咳嗽或腹泻等症状，都害怕自己是感染了新冠病毒，心理比较恐慌。丁医生大多是在傍晚时分接到求医电话，一些留学生经过了白天的自行处理，甚至有的已经去过急诊室，见过医生和护士，因处理的结果不理想而开始焦虑、纠结和担忧。丁医生在稳定其情绪、减缓其焦虑的同时，仔细询问可能的接触史、发病的经过、病症的表现、病情的变化以及自行处理或医院诊所的处理措施。

虽然不能直接接触到病患本人，只能通过文字和语音网上交流，但丁医生仍竭力针对每个人的具体情况，运用自己20余年的临床医学工作经验，从微信交流中做出自己的专业判断，继而指导这些留学生应该怎样进行更合适的补水、降温、补充蛋白质、充分休息等措施，怎样观察病情的变化，在何时应该进一步检查和就医用药，也在用药选择上给了针对性的指导。总之，在缺衣少药的特殊时候，这个远程医疗可谓给恐慌的留学生们吃了一剂定心丸。

之后，浙江省政府和多个商会又分别捐赠给美国多批抗疫物资，由全美浙江总商会负责派发给当地侨胞、留学生和医疗机构等。林光介绍，总商会卧虎藏龙，有爱心的人很多，许多会员都在这次收发口罩中付出了不少。这次商会的高效服务，离不开全体会员的集体努力。林光说，全美浙江总商会前前后后将收到的200多万个口罩捐赠给当地留学生和社会急需的人群，他本人也与美国的很多留学生建立了深厚的友谊。

图2－12　全美浙江总商会会长林光（右一）向在美大学生捐赠口罩

融合参与点亮希望

随着新冠肺炎疫情愈来愈严重，一线工作人员面临沉重的身心负担和风险，市场上防疫物资严重短缺，许多部门的工作人员没有防疫物品。全美浙江总商会防疫应急专委会在居家隔离禁令的情况下，想尽一切办法，将口罩交给急需的市政府、警察局、消防局等，同时还不忘社会民众，也给医院、教会、养老院、商业团体和特殊社区等送上了口罩。

2020 年 4 月，在华人警官庄佩源的介绍下，林光带领全美浙江总商会防疫组成员，先后向全美最大的警察局之一——美国洛杉矶县警察局分批捐赠合计 7 万多个防疫口罩，洛杉矶县警察局局长维拉纽瓦代表警察局感谢华人社区和全美浙江总商会所做的贡献。洛杉矶县警察局有警员近万名。在美国疫情蔓延、国家进入紧急状态之际，对于坚持防疫前线的警察们来说，个人的防疫显得尤为重要。

在陆续向洛杉矶地区多个政府部门和社会团体捐赠医疗防护用品后，林光把目光放在了流浪汉、印第安人和黑人等群体上。

自 2020 年 4 月 10 日凌晨起，洛杉矶市的“遮面令”生效了，这一行政令要求民众进出公共场所必戴口罩，或至少要遮挡面部，否则不得进入。对于普通居民来说，做到这一点并不难，可是对于无家可归者来说，这却是件很困难的事。

美国社会贫富差距极大，富人富甲天下，穷人一贫如洗。流落街头的无家可归者是最典型的美国穷人，特别是在大城市像纽约、洛杉矶，遇到无家可归者是司空见惯的事。贫困这种现象已跨越种族、性别、年龄和家庭形态，成为影响民众生活质量的“瘟疫”。大部分学术研究都将目光聚焦在落后国家的贫困人群身上，比如 2019 年诺贝尔经济学奖的三位获得者就以研究第三世界国家的贫困问题而摘得桂冠。① 但发达国家社会中的贫困问题同样广泛存在，并且触目惊心。② 自“居家令”实施之后，穷人的

---

① ［美］阿比吉特·班纳吉、［法］埃斯特·迪弗洛著，景芳译：《贫穷的本质：我们为什么摆脱不了贫穷》，北京：中信出版社，2013 年。

② HAYMES S N, et al.（eds.）Routledge handbook of poverty in the United States. London and New York：Routledge，2015.

生活显得更苍白无力。在洛杉矶空旷的街道上，人们看到最多的即是这群无家可归的人，以及他们居住的帐篷。下雨后天气阴冷，许多无家可归者会站在店铺的屋檐下，等待放晴，这群人很少戴口罩。长期关注无家可归人群的林光组织会员一起将 5 万只口罩送到了无家可归者收容中心—梦想中心、洛杉矶慈善机构、收留中心、服务员工国际联盟等 5 个机构。无家可归者收容中心—梦想中心媒体联络总监 Christine Kim 表示，全美浙江总商会克服千艰万难，送来防疫口罩，这好像是上帝的安排，太感谢华人朋友了。更有加州众议员周本立知道后，大力赞赏，表示在美国新冠肺炎疫情情势严峻的情况下，向洛杉矶无家可归者及时送来防疫口罩，为华人树立良好形象，值得敬佩与表扬。他们的抗疫公益行动，也得到浙江国际频道报道。

在采访中，林光特别提到印第安人部落。印第安人的发病率是最高的，在美国纽约疫情最严重的时候，亚利桑那州的印第安人感染率是纽约的两倍。由于印第安人生活的地区卫生条件极其恶劣，而且没有充足的医疗设施，也没有医疗中心和医院，顶多有些被视为医疗中心的小诊所，印第安人在如此恶劣的卫生条件下遭受重大威胁。在最困难的时候，林光代表商会捐赠给印第安人 5 万只口罩。林光回忆：“他们真的太需要了，当天印第安人开车 9 个多小时从遥远的亚利桑那州到达洛杉矶，当时看到口罩眼眶都湿润了，口罩在那个时候简直就是救命稻草。”

自救互助　营造和谐

美国疫情升级后，一些激进分子煽动仇华排华情绪，并愈演愈烈，社会关系不稳定，给华人带来负面影响。林光告诉我，2020 年当地华人包括他本人都受到了非常大的社会舆论压力，新冠病毒加之“政治病毒”，导致 4 月份起在美国各地都兴起了多起仇华事件。林光本人和家人在社区散步过程中，也遭到了社区行人的鄙视。为了改变社会对华人的印象，追求邻里和谐，以求社区平安，全美浙江总商会积极发动会员，协助当地政府和社区走出困境，举行各种捐赠活动主动发挥华人的主动性和优势，为华人正名，提升华人在美国本土的正能量形象。

林光认为将手中的口罩捐给当地的广大社团，再由社团捐给他们周围更需要的人，是非常有意义的事情。2020 年 11 月 21 日，在洛杉矶 Azusa 举行了一个防疫物资的捐赠仪式，在全美浙江总商会总部的停车场上，60 米长、2 米高的“口罩长城”静候着大家的到来。林光带领志愿者提供了 50 万个一次性口罩，当场免费发放给 50 家政府机构、侨团和留学生学联，平均每家得到 1 万个口罩。林光表示，疫情不止，抗疫警钟长鸣，防疫不松懈，抗疫不放弃，今天建立的“口罩长城”不仅是指口罩，更象征“防疫之墙”和“抵抗瘟神之墙”，希望每个人在自我防护的同时，将口罩分享给周围的民众，以提升华人的形象，营造和谐的居住环境。在严峻的疫情和敏感的政治双重压力下，旅美华侨华人抱团取暖，共克时艰，体现出空前的团结氛围。

“帮助真正需要帮助的人是一件快乐的事！”林光说。在浙江省侨办、浙江省侨联、浙江省国际商会、世界温州人联谊会、温州市国际商会、鹿城区国际商会和企业个人的爱心驰援下，他们从初期自掏腰包采购物品到现在善用家乡驰援物资帮助更多的人。“美国疫情仍然严峻，我们还要继续坚持抗疫直到取得最后胜利！”

爱心就像一盏灯，照亮着前进的方向。全美浙江总商会防疫应急专委会的公益活动还在继续，热线电话还是不断地在响，留学生家长微信群里还有各种咨询与求助。林光虽然在居家隔离中，但他依然领导着侨团做好疫情服务工作。

美国

用新媒体讲好中美故事

我对高娓娓的关注，始于这次新冠肺炎疫情。因为研究工作的需要，我平时会特别留意海外的信息，而美国更是重点研究的国家，由于疫情的加重，我发自内心对在美的华侨华人多了一分担心。我发现在很多新媒体平台上，都能看到高娓娓的名字。“娓娓道来，我是高娓娓。”她一头乌黑亮丽的秀发，让人眼前一亮。而在纽约疫情最为严重的时期，她依然多次进入疫区进行采访，除了佩服她的勇气以外，我也对她和她的工作多了一分好奇，在后来的采访中我才知道她可是各媒体网络平台上名副其实的大V。

通过朋友的介绍，我联系到了这位来自重庆的美籍华人高娓娓。初见高娓娓的人，都会惊叹于她和三毛的神似——流浪的风情，率真的个性，以及浪漫而感性的爱情观。而三毛，也正是高娓娓一直以来的精神偶像。"（我）几乎看了三毛所有的书，一遍又一遍，无数遍，也几乎收藏了三毛所有的书。看三毛的文章，就在我心中播下了写作的种子，仿佛今生今世的约定——像三毛那样生活，像三毛那样漫游，像三毛那样写东西……"这是高娓娓一直以来的三毛情结。

和三毛一样出生在重庆，后来又离开重庆走天涯，高娓娓和三毛最大的不同为，一个是为爱情而行走，一个是为自己的独立而行走。从小高娓娓就把自己的理想定位为做一个美丽又知性的女记者。

大学毕业后，高娓娓先后做过电视制片人、广告策划与宣传，还曾是美国亚文传媒集团（《美国侨报》、《侨报周刊》、美国中文电视）、《名人》专栏记者。在到美国定居之前，她一直奔波于中国和美国之间，做着两个国家间的电视制片人。直到2005年，她决定在曼哈顿开始她的记者生涯。如今她是美国V视创始人、MGM美高美传媒总裁、《娓娓道来》节目主持人，先后被评为新浪、网易十大博客，网上阅读流量2020年一年累计超过4.5亿，文章和视频被各大媒体转载和采用，成为中美相互了解的重要窗口之一，而她本人也成为中美民间沟通的桥梁和文化传播使者。从重庆到纽约曼哈顿，从杂志社职员到活跃于纽约华人社区的知名女记者，无论面对生活中的什么困难，她总是以淡定加勇气去面对。

用镜头记录着昨天与今天

高娓娓的记者经历很丰富，采访过克林顿、希拉里、陈香梅、靳羽西等中美各界名流，也亲历过汶川地震和这次新冠肺炎疫情的现场报道。也许是性格使然，也许是身为媒体人的习惯，每次发生重大事情，高娓娓总是争取在第一线。虽然有时她也会后怕，但依然践行着作为一名记者的职责与使命，将前方最真实的情况及时传递出来。

2020 年 5 月 12 日，高娓娓在自己的传媒平台中写道：

十二年前的今天，
2008 年 5 月 12 日下午 14 时 28 分 04 秒，
一个让人永远无法忘记的时间，
超过 10 万人死亡，37 万多人受伤，17 000 多人失踪，
无数支援火速赶往灾区，一方有难，八方支援，
海外华人华侨，捐款捐物，
中华大地，上下一心，众志成城，
海外媒体记者，高娓娓从纽约到汶川，在灾区一线报道灾情……

当时高娓娓在地震灾区采访，这段经历是高娓娓从事传媒行业之中一段永远无法抹去的痛，至今让她记忆犹新。当时她深入地震后的灾区，目睹汶川地震的惨烈与悲壮，还有举国上下众志成城的救灾场面，她深深地被震撼了。

高娓娓把第一手的灾区情况报道发回美国，同时她每天都会在美国中文网上更新她的博文，观者甚众。有一次正好余震刚过，她那天没有更新，第二天再上网时看到，好多人给她发了消息，关心着她的情况。

当时世界各地的华侨华人，都在牵挂四川地震灾区。美国的很多华侨华人天天守着电视，守着网络，关注最新的情况。就在汶川地震发生不足 48 小时内，大洋彼岸的华侨华人们纷纷展开募捐活动。虽远在国外，但是大家心系祖国，用自己的方式去帮助汶川人民，为汶川的重建做出贡献。一场地动山摇的自然灾害改变了无数人的命运，却同时见证了中华儿女的血浓于水。

高娓娓至今无法忘却 2008 年汶川地震那段灾难的历史，无法忘记血脉相连、心心相印的美国华人及世界友人、各族裔民众赈灾捐款的那段感人岁月。

十多年过去了，高娓娓曾故地重游。看到重建后的灾区，她又特别做了一期节目，她感慨道，“这是对灾难的纪念，也是对自己的一个交代……”

图 2－13　高娓娓（二排左一）与汶川地震灾区的孩子们

十二年后的今天，
一场大疫，让整个世界都为之混乱，
全球感染人数达到 4 246 795 例，累计死亡达 286 740 例，
没有哪个国家可以独善其身，
“第一强国”疫情下也受重创，
国际大都市纽约也没了往日的繁华与活力，
纽约伤亡惨重，几乎成了病毒的大染缸，
高娓娓作为报道疫情的媒体人，坚持以第一手资料为大家传递美国疫情……

在疫情中的纽约，她亲眼看见医护人员不顾安危救死扶伤，无数志愿者逆行而上驰援纽约，人们相互关照、守望互助……这些画面她至今历历在目。高娓娓多次穿梭在最危险的地方，身边救护车和警车呼啸而过。她采访那些直接与病毒打交道还零防护的医护、警务人员，身边也有朋友感染、隔离甚至去世，让她感受到死亡原来如此之近。“每天夜深人静的时候，我都回忆白天的经历和细节，评估我在哪一个瞬间被感染的概率最大，每当这个时候，我都非常后怕，真的是与病毒擦肩而过。但是我会坚持，这是我从业二十多年作为媒体人的责任。”高娓娓说。

和十二年前一样，高娓娓把第一手的情况报道出来，每天都会在网上更新，浏览量很大。

和十二年前一样，如果哪天没有更新，第二天再上网，就会有人给她发消息，问她的情况，担心她的安危，这让她非常感动。

《高娓娓：美国疫情日记》从纽约第一例新冠肺炎病人确诊那天开始正式拍摄、制作、播出，每天都会通过视频加图文的方式传递美国的疫情情况，在不同的媒体、平台上发布，好几期内容还在中央电视台的新闻中播出。从 2020 年 3 月初开始，她累计拍摄了一百多期节目。多少次不分昼夜地加班加点，多少个难题带领团队一起克服，多少次累得不想开工，多少个夜晚陷入怀疑自己感染病毒的恐惧中，又有多少次看见暖心的关怀和点赞重燃斗志。

高娓娓在每次出门采访的时候都会格外小心，带上消毒液、口罩、湿纸巾。到了车上，她会把方向盘擦一擦。一般情况下，她会佩戴好眼镜、口罩、手套。如果她去医院采访，一定全副武装，车门关得紧紧的，车窗也不能开。然而，纽约疫情刚开始的时候几乎没有人戴口罩，早期美国政客也说口罩没有作用，但高娓娓坚持戴口罩，这让周围的一些同事反应有点强烈。在她的追问下，同事也说出了真实的想法：“其实我会很担心，很多人认为这个病毒来自中国，所以我们很害怕看见中国人。”同事问高娓娓：“你的家是不是在武汉附近？”高娓娓半开玩笑地说“不远”，这位同事立马做个表情开玩笑地说“Bye bye”。另外有同事也表达了自己的想法：“从我的见解来看，口罩的设计是为了防御受污染的空气出去，而不是进来。所以戴口罩只能防止身边的人不受感染，但如果是为了避免被感染，我认为戴口罩没有作用。”高娓娓回忆道：“白天在办公大楼里除了自己以外，没有看见一个人戴口罩，直到下班走出办公楼的时候，看见人群中只有一个外国人戴着口罩。而我们彼此‘含情脉脉’对望了一眼，我们都是一副‘你懂的’的表情，仿佛在一个不同的星球找到了同类，只因为在人群中多看了你一眼，这种感觉很奇妙。”也就是这种对戴口罩认识的差异，使得海外的华人有的时候颇为尴尬，但是高娓娓还是会每次出门做好自我防范，这也体现了华人的高度自律。后来，在美国感染率持续攀升的情况下，美国政府终于号召全民戴口罩了。

让高娓娓感觉安慰的是，所有的努力和冒险都没有白费，她的节目得到了很多朋友的关注和认可。《高娓娓：美国疫情日记》在新浪微博的阅读量经常都是一百多万、几百万，视频播放量上百万也是家常便饭。同时，视频内容还被不少电视台与网络平台转播，其中，中央电视台《中国新闻》曾经四次转播了他们的节目。在央视官方的新闻客户端上，相关内容还获得了点名好评。

高娓娓说，在灾难中，她总是能看到人性中最宝贵的善良与美好，看到打不倒的坚强，看到顽强的生命力，这些给了她最大的动力与希望。虽然美国疫情还在继续，但是高娓娓说：“疫情不断，日记不停，相信春暖花开终有时，疫情总会过去，这些经历使我重新认识了生命的意义。”

图 2－14　高娓娓（左一）在纽约布鲁克林大学医院采访

纽约的你们不会孤单

纽约的疫情使得餐馆、娱乐场所关闭，政府号召大家都待在家里。纽约有很多中国留学生，疫情期间，大部分人都没有回家，仍然待在那里。学生们的安全、食宿等都时时刻刻牵动着国内家长们的心。

那段时间，高娓娓的微信里有很多家长心急如焚地委托她探望、照顾他们的孩子。有家长说孩子没有口罩，有家长说孩子没地方吃饭。儿行千里母担忧，更何况是在这个节骨眼儿上。这个时候，海外华侨华人的叔叔阿姨们应该出手相助了。高娓娓参加纽约北京同乡会携手“老妈麻辣香锅”为留学生爱心送温暖的活动，让身在异国他乡的留学生们也能感受到亲人般的温暖。

高娓娓和其他侨领一起从曼哈顿出发，去了罗斯福岛，又去了长岛，还有皇后区。这几个地方都是中国留学生聚集地，而且吃饭很不方便。大家冒着危险，四处奔波，让孩子们能及时收到这份爱心和温暖，也让身处国内的家长们安心。

作为一名资深记者，高娓娓也用镜头记录下了那段时间身居纽约的侨团侨领为当地留学生天天免费送餐的感人画面。“老妈麻辣香锅”的老板刘华栋介绍，他们一般都为留学生们准备麻辣香锅、芥蓝牛、芥蓝鸡等可口菜肴，还因地制宜地配备了留学生喜欢的其他餐食，还有饺子，让大家尝尝家乡的味道。纽约北京同乡会理事长侯建利说：“考虑到我们送的路途有些比较远，有些学生住在一起，我们准备了 200 多个白菜猪肉饺子配一头大蒜，孩子们可以自己煮水饺吃。”纽约北京同乡会副会长贾径说：“有几个地区是整个纽约留学生比较集中的地区，比如其中一条街住了至少有 6 000 个中国留学生。这一带是新开发的地区，几乎没有餐厅。现在疫情严重，但为了留学生，我们也甘愿冒生命危险。”

收到餐盒的留学生们都表示，非常感谢这边的华侨华人、社团机构给他们送爱心餐，让他们感受到亲人般的温暖。其实留学生们吃饭大多还是自己做，爱心餐主要是慰问孩子们，鼓舞一下士气。现在他们身在异国他乡，父母不在身边，其他人的关心尤为重要。华侨华人社团这个时候代替不在身边的家长，给留学生们送去温暖和鼓励。爱心餐虽然无法长久地送，但留学生们也能在爱心的感召下，直面疫情，渡过难关。

高娓娓的疫情日记给予了纽约留学生的家长们更多心灵上的慰藉。在疫情中有一句非常流行的话，“中国打上半场，全世界打下半场，华侨华人打全场”。在纽约这场看不见硝烟的疫情“战争”中，华侨华人做出了自己力所能及的贡献，得到全社会的认同和点赞。

荡气回肠的《英雄中国》

一首《英雄中国》让亿万人感动到落泪，这是中美歌手用音乐在战“疫”，用音乐在给武汉和中国加油。

新冠肺炎疫情受到全世界关注，也牵动着海外游子的心和热爱中国的美国友人的心。海外侨胞与祖国同呼吸、共命运，虽然美国华侨华人远隔万里，但他们时刻关注疫情，经常彻夜难眠，即使不能亲自到疫区，也总希望能为祖国亲人做点什么。

正好此时，高娓娓的老朋友——著名旅美歌唱家吕坤希望联合美国友人，用歌声表达对祖国亲人的关心和支持。虽然高娓娓不太会唱歌，但是精通乐理，而且朋友多、人脉广，又有众多粉丝支持，所以吕坤让高娓娓担任《英雄中国》的监制和宣传人。

同时，吕坤第一时间联系了著名作曲家卞留念，表示想用一首歌向疫区人们表达祝福和向守护生命的英雄致敬，希望能给抗疫一线人员和国人传递温暖与力量。当时卞留念人在北京，听后非常重视此事，亲自谱写歌曲。

之后由旅美歌唱家吕坤导演，著名作曲家卞留念作曲，著名词作家邵强、乔卫填词，知名百老汇音乐制作人苏圣执行导演，并联合 MGM 美高美传媒《娓娓道来》栏目与美国亚太卓越领袖基金会共同出品，发起了《英雄中国》原创 MV 公益活动。从人员的确定到录音录像、后期制作等，只用了 5 天时间就制作完成了《英雄中国》公益 MV。

这次活动汇集了中国、美国、日本、意大利等多国音乐精英共同献唱，包括知名百老汇音乐制作人苏圣，格莱美爵士音乐钢琴演奏家刘东风，青年二胡演奏歌手杨飞飞，哥伦比亚大学钢琴家刘芳，歌手訾佳汉、王紫默、郭玉龙、Kevin Yu，大都会专业录混师张积豪，意大利歌手 Robin Grasso，日本歌手木塚春菜，美国歌手 Krysna Louissaint、Rocky Meza、Derek McDunn、Michael Whiter、Alex Conroy、Ishaan Nimkar 等。

在录制现场，大家高唱“英雄的中国，气长存，傲骨立。英雄的中国，沧桑不惧，风雨屹立”，唱出了海外同胞的心声，唱出了国际友人的祝福。参与者们都希望能用音乐打开被疫情困扰的心门，为武汉人民和抗疫勇士送去温暖、鼓舞和力量，为中国这场全民抗击疫情的战争助力。

导演吕坤说：“海外音乐人希望能用音乐战‘疫’，为全民战‘疫’传递信心，并在这个特殊时期温暖陪伴每一个人，谨以此片致敬每一个为抗疫而冲锋陷阵的英雄，致敬每一个用爱心默默付出的普通人。”高娓娓也通过 MGM 美高美传媒《娓娓道来》等平台进行宣传，再通过粉丝的传播，让更多的人能听到《英雄中国》这首歌。“这首歌特别送给那些白衣天使和一线工作人员，他们是这次战役最坚强温暖的力量，是最可爱的人，希望这首歌能给他们带去激励与慰藉。”高娓娓说，“虽然我们为疫情关上家门，但让我们用音乐打开心门!”

在纽约的华侨华人用音乐送去温暖与鼓舞的力量。大家出资出力，不论得失，加班加点，怀着对祖国的赤子之心，怀着对中国的热爱，用音乐声援武汉，汇聚众志成城的正能量。

善用传媒力量，融入“一带一路”

今天，国际竞争已经不再是单纯的经济硬实力比拼，媒体传播能力正在以其特有的途径和方式为国家营造国际形象、争取在国际上的话语权。谁的实力强，谁就可能掌握话语权，而谁掌握了话语权，谁的利益就能得到充分体现。

高娓娓认为，讲述感人的中国故事是制胜法宝。由她担任制作人、主持人的网络视频节目《娓娓道来》关注国际事件中的中国元素，如里约奥运会中的中国制造、菲尔普斯背上的火罐印等受到海内外观众共同喜爱。

2013 年，中国提出“一带一路”倡议，致力于构建人类命运共同体，坚持共商、共建、共享原则。高娓娓认为，“一带一路”是极具长远眼光的倡议，促进各国间经贸、人文、创新、安全等领域交流。当今世界，中国是世界和地区和平的捍卫者，是众多国家的真诚伙伴。越来越多的国家加入了倡议中，这些国家都期盼进一步熟悉中国的现状，了解中国的意图，而传媒，正是让世界聆听“中国声音”最佳方式。再者，保证“一带一路”建设的有效实施，必须创造一个公平正义的国际舆论环境、一个平等互利的国际交流平台，适时加强媒体建设，加大文化输出，有利于向世界讲好中国故事。

因此，2014 年，高娓娓与其他几位美国华人联合发起成立了美国“一带一路”总商会并担任理事长兼秘书长，同时创办了“一带一路”国际传媒集团并出任总裁。与以往的美国华人侨界商会不同，美国“一带一路”总商会的会员企业不再单纯由华侨华人的传统行业——餐饮服务企业组成，而是囊括美国各个行业的主流精英企业，不但是美国经济的中坚力量，更是美国政界竞选、施政的强有力支持。高娓娓等侨领带领商会会员走出了一条中美民间交流、共存共赢的和谐发展道路，成为“一带一路”精神的美国实践者。

高娓娓也坦率表示，每个国家的国情都不一样，在美国讲“一带一路”其实是一件比较敏感的事情。美国人对“一带一路”蓬勃发展的态势，颇有一些嫉妒。另外，根据高娓娓在美国的经验，侨界对“一带一路”的了解还不够系统、不够深入、不够全面。因此，如何因地制宜发挥侨界独特的作用，讲好“一带一路”的故事非常重要。

高娓娓等侨领为中美友好合作付出了很多努力，比如进行加强与当地信息平台、智库平台的合作，寻找有识之士与其合作共赢，尝试把“一带一路”的故事用外国人的嘴巴讲出来等有益尝试。美国智库席勒学会认为“一带一路”与其倡导的亚欧大陆桥的理念十分契合，高度认可并积极支持“一带一路”。高娓娓多次与他们接触、研讨，参加他们举办的活动，也邀请他们访华，参加“一带一路”有关活动，进一步加深双方了解。席勒学会的负责人多次在国际主流媒体发声，盛赞“一带一路”，并积极推动美国政府加强与中国开展“一带一路”合作，发挥了正面的影响。高娓娓认为，相关倡议能得到如此大的肯定，这在美国是十分罕见的，其中离不开在美华侨华人所做的努力。

2016 年 1 月 31 日，在高娓娓等人的精心筹备下，汇集了中美各界演艺精英的美国“一带一路”春节晚会在纽约的法拉盛隆重举行。这次晚会以“一带一路”路线为主轴，以歌舞等艺术形式向观众展现了“一带一路”沿线各地的风俗人情。中国驻纽约总领馆领事亲自到场祝贺，希拉里・克林顿专程向“一带一路”总商会发来贺函，感谢华人对美国多元文化做出的贡献。

高娓娓还借助“一带一路”国际传媒集团平台，发起了多个中美交流活动。比如：“一带一路”国际传媒集团在十九大召开之际，为庆祝大会胜利召开，在纽约联合国总部大楼举办了中国太极展示活动；为发挥海外全媒体传播优势，向国际友人宣讲“一带一路”和十九大精神，“一带一路”国际传媒集团邀请了美国华尔街精英，参加学习宣传贯彻中国十九大精神中英文双语座谈交流会，并用英文 PPT 详细阐述了“一带一路”倡议的中心内容和现实意义；“‘一带一路’上的中国故事”全媒体大型专题报道搜集了“一带一路”沿线国家与中国有关的各种故事，并对每一个国家都进行采访、拍摄、报道，以视频、图文等多种形式，在电视、网络、自媒体等全媒体平台播出大型专题报道活动等。

高娓娓告诉我，应该让专业的人做专业的事。讲好中国故事，传播好中国声音，不能闷声做事，做了要传播，要让人知道，发挥四两拨千斤的作用，而这就离不开她一直从事的传媒行业。她表示将继续发挥“一带一路”国际传媒集团和“一带一路”总商会的平台作用，紧紧围绕“一带一路”核心精神，积极发挥海外全媒体传播优势，配合中国“一带一路”倡议和全球化潮流，建立人类命运共同体的伟大发展方略，为东西方文化和经济交流、人民心灵沟通、发展理念融合，创造积极的社会效益和经济效益。

美国中文电视和 MGM 美高美传媒合作推出的《娓娓道来》节目在美国中文电视成功开播。2017 年 4 月 18 日，《娓娓道来》开播庆典在曼哈顿中城亚文中心举行，美国中文电视新闻总监田甜、世界犹太人理事会主席杰克·罗森等来自各界的一百多位嘉宾出席活动。中美各界人士纷纷祝贺《娓娓道来》节目在美国中文电视开播。美国中文电视成立于1989年，是美国最具规模和影响的华文电视媒体，总部设在纽约，在洛杉矶、旧金山、华盛顿、波士顿、芝加哥、休斯敦设有分支机构。高娓娓认为跨文化传播无论对中国还是美国都是非常重要的命题，通过与美国中文电视合作，她将带领传媒团队使这个节目成为一个能够充分探讨如何利用各种机遇和挑战实现“向世界介绍中国，向中国介绍世界”目标的重要舞台。

南非

侨胞平安的“保护神”

非洲的移民史在不同阶段有着不同的特点，人口构成也呈现出不同成分。20世纪50—60年代主要是来自香港和台湾的华商，70—80年代台湾移民比较突出，90年代以来大陆新移民异军突起。第二次世界大战后这些中国移民分布范围更广，包括西非、北非和东非。为了在国际社会树立起南非“彩虹之国”的良好国际形象，以扭转国际社会对南非的封锁和制裁的局面，南非采取了相对宽松的移民政策，因而莱索托、斯威士兰、博茨瓦纳等国吸引了较多移民，也吸引了台湾的投资移民，随之而来的是日益增多的大陆移民。这些移民中有一定比例的高素质人才，因而在较短时间内即开始推动当地经济发展。①

比较华侨华人在全球其他地方的分布，非洲华侨华人的数目体量仍然很小。目前非洲有100多万华侨华人，但非洲的60个国家和地区平均每个仅不到2万人，这个数字无法与在美国或加拿大的华侨华人相比。中国移民与其他国家在非洲的移民数字也无法相比。截至2015年初，南非的印度侨民已达155万。② 2011年，南非政府的人口统计表明南非的英国人达

---

① 李安山：《战后非洲中国移民人口状况的动态分析》，《国际政治研究》2017年第6期，第9-42页。

② “Population of Overseas Indians”，参见印度海外印度人事务部网站的统计，http://moia.gov.in/writereaddata/pdf/Population_Overseas_Indian.pdf，2015年9月14日。

160 万。[①] 这些所谓的中国移民中，入籍非洲国家的人极少，大多都是华侨的身份。[②]

南非是非洲经济最发达的国家，也是非洲地区华侨华人最多的国家。[③] 我国与南非的关系历史悠久，源远流长。据荷兰东印度公司的档案记载，早在 1660 年，就有一位名叫万寿的华人移居到南非，所以华人移民南非的历史最早可追溯到 300 多年前。华侨华人闯过道道难关，经过了数百年风雨沧桑的发展历程，目前已遍布南非每个主要角落，在当地安居乐业，谱写了生存发展的辉煌史册。[④]

1998 年中南建交后，随着双边关系的迅速发展，前往南非的中国大陆新移民快速增多。特别是进入 21 世纪以来，众多中国大陆新移民的涌入改变了南非华人的来源地结构。根据一些研究者所得出的非洲华侨华人数量，以及 2021 年对南非侨领采访的数据，估算南非华侨华人总数为 30 万到 40 万[⑤]，其中来自福建的最多，占据华侨华人总数的 35%，广东和台湾次之。[⑥] 南非华侨华人的经济收入水平已从舒适走向富裕，其经济地位已然处于中上层位置。越来越多的华侨华人对当地政治产生兴趣，进入政坛的人数逐渐增多，华侨华人在南非议会人数越多，影响就会越大，这对提升华侨华人在南非的社会地位和处境有很大帮助，也有助于促进中南友好关系的发展。

另外，21 世纪以来的南非社会治安持续恶化，侨胞人身财产利益不断受到严重侵害。疫情加重了南非社会的混乱，已发生多起针对华侨华人的恶性案件，华人社区请愿南非总统关注华人安全。疫情加上治安的影响，

---

① “Census 2011，Census Brief”，http://en.wikipedia.org/wiki/British_diaspora_in_Africa，2015 年 9 月 14 日。

② 李安山：《战后非洲中国移民人口状况的动态分析》，《国际政治研究》2017 年第 6 期，第 9－42 页。

③ CHEN A Y，HUYNH T T，PARK Y J. Faces of China：new Chinese migrants in South Africa，1980s to present. African and Asian studies，2010（9）：286－306.

④ 王森：《南非华侨华人的现状》，《侨务工作研究》2010 年第 4 期，第 40－42 页。

⑤ 李安山：《非洲华人社会经济史》，南京：江苏人民出版社，2019 年；陈凤兰：《共同体精神与海外华人社团的整合——以南非华人警民合作中心为例》，《华侨华人历史研究》2018 年第 2 期，第 10－17 页；2021 年 2 月笔者对南非侨领的采访数据。

⑥ 周海金：《非洲华侨华人生存状况及其与当地族群关系》，《东南亚研究》2014 年第 1 期，第 79－84 页。

对非洲华商造成了巨大的打击。中国大使馆在声明中提到，受新冠肺炎疫情冲击和影响，南非经济发展疲弱、失业率高企、社会治安形势急剧恶化。2020 年连续发生多起针对在南非中国侨民的谋杀、抢劫和绑架等严重暴力犯罪案件，50 多天来先后有 7 名中国公民遇害。①

南非的未来发展潜力巨大，“一带一路”联通中非发展愿景。中国政府多次强调，中非要携手打造合作共赢的中非命运共同体。② 目前，南非社会治安动荡，谁又是南非侨胞的平安保护神呢？这里，我向大家介绍一个南非全侨性的社团组织——南非华人警民合作中心（以下简称“警民合作中心”）。2020 年我有幸采访了这个组织的发起人和负责人李新铸先生。他可以说是为南非侨胞保驾护航的家喻户晓的人物了。由他所负责的警民合作中心共受理涉及华侨华人各类案件近 4 000 起，他多次配合中南警方开展专项行动，打击针对旅南侨胞的违法犯罪活动，成功打掉多个犯罪团伙。2014 年，警民合作中心被评为首批“华社之光”社团，成为非洲地区平安侨社建设的典范。

他与南非的结缘

已过花甲之年的李新铸出生于中国福建一个农村，因为小时候家庭贫困无法完成高中学业而过早地踏入社会。尝遍艰辛的李新铸先在工地上做小工，后来改做人们普遍看好的海鲜生意。从此，骨子里流淌着福建人“爱拼才会赢”基因的李新铸，事业越做越顺。到了 20 世纪 90 年代初，李新铸的事业版图已经开始拓展到了日本。

1992 年，一个偶然的机会，一位来自北京的朋友跟他提到了南非，并问他是否愿意到那里发展。对非洲完全陌生的李新铸被问得愣住了，“非洲太遥远了，而且，印象中好像还比较落后”。或许是福建人敢于开拓的劲头使然，李新铸查阅了手头上能够查到的有关南非的所有资料，最终他

---

① 《关于近期中国在南公民遇害案的声明》，中国驻南非共和国大使馆官网，http://za.china-embassy.org/chn/sgxw/t1808810.htm，2020 年 8 月 24 日。

② 《“一带一路”与中非合作：精准对接与高质量发展》，人民网，http://world.people.com.cn/n1/2019/0702/c1002-31209206.html，2019 年 7 月 2 日。

决定：到南非！

“我和所有来南非打拼的福建人一样，手里拿着一个小包，兜里只揣着几百块美元就踏上了未知的国度。”说起在南非的创业经历，李新铸滔滔不绝。他先是在南非的茨瓦内（原名比勒陀利亚）市开了一家商店。刚开始，当地人不敢进店，只是隔着玻璃窗好奇地打量着橱窗里陈列的来自中国的服装、鞋帽。这除了长期种族隔离的原因之外，还因为彼时南非的服装多是从欧洲进口，一件衣服得花500多美元，他们根本买不起。渐渐地，当地人敢进李新铸的商店了。看到他们穿上中国服装时脸上流露出的欣喜与满足，李新铸决定把自己的商业触角延伸到南非偏远的城镇。此后，李新铸的批发零售兼营的中国服装连锁店逐步扩展到了北开普、自由州等省，而他重质量、讲信誉、任何有质量问题的产品都可免费退换的灵活做法，受到当地人的欢迎和信任。

随着中国与南非双方经贸往来的密切发展，生意越做越大的李新铸开始将经营范围逐步拓展至制造业、矿产开发等方面。30年来，凭借着坚韧的性格和拼搏的精神，李新铸在南非创下了一片庞大的事业新天地。当谈到创业感受时，这个在外人看来与众不同的商人道出真谛：经商和做人一样，有两样东西不能忽视，那就是努力与诚信。

整个非洲，除了南非、毛里求斯等地方有老华侨外，其他大都是二十世纪八九十年代过来的新侨，大部分侨胞在非洲的经历不过一二十年。非洲作为中国海外移民的新兴目的地，华侨华人移居的时间较短，并没有很深地扎根于当地社会。很多华侨只是来非洲挣钱，其家属留在国内，所以他们基本上工作几年后就回国，或者去往其他国家。一些私企老板国内国外两头跑。还有一些工程建筑行业，工程完成后员工立即离开。这种情况造成了一些非洲侨胞对当地社会政治、文化活动的参与程度较低，与当地民众之间存在一定隔阂。

不过，也有侨胞像李新铸一样真心爱上非洲这片热土，愿意扎根在此。李新铸通过自己的亲身经历，希望非洲人民把自己当成当地的一分子。他积极参与当地社交活动，和当地政府结下了深厚的友谊，侨胞在非洲的发展也越来越引人注目。李新铸说：“必须有感恩之心，不能只顾着赚钱，而忽略了和南非当地百姓的交流和交往。当地百姓非常淳朴、传统，要尊重和融入他们之中，处好邻里关系，只有这样，你的发展空间才会更大。”

成立警民合作中心迫在眉睫

警民合作中心可谓南非侨胞的保护神。他的存在让南非侨胞在当地的生活更加安心，团结互助也成为南非侨胞们共同的价值理念。而警民合作中心的成立，要从福建同乡会的建立说起。

“1996 年我们开始筹备创办福建同乡会，当时在南非的福建人起码有一万多人。福建同乡会，堪称是中国人在南非的第一个社团。我们创会的初衷就是为我们自己的乡亲做一点事情。”李新铸说。

由于急公好义、乐于助人，他周围很快就聚集起一批志同道合的闽籍乡亲。1997 年，南非中华福建同乡会正式成立，李新铸作为创会的副会长，积极投身于同乡会的各项活动。1998 年，中国和南非正式建交，同乡会高举五星红旗欢迎中国大使馆的人员，从此会务活动走上坦途。2002 年，同乡会购置了占地 1 000 多平方米的会馆，并在开普敦、西北等省份设立了分会。2003 年，李新铸当选为新一届会长，会务活动得到进一步拓展。如今，同乡会在南非 9 个省全部设立了分会，会员人数急剧增长，成为南非侨界及当地社会具有相当影响力的社团组织。

李新铸表示，南非中华福建同乡会应当是全体旅居南非的福建籍侨胞温馨的家，应当成为帮助福建老乡在海外打拼的有力靠山，应当是侨居南非的福建乡亲与本地居民、华人社区其他社团沟通的良好渠道。

但随着大批非法移民进入，南非社会治安环境恶化。与之相应，旅南华侨华人、中资机构、留学生及中国游客遭遇的恶性案件不断增加，其人身财产权益也不断受到严重侵害。在南非的一些地方，因为治安恶劣，很多中国侨胞遭遇过抢劫，有的还因此丧命。

令李新铸最担心的是到南非的乡亲如果发生意外，特别是那些刚到南非的乡亲由于语言不通、人地生疏，一旦横祸飞来，往往束手无策，唯一能做的只有给同乡会打电话。“只要我人在南非，我一定立即赶到，给予全面援助。如果我不在南非，我也会要求同乡会的乡亲们全力以赴救援。面对受难的乡亲，我们责无旁贷。”李新铸说。

因此，同乡会面临的一个紧迫问题就是建立应急机制，一旦乡亲受到暴力侵害时能迅速介入，把乡亲的生命财产损失降到最低限度。这些机制包括配合警方追惩凶手、医疗救助、法律援助等。2003 年，时任福建同乡会会长的李新铸开始召集一批热心侨领筹备建立警民合作中心。2004 年，警民合作中心正式成立。这里的“警”主要指南非警方、移民局等与侨胞生活、经商、工作关系密切的执法部门和中国驻南非大使馆的警务联络处；“民”则指旅居南非的中国公民和华人。因此，警民合作中心在南非执法部门和华人社区之间起到了重要的桥梁作用。

“刚开始实在是‘摸着石头过河’，”李新铸坦言，“当时因为缺乏资金和场地，很多事情只能亲力亲为，自己出钱租办公室、自己刷墙、从家里搬桌椅等。”而警民合作中心成立之初，并未得到当地警察的认可。2006 年，南非一家商业中心遭抢劫，4 名南非警察遇害。当时，警民合作中心人员不仅去了现场、参加了追悼会，还募集了 16 万兰特慰问遇害警察家属。这件事让南非警察感受到了华侨华人的善意，也让他们对警民合作中心的态度有了很大改观。

至此，警民合作中心和南非警方逐渐建立了良好关系。警民合作中心开通了 24 小时服务热线，一旦接到侨胞求助，会立即派人前往解决；如遇紧急情况，会给当地警局打电话，请他们给予支持。

从 2006 年开始，警民合作中心每年都会通过颁发奖状、给予奖品等方式，奖励那些为华人社区做出贡献的优秀警察。为更好服务侨胞，警民合作中心每年对当地警察开展华文培训，拉近南非警察与华侨华人的距离，同时，为南非警察提供走近中国的机会，让他们更加了解中国。

从 2013 年开始，南非 12 个省市级警民合作中心陆续建立。通过创办网络、开设微信公众号平台、与当地中文媒体合作等，警民合作中心及时向侨胞发布各类安全预警信息，构建起覆盖全南非的安全网络。警民合作中心还募资买下了独立的办公场所，聘用了多名中英文流利和工作经验丰富的专职工作人员，全天候 24 小时办公，随时受理来自侨胞的求助和投诉，积极有效地为侨胞提供服务。为了向广大的华侨华人提供救助，警民合作中心在约翰内斯堡唐人街增设警务工作室。

警民合作中心已经深入人心，在当地侨胞中流传着这么一句话：“有事儿就找警民合作中心。”警民合作中心不断充分发挥各项职能，其中包括受理侨胞求助、投诉和报案；协助受害人报警、与警方进行沟通联系并跟踪案件；协助警方进行案件调查；提供翻译等必要的服务；协助使领馆做好领事保护工作。

如今，他们不仅为身在南非的 10 万福建同乡服务，所有在南非的华人遇到麻烦，警民合作中心都会伸出援手。经历了近 20 年的发展，警民合作中心在侨胞中口碑日渐增高，发生抢劫案时，警民合作中心迅速的行动挽救了许多人的生命；有的华人遇袭住院治疗，李新铸还会和同乡会的副会长们主动帮着垫付医疗费，救人于危难之中。

李新铸说，记得有一次，一对福清夫妇遭劫中弹受伤，他和同乡会副会长第一时间赶到现场，2 天内就为身无分文的受害者筹措了折合人民币 14 万元的住院费，让他们及时住院抢救，才死里逃生。

2008 年的一天，在南非奥吉斯居住的福建籍华人杨创辉在自家店铺内遇害身亡。失去亲人的噩耗让杨创辉的家人悲痛欲绝。他们身在异国举目无亲，再加上语言不通，案件侦破和要求赔偿的难度可想而知。怀着渺茫的希望，杨创辉的家人拨通了警民合作中心的求助热线。接到求助后，警民合作中心工作人员立即驱车 100 多公里赶到案发现场，协助受害人家属同警方沟通。在中国驻南非大使馆和警民合作中心的共同努力下，南非警方加大侦破力度，6 名犯罪分子悉数落网。在案件庭审工作中，警民合作中心耗时近 3 年，陪同家属出庭 20 多次，协助警方的取证、笔录和指证工作，最终让杀害侨胞的凶手受到法律的严惩。

不仅如此，为增进侨胞与当地社会的良性互动，丰富生活，弘扬中华传统文化，帮助他们及时地了解祖国和家乡的发展和变化，李新铸还创办了颇受侨胞欢迎的《非洲时报》。

中国驻南非使领馆的工作人员对警民合作中心给予了高度评价，他们认为，该中心在提供侨情、预防犯罪、打击华人内部犯罪等方面发挥了积极作用，成为警务联络处的重要合作伙伴。同时，该中心协助使领馆组织华侨华人社团向当地贫困地区和学校进行捐赠活动，取得了良好的社会效果，提高了华侨华人在当地社会中的地位和正面形象，改善了南非主流社会对华侨华人的看法。

李新铸表示，警民合作中心会继续扎根基层，整合侨社治安防范资源，不断推进专业化建设，切实维护好、保护好侨胞的合法权益，为建设南非平安侨社尽心尽力。

图 2－15　李新铸参加南非执政党非国大党（ANC）107 周年庆典

疫情下南非侨胞的护卫者

有人说，当非洲新冠肺炎疫情流行时，就可以称这场新冠肺炎疫情是人类的灾难。全球公共卫生专家们一直在发出预警：新冠肺炎疫情对非洲大陆是一个“重大威胁”。原本就相对脆弱的卫生系统，同时还面临着疟疾、艾滋病、埃博拉等传染病的威胁。在此基础上，一旦新冠肺炎疫情蔓延，非洲国家的应对能力“最令人担忧”。

但遗憾的是非洲未能幸免。作为非洲拥有最好公共卫生系统的国家之一的南非，不仅没有完善的全民医保制度，而且医疗配套设施也捉襟见肘，社区内更是没有针对新冠肺炎疫情的排查措施。新冠肺炎疫情给南非社会经济带来了极大的冲击，造成了失业率攀升、汇率贬值等一系列问题，引发了社会治安的日益恶化。犯罪分子猖獗，当地的侨胞面临着前所未有的挑战，而此时警民合作中心成为南非侨胞们最艰难时刻的保护神。

时间紧迫，2020 年 3 月 26 日凌晨，在距离 27 日南非实施全国封城不到一天的时间里，警民合作中心紧锣密鼓地部署自己的警卫力量。在完成约翰内斯堡周边地区的部署之后，几位骨干人员又一起连夜出发，前往 350 公里开外的马菲肯地区给当地警民合作中心的保安队补给装备。3 月 27 日，南非实施全国封城。在封城 35 天的时间里，除特殊行业和特殊人员以外，政府要求所有人员不得外出，必须严格居家，这势必会给很多在非侨胞带来诸多不便。

警民合作中心的每一位工作人员的心情是复杂的，因为在南非有为数众多的居住在贫困地区的民众，一旦广大的贫困人口在此次疫情中因政府的封禁举措影响基本生活，可能会引爆社会不安定因素。

考虑到中资、华人企业和留学生在此类特殊情况下缺乏应对经验，李新铸立即召集公司一线骨干商讨下一段时间的工作思路，确定了“严格自身防护、加大一线投入、密切警务联络、着重突发应急”的工作方针。

随后警民合作中心立即调配 12 辆保安巡逻车抵达华侨华人聚集区、唐人街和华人商城附近，承担起封禁期间的安全防控、治安巡逻、紧急救助服务等任务，并派出 20 名武装保安在警民合作中心统一组织下，全天候为遇到各种困境的约翰内斯堡地区华侨华人、中资机构、留学生等提供 24 小时的帮助，包括购买生活必需品、协助买菜送菜，以及家中被盗抢事件的应急处理。甚至在封锁解除后，警民合作中心的工作人员还亲自到华人商城挨家挨户赠送口罩。

图 2－16　李新铸（右一）给华人商城的经营者赠送防护物资

在南非约翰内斯堡有不少的中国商贸城、中非商城、香港城等比较集中的华人商城区，每个商城里面有几百甚至上千个华人商铺，几万个华人在此做生意，每天都有大量的现金流。但是这个地方的安全问题非常突出，很多抢匪在此伺机抢劫，特别是很多华商喜欢使用现金，少则几万，多则几十万甚至几百万，有时候他们携带现金开车出去时就会被抢匪盯上，经常被抢。

警民合作中心因为提前部署安保措施，在发生疫情的这一年中，保护了很多华商的人身和财产安全。2021 年 1 月 27 日，南非一名华商驾驶货车在约翰内斯堡的商城区域行驶时，遭遇了 4 名匪徒的抢劫，连车带人被劫持。警民合作中心接到求助，迅速安排在附近巡逻的警民合作中心武装保安根据定位寻找，最终找到了被劫持的华商和车辆，抢匪见状逃跑，华商平安回来。

这种故事还有很多。保护华人区域的安全是警民合作中心的主要任务，虽然有时候难免也有漏网之鱼，但是整体来说针对华人的勒索绑架事件在华人聚集区减少了很多。而且警民合作中心的工作人员告诉我，直到现在这些巡逻车还坚守岗位，当华人遇到抢劫、敲诈勒索时为侨胞提供最及时、有效的帮助与服务，打击犯罪，铲除邪恶，为疫情下的南非华商保驾护航。

只有他们安全，我们才会安全

在疫情肆虐的南非，警方不仅要负责日常社会治安的巡逻工作，还要参与国家“封禁”任务，他们是警民合作中心的长期合作伙伴。但是，当地警察的防疫装备严重不足，对于他们来说口罩是一件非常奢侈的物品，因此，确保警方的安全尤为重要。

本着“保障侨胞安全、共建平安侨社”的宗旨，警民合作中心倡议南非侨胞募捐善款，全力协助南非警方抗击新冠肺炎，以此来更好地搭建起警民合作这座桥梁，共同努力创造一个安宁的生活和工作环境。倡议一发出，南非各地的爱心人士义不容辞、慷慨解囊，纷纷响应警民合作中心的号召，在生意和生活面临困难的环境下积极捐出善款，给予了警民合作中心最大的支持，也为南非警方在疫情期间能够继续维护社会安宁、避免感染病毒做出了华人社区的一份贡献。在短短一周的时间里便募捐到了247.366 6 万兰特的善款。但接下来购买口罩成了难题，各国的口罩都是紧缺物资，非洲更是基本没有。而2020 年4 月份中国疫情有所缓解，只能向中国购买，此时中国的口罩价格仍然处于高位，但与生命相比一切都不是那么重要了。

随后南非政府将警民合作中心购买的口罩用包机的方式从中国运回了南非。这是一次伟大的慈善募捐，72 万只防疫口罩终于抵达了警民合作中心。之后数月，警民合作中心忙碌奔波在路上，将这批防疫口罩分批捐赠给了南非各级警察部门。南非警方对华人社区的这份雪中送炭的鼎力支持表达了由衷的谢意。未来南非警方和华人社区之间将开展更加密切的合作，这也为今后竭力保障侨胞的生命财产安全打下了更加坚实的基础。

在调研过程中，警民合作中心的工作人员告诉我口罩派发去处和数量如下：

国家警察总部 8 万只；国家移民总局 2 万只；豪登省警察厅 1 万只；约翰内斯堡市城市警察 1 万只；伊库兰尼城市警察 1 万只；46 个准将级警察局 23 万只；68 个上校级警察局 27.2 万只；24 个中校级警察局 7.2 万只；4 个上尉级警察局 1.2 万只；豪登省警民合作论坛组织 1 万只。

100 多个警察部门切实感受到了华侨华人的真诚与爱心，让我非常感动。这是一份弥足珍贵的历史记忆，蕴含着南非侨胞共同的肺腑心声。

确诊侨胞的救命恩人

第二轮新冠肺炎疫情在 2020 年 12 月开始袭击南非。日新增确诊病例从 12 月初的 4 000 例左右一路飙升到 2021 年 1 月初的近 22 000 例。为此 2020 年 12 月 28 日南非政府宣布将已经降级到一级封禁的抗疫措施提升到三级。中国驻南非大使馆也同时发布公告表示，近日在南非的中国公民感染病例快速上升，其中约翰内斯堡唐人街发生聚集性感染事件，唐人街及周边不断有侨胞感染确诊。

大量南非华人感染之后，所租住房屋的房东就不让感染者继续居住了，而南非的医院已经完全饱和，即便生病去医院也根本没有床位救治。特别是很多当地的华侨华人没有买保险，而治疗新冠肺炎的费用为 1 000 ~ 2 000兰特（折合人民币 444 ~ 889 元）一天（包括住院费、呼吸机费用等）。这种情况下，很多感染病毒的华侨华人根本无能力承担私立医院高昂的医药费，失去了住处，家人没法隔离防护，这对确诊侨胞来说犹如晴天霹雳，却又束手无策。

为了能救治这些同胞，警民合作中心在唐人街华人比较多的地方设置了一个隔离点，地址是 26 Marcia Street Cyrildene 2198，住所内有多个房间可以居住，每个房间内有床铺、热水壶、消毒液、卫生纸和额温枪等生活和防疫用品。所有侨胞在隔离点居住时全部免费，康复便可以离开。圣诞节前后，陆续有很多感染的华人主动申请来到这个隔离点救治。

进入隔离点之后，警民合作中心不仅为确诊病人准备了各种食物和生活日用品，最关键的是聘请了一名在南非的资深华人中医胡紫景。南非侨胞告诉我，这位中医来自福建，是南非约翰内斯堡大学补充医学系硕士生导师，每天他都会远程为患者义务诊疗，观察指导他们用药对抗病毒。警民合作中心每天为这些患者免费供应三餐，保证他们的营养能跟上，每天都轮换着各种菜品。很多感染者来到这个隔离点后，都陆续好转了。有些病情一度还比较严重，但警民合作中心给他们服用连花清瘟胶囊、清肺排毒汤来调理，再配上胡医生的中药，以及供氧设备等，此前大部分确诊的侨胞都能及时得到有效救治，并已经康复。我从警民合作中心的工作人员那里得知，采访时还有个别轻症患者正在隔离点。

今年 32 岁的小陈是福建人，他在 2020 年 12 月 26 日的时候，出现了发烧、浑身酸痛和各种不舒服的情况，随后去做了新冠肺炎核酸检测并确诊。确诊后他第一时间联系警民合作中心并前往隔离点，当时他不仅发烧，而且失去了味觉和嗅觉，病情严重。

小陈说，当时感觉身体很不舒服，警民合作中心给他提供了连花清瘟胶囊、清肺排毒汤服用。李新铸主任每天关心和问候，并嘱咐一旦有情况要及时告知胡医生；唐人街管委会的陈少光常务副主任每天一日三餐按时送达隔离中心，让他在饮食上没有任何后顾之忧；而胡医生为他对症免费开中药，并指导他服用。没过几天，小陈的病情很快好转了，并再次前往检测证明已经转阴，在 2021 年 1 月 18 日离开隔离中心回家。此外，还有几位确诊侨胞也已康复回家。

对很多感染新冠肺炎的无助侨胞来说，警民合作中心不仅仅是提供了一个隔离场所那么简单，甚至可以说救了他们的命。如果没有这么一个隔离点每天给他们送食物，帮他们中药调理，找医生给他们指导，或许在南非的很多人已经因为感染新冠肺炎失去了生命。因为很多侨胞来南非时间很短，人生地不熟，加上没有任何积蓄，别说住处，可能患病后连解决温饱都是问题。

在过去的一两年中，警民合作中心定期发布医院救助信息，帮忙联系救护车，为需要的侨胞免费提供连花清瘟胶囊和中药包，对感染侨胞提供心理辅导等各种帮扶。当地侨胞告诉我，警民合作中心就是他们的救命恩人。

受困侨胞母女的回乡之路

看似一件小事，背后却蕴含了南非众多侨胞的爱心相助。如果是发生在其他国家，很难保证这对母女能如此及时地得到关怀和帮助。但是在南非，有了警民合作中心和众多好心侨胞，就能放心了。

2020 年 12 月 24 日，中国公民纪女士和患有严重抑郁症的女儿乘坐国航飞机顺利抵达深圳。就在前一天，警民合作中心主任李新铸，全非洲华人妇女联合总会会长朱怡苑、常务副会长赵建玲，约翰内斯堡唐人街管委会常务副主任陈少光在警民合作中心为纪女士母女送行。

一个月前，警民合作中心接到纪女士的求助，他和女儿在南非约翰内斯堡遭遇生活和疾病困扰，希望能够得到帮助，让她们早日回国。

纪女士为湖北荆州人，2004 年来到约翰内斯堡并一直打工；女儿 2019 年 7 月来到约翰内斯堡，患有严重的抑郁症，生活不能自理，还因身体残疾只能依靠轮椅。由于新冠肺炎疫情，纪女士找不到工作，无力负担每个月的房租、饭钱和给女儿治病的费用。

受到疫情的影响，当前回国的机票不仅价格昂贵，而且短期内很难购买到。为了尽最大努力帮助纪女士母女，警民合作中心呼吁华人社区的爱心人士伸出援助之手，同时联系中国驻南非使领馆、国航以及其他单位解决回国难的问题。

南非的新冠肺炎疫情日趋严重，为了能够尽早安排纪女士母女回国，中国驻约翰内斯堡总领馆为她们协调购买到最快回国的机票，帮助她们办理相关手续，审核发放核酸检测绿色通行码；国际为她们提供了两张优惠的机票，安排顺利登机；李新铸亲自同中国驻南非使领馆、国航联系和协调关于帮助纪女士母女回国方面的工作，并叮嘱警民合作中心办公室工作人员尽快落实各项手续办理情况。

朱怡苑会长和赵建玲常务副会长携手妇女会的干部成员，不仅给纪女士母女捐款购买机票，还联系各方面人员帮助解决她们近段时间以来的吃住问题，以及办理回国的一些证明手续；陈少光常务副主任在这段时间中，帮助纪女士母女解决了很多生活上的困难，包括安排车辆送纪女士女儿到医院准备上飞机所需要的精神鉴定材料，以及送她们到指定新冠肺炎检测点做检测、申请健康码以及送达飞机场等。

在做精神鉴定时，黄志博律师事务所帮忙联系了医院医生，做了加急精神鉴定还帮忙垫付了相关鉴定费用；位于唐人街的南方风味餐厅每天为纪女士母女免费提供饮食；阿香蔬菜店的老板娘不仅免费提供各类蔬菜，还经常让纪女士去帮忙并支付她一些费用，供她们母女生活所需；在当天登机时，由于纪女士语言不通，险些无法办理登机手续，而同机的庄国功协助她们一路顺利登机。

在中国驻南非使领馆的关心和协助、警民合作中心的牵头和安排、南非华人社区许多热心侨团和爱心人士的鼎力帮助下，纪女士母女才能够顺利回国。

前前后后花了一个多月的时间，母女俩终于平安抵达国内。看似一件平凡的事情，背后却蕴含着非常不平凡的精神。它不仅涉及众多的细节，更包含着警民合作中心和当地侨胞们无微不至的照顾和关怀。每一个生命都应得到尊重，南非侨胞们对母女的帮扶是人间大爱最好的诠释。疫情无情人间有爱，祖国强大，走到哪里都不怕，只要人人都献出一份爱，世界将变成美好的人间。

一位南非记者的口述

因为需要通过警民合作中心获得大量资料，我经常要采访李新铸。他还告诉我，如果想知道更多的情况，可通过南非华文媒体《非洲时报》获得，于是他向我介绍了《非洲时报》资深记者孙想录。

当我与孙想录联系的时候，突然发现他对南非大大小小的事情都有所参与，对很多关于南非侨胞的新闻都做了专题报道。他曾前往南非最危险的地带报道撤侨事件；作为一名驻南非记者参加了 2013 年金砖国家领导人在南非德班举行的第五次会晤的采访报道；2018 年作为海外华文媒体记者参加了中国两会并接受采访；2019 年作为海外华文媒体记者参加了在北京天安门广场举办的庆祝中华人民共和国成立 70 周年阅兵仪式；以及进行了有关南非侨胞的各种相关事件的报道。

在孙想录的心中，李新铸可是南非当之无愧的“大人物”，警民合作中心更是南非侨胞的大靠山。当我问他为什么警民合作中心在南非有这么大的影响力时，他回答：

一个主要原因就是南非的华侨华人比较团结，再加上李主任确实是一个很有魄力、特别厉害的侨领代表，警民合作中心就是他发起创立的，虽然中间有一段时间他退居二线，然后让别人带，但这几年他又担任主任，经过这么多年终于把这个中心做起来了，再加上他很有号召力，比如像购买几百万的会馆，还有平常的捐赠，与当地警察局的合作，帮助当地侨胞处理各种问题，这些都是他亲力亲为去做，这种影响力与李主任本人的人格魅力和号召力是密不可分的。

我接着问孙想录：“您觉得警民合作中心在侨胞心中是一个什么样的组织呢?”他回答：

中国驻南非的使领馆人手有限，而南非的治安长期处于混乱状态，每天都有各种意想不到的事情发生，所以警民合作中心作为中国驻南非使领馆领事保护的一个延伸，起到了保护南非侨胞安全的关键作用。这一点，我觉得全世界任何一个国家的华人社区都是值得借鉴的，而且我们南非100多个华人社团都是非常团结，每一个社团的负责人都会在警民合作中心担任一个副职，各个侨团都出钱出力支持警民合作中心的工作，所以警民合作中心是一个非常庞大的全侨性的组织。

我听说几年前孙想录现场报道了南非撤侨事件，请他介绍一下当时的情况。孙想录回答：

因为向往非洲的狂野，2012年经我的大学老师介绍，南非华文媒体缺少专业记者，而我的大学专业是学新闻的，带着对神秘非洲的憧憬，我便拎起行囊从遥远的中国甘肃来到了南非，并加入《非洲时报》。2016年5

月，南非自由州省发生骚乱，部分华侨华人被困，多家商户被打砸，情况非常危急。我跟随总领馆与警民合作中心第一时间前往骚乱区，现场报道了南非撤侨，见证了中国总领馆和警民合作中心对当地华人的生命保护，我在那一刻深深领悟到，无论走多远，祖国永远在身后。

孙想录认为在采访这些年，可以分享的体会有：

其实，我跟随警民合作中心去过很多危险的地方采访，比如说南非经常会有骚乱，有些是大规模的，成百上千人的游行抗议打砸抢烧，就跟战争一样，有的镇上会专门针对华人的商铺抢劫，所以我们一般采取的措施就是在当地华商求助的时候，为了保护他们的商店不被抢，警民合作中心一般会派武装保安车下去，通过武装保安来阻止这些骚乱分子。有的1 000平方米的酒店几分钟就被抢完了。有时候一次骚乱下来，警民合作中心能保护少则几百万，多则数千万的侨胞资产。

在这么危险的环境中采访，孙想录也遇到过突发状况。他介绍道：

当然了，我也遇过险，曾在采访途中被骚乱分子围堵，最后我们都是拿着枪冲过去，从人群中冲过去，还有很多次，就是我们坐着警察的防弹防爆车，冲入骚乱区解救华人，抢救华人的财产，这种场面只有亲临现场才知道多么惊险。为了报道华人安全问题，如果没有疫情，我每年都要走好多趟南非的各个省份，大到约翰内斯堡、开普敦这些大城市，小到那些偏僻的村镇，反正在南非只要有人的地方，就有咱们中国人开店做生意，其实他们条件很艰苦，每年像这种骚乱打砸抢是常有的事情，我们都习惯了。

对于这么多侨胞分布在南非的不同区域，如何能确保获得警民合作中心的支持，他说：

警民合作中心拥有一个强大的团队，比如说在约翰内斯堡区域，我们除了中心办公室有工作人员日常接待以外，各个区都有一些侨领老板代表，比如说在某个区域的华人遇险，赶紧给那个区的警民合作中心副主任或者其他干部打个电话，他们就会立刻出动，然后再联系那个区的警方，大家一块去现场就能很快地解决这个问题，而后来警民合作中心在发展的过程中，也设立了南非各地的警民合作中心的办公点。这几年陆陆续续在南非九个省份开了十多个警民合作中心，比如说华人多的地方我们成立一个市级警民合作中心，省里面我们成立一个省级警民合作中心，这样下来，全国的侨胞就能够得到第一时间的救助。

这些年孙想录跟随警民合作中心走遍南非的各个角落，用新闻联结着南非与中国，架起一座互联互通之桥，在万里之遥的南非为华人传递着他们的声音。

通过这次深入采访，我深深地被南非侨胞触动。警民合作中心，一个无愧于时代、有责任担当的侨团，铁肩担道义，肩上担负着南非全体侨胞安全的重任。南非侨胞，抱团发展和抗疫，为中国和南非友好关系付出了巨大的努力，他们都是平凡的英雄！

博茨瓦纳

道阻且长　行则将至

非洲连续多年饱受贫困、饥饿和疾病的困扰。如今蔓延的新冠肺炎疫情，为这块大陆又增添了更多不安定的因素。新冠肺炎疫情不仅使非洲人民的身体健康受到极大威胁，还给非洲的社会经济发展带来巨大冲击。

非洲的华侨华人地位不容小觑，他们为非洲各国经济做出重要贡献的同时，也通过自身以及各类华侨社团或华人协会，积极参与中非民间外交，已成为维护中非友好关系的中坚力量。[1]

博茨瓦纳是地处非洲南部的内陆国，紧邻南非、纳米比亚、赞比亚和津巴布韦，全国皆为干燥的台地地形，大部分地区属热带干旱草原气候，西部为沙漠，属热带沙漠气候。[2] 因此，博茨瓦纳农业产量较低，主要农作物为高粱和玉米。政府鼓励农民多种粮，增加粮食产量，争取实现粮食自给，以解决国家长期面临的粮食安全问题。

疫情在博茨瓦纳暴发后，华侨华人不仅协助当地政府积极抗击疫情，而且发扬人道主义精神，帮扶当地社会的弱势群体，利用农业技术解决粮食安全危机。面对谣言和媒体不友好的舆论攻击，他们主动发声，消除误解，讲好中国故事。

疫情肆虐，他们没有被遗忘

没有一个冬天不会过去，没有一个春天不会到来。尽管疫情使今年的冬日寒风凛冽，但公益慈善给我们紧贴的心带来和煦的温暖。

距离博茨瓦纳首都哈博罗内十公里的近郊，坐落着一个建于 1987 年的 SOS 孤儿村，来自当地的一百多名儿童常住在这里，他们大多是父母早亡或需要救助的孤儿。

一直以来，博茨瓦纳华人慈善基金会是 SOS 村的常客。自 2012 年基金会成立以来，会长南庚戌会定期带领团队来到 SOS 村，举行各种慈善捐赠活动。基金会每个月都会给孩子们送去鲜牛肉、水果、蔬菜等食品，帮助他们改善伙食，保证充足的营养，也因此与孩子们建立了非同一般的羁绊和友谊。而每年举行的“中博儿童圣诞慈善爱心日”更是成为博茨瓦纳一个经典的华人公益品牌。“活动影响力逐渐在当地民众中扩大，参加捐赠的人也越来越多，有力地拉近了中博两国民间的友好关系。”南庚戌介绍道。

疫情下的博茨瓦纳，情况复杂。虽然国家在疫情防控上投入了很大精

---

① 李鹏涛：《中非关系的发展与非洲中国新移民》，《华侨华人历史研究》2010 年第 4 期。

② 《博茨瓦纳国家概况》，中华人民共和国商务部官网，http://bw.mofcom.gov.cn/article/ddgk/201906/20190602873017.shtml。

力和财力，但往往一些弱势群体却被忽略。SOS 村内孩子数量众多，且生活环境密集，一旦出现病例，后果将不堪设想。而当地政府和企业自顾不暇，向 SOS 村提供捐助的单位更是少之又少。SOS 村内的孩子们没有口罩可用，洗手液也是少得可怜，孩子们每天还要外出上学。因此，在一个连温饱都成问题的孤儿院，孩子们的防护成为最大的难题。

南庚戌得到消息后，决定向 SOS 村伸出援手。他从自己公司拿出经费采购了 4 000 只一次性防护口罩和大量免洗洗手液，并以博茨瓦纳华人慈善基金会的名义捐赠给了 SOS 村。

因新冠肺炎疫情影响，为了遵循政府规定的不聚会原则，博茨瓦纳华人慈善基金会不得不取消了每年都会在 12 月举行的“中博儿童圣诞慈善爱心日”活动。但 2020 年 12 月 17 日的圣诞节前夕，在 SOS 村门口，一群孩子对着一辆微雨中驶来的车欢呼，就像见到久违的亲人。在孩子们的拥簇下，大家开始卸下基金会为孩子们精心准备的圣诞惊喜：新鲜牛肉、香蕉、苹果、白菜、生姜、洋葱、萝卜……而且这次送来的牛肉比平日更多，让孩子们吃个够，这让 SOS 村孩子们的假期伙食得到了很好的改善。

SOS 村负责人玛丽在受捐仪式上激动地表示，感谢博茨瓦纳华人慈善基金会一次又一次为孩子们送来的温暖和帮助。SOS 村每年需要大量的社会捐助，而今年受疫情影响捐助物品和资金大量减少，这对维持 SOS 村的正常运行造成了很大的困难，甚至无法保证孩子们的日常饮食。而中国人送来的大量食物恰逢其时，为即将到来的圣诞节和孩子们的饮食提供了保障，SOS 村的孩子们今年圣诞不孤单，终于可以开心过节了。

博茨瓦纳侨界与 SOS 村的慈善公益合作已经近 20 年。每次来看望孩子们，看着孩子们能够在各方的照顾下健康成长，南庚戌的内心都会感到无比喜悦和兴奋。

南庚戌表示，这只是基金会在疫情中举行的小规模捐赠活动的缩影。从博茨瓦纳 2020 年 3 月末暴发新冠肺炎疫情后，博茨瓦纳华人慈善基金会就在侨界发起向当地捐款捐物的倡议，截至 2021 年 1 月 28 日已经募集了价值近1 000万元人民币的现金和防疫物资，捐赠给国家卫生部门、抗疫基金会、医院、警察局、学校、艺术团体、贫困村等。众多博茨瓦纳华侨华人、华商企业都参与了捐款，其中有华商企业家、华文教师、中餐馆老板、工厂工人等，还有很多华裔孩子捐出了自己的压岁钱。南庚戌说，他9岁的孩子听说了募捐的消息后也拿出了自己的小储钱罐，把所有的压岁钱全部捐了出去。

近年来，博茨瓦纳华人慈善基金会影响日益深远。基金会举办的“温暖冬季博华人慈善捐助”“华人慈善高尔夫比赛”“中博儿童圣诞慈善爱心日”等诸多活动，成为博茨瓦纳华人慈善事业最活跃和最有力量的主力军。

博茨瓦纳国家电视台及多家当地主流媒体对基金会的各项善举进行宣传报道，在当地引起了良好的反响。媒体的正面报道为旅博侨胞更好地在当地发展事业发挥了积极作用。应该说，博茨瓦纳华人慈善基金会已然成为旅博乃至旅非侨胞及华企在博公益事业的平台和纽带，华人的善举对博茨瓦纳社会发展起到了不可忽视的积极作用。

2020年对所有人来说都是非常困难的一年。但在困难面前，旅居博茨瓦纳的中国人没有忽略在SOS村的孩子们，因为孩子们是未来的希望、是民族的希望、是世界的希望。南庚戌表示，博茨瓦纳华人慈善基金会及旅居博茨瓦纳的中国人永远不会忘记他们，未来将一如既往为SOS村提供力所能及的帮助和支持。

携手同行　讲好中非友好故事

当你身处异国他乡，特别是在广袤的非洲大地上，如果在那里能够看到一张中文报纸，再听到一段中文的广播，会是一种什么样的感受？当你看到不同肤色的人用博茨瓦纳语、英语讲述中国故事，又是一种什么样的感受？你千万不要觉得意外，这确确实实是在非洲。在今天非洲南部的博茨瓦纳、赞比亚等国，当地人不仅能经常听到有关中国的新闻报道，甚至还能听到用英语讲述的中国传统故事《西游记》等，而促成这一切的，是移居非洲20多年的华侨南庚戌。

1999年，南庚戌移居非洲博茨瓦纳经商。最初的几年，南庚戌发现旅居在此的近万名华侨华人大多不懂英语或博茨瓦纳语，对当地新闻和法律法规不熟悉，这造成了在经营企业和生活方面的诸多困难，南庚戌从此萌生了创办华文报纸的想法。开办之初，由于缺乏经验和设备，报纸的每一个版面都得由他自己亲自排版，然后把新闻贴在打印纸上，一份份复印，再用订书器装订而成。这就形成了当时最原始的报纸雏形：一份黑白的用复印纸复印出来的读物。2009 年，博茨瓦纳第一份华文报纸《非洲华侨周报》正式发行。那些移居非洲多年的当地华人终于拥有了一份属于自己的华文报纸。创刊 10 多年来，华人通过报纸了解了非洲，促成他们更好地融入当地社会。现在南庚戌创办的报纸和新媒体平台已经覆盖了南部非洲和东部非洲多个国家，如博茨瓦纳、南非、坦桑尼亚、津巴布韦和赞比亚等。2010 年，习近平总书记在访问博茨瓦纳期间，也看到了《非洲华侨周报》，并评价这份报纸“爱国思乡之情跃然纸上”。[①]

如今，他所负责的环球广域传媒集团，以及旗下的非洲华文传媒集团，拥有华文《非洲华侨周报》、英文《环球邮报》、斯瓦希里语《今日你好》等报纸，英文杂志《你好》，多语种非洲广播电视网，中文非洲侨网及多个广播电台、电视台等传媒和文化平台，是非洲地区媒体平台最多、语种最全、覆盖面最广的华人传媒集团。目前，环球广域传媒集团及非洲华文传媒集团在非洲和中国各地的团队成员已超过 200 人，在媒体内容建设、媒介经营管理、技术开发支持、活动策划组织等多个领域开展工作。

非洲有句谚语：独行快，众行远。从诞生之日起，环球广域传媒集团就赢得了中国和非洲社会各界的理解和关爱，在建设一家多语种、多平台非洲华人媒体集团的道路上迈出了坚实的一步。环球广域传媒集团在尊重媒体传播规律的同时，用非洲的声音讲述中国故事，传播中华文化，增进了中非人民的了解和友谊。

2020 年的这场疫情对非洲的影响，不止表现在疾病防控、贫困问题、经济发展方面，还有媒体舆论。媒体的作用千万不可小觑，传播的内容不仅改变着大众的认知，而且对社会价值观的重塑、国家地区的交流都起到

---

① 《中非友谊之桥——非洲华侨华人点滴》，人民网，http://politics.people.com.cn/n/2015/1203/c1001-27886827.html，2015 年 12 月 3 日。

至关重要的作用。在非的侨胞和中资企业对于负面舆论的担忧甚至已经超过对疫情本身的忧虑。

长期以来，中非交流密切，外交上相互配合和倚重，经济互惠成就显著，已成为“全天候的朋友”。尽管中国的几大央媒在非洲进行舆论宣传，孔子学院在非洲传播中国文化，扮演了对非宣传的主导角色，发挥了对非宣传的积极作用，但由于受各方面因素影响，目前的对非宣传工作与中非经济交往的发展速度以及对非宣传需求相比，还远远不够。同时，民间舆论领域还是应该交给民间自己去处理，更应该发挥民间的力量。

疫情发生以来，受美国等国家政界的影响，“病毒中国论”在非洲占据一定的市场，尤其在民间更甚。南庚戌发现疫情的有关报道中，除了中非政府之间的互相夸赞和感谢之外，民间还充斥着大量的负面新闻。有些反华势力及不友好媒体歪曲解读华侨华人和中资企业的捐赠行为，制造不和谐的声音，加上此前在中国广州发生尼日利亚人事件等，这在当地民众中引起了一些牢骚和抱怨。对于教育水平普遍偏低的非洲民众来说，情绪更容易被反华舆论煽动。

针对中非在疫情期间出现的一系列不和谐声音和事件，在非华侨华人和中资企业除了更好防范自身安全，还应重视如何利用媒体传播真相、澄清谬误。南庚戌特别强调，非洲的华侨华人与其他地区的华侨华人相比，有着自己的独特一面。很多非洲的华人企业家在当地地位很高，甚至与当地总统关系非常好，生日聚会或者庆典活动也会前去祝贺。由此可见，在非华商是维护中非关系的中坚力量。

在这次疫情之初，南庚戌和他的媒体团队就已经做好了充分的报道计划，他们积极地向当地的华侨华人报道家乡的情况和疫情的进展。同时，他们也利用集团下属的外文媒体，向当地介绍中国在防疫方面的一些好的方式及经验，及时向国际社会通报一个真实的中国。

图 2－17　环球广域传媒集团南庚戌（正中）与员工合影留念

但疫情的进展的确超出了南庚戌之前的预期。他没有想到疫情会蔓延得这么快，所以，他的媒体团队现在依然处在报道的一线，过去是报道中国的疫情发展，现在是报道世界和非洲的疫情发展。在这期间，他的传媒集团也请到了中国大使馆的大使、外交官及专业人员做客直播间，让他们通过媒体平台积极地对当地发声，介绍中国在抗疫方面的经验，帮助当地民众了解防疫知识。此外，华文媒体就疫情设立了专版、专刊、专网，这成为当前传媒集团报道的重中之重。南庚戌希望通过他的媒体平台，既能够鼓励当地的华侨华人在抗击疫情方面增加信心，也能够在日益复杂的国际舆论环境中，让当地民众消除误解、扭转偏见，同时倡导中国政策、发展理念，传递中国声音。

南庚戌表示将加大有关国家领导人出访的宣传，以及重大的会议报道，提前部署宣传工作，不能临时抱佛脚；对那些不理解、不支持，甚至对中国有很多怨恨的非洲民众，应通过民间媒体多发声，减少误会，在关键时刻涉及民间外交和媒体的宣传绝不能缺位。他呼吁中非媒体在报道疫情正能量方面要多发挥作用，中非媒体可以携手合作，分享彼此的经验和观点，共同抗疫，媒体应始终本着公正、客观、事实的报道宗旨，而不是依靠道听途说获得新闻素材。

我问南庚戌为什么除了经营生意，还会投身传媒，而且自己不断地往里面贴钱办这个事业，他说："之前非洲当地人了解中国、了解世界是通过像 BBC 等西方媒体，可是现在能通过我们的媒体，了解一个真实的中国，同时也帮助非洲华侨华人了解非洲文化和当地法律法规，这是非常有意义的事情。"南庚戌一直通过文化传播和慈善等多种形式促进中非友谊，被民间誉为"搭建中非友好桥梁的非洲媒体人"。他在非洲大陆致力于发展传媒文化等事业，为增进中非人民的传统友谊发挥了积极的作用。

纵观整个非洲的媒体传播现状，除了靠央媒之外，还要积极地发挥民间的力量，他们是中国外宣战略有力补充，民间媒体还肩负着让世界了解真实中国的重要责任。对外宣传，要聚集正能量，积极发声，多种媒体并进，既能弘扬正气，也能做好舆论监督、引导。在国际舆论场上，西强我弱的格局虽然没有根本改变，但是海外华文媒体有力发声，华侨华人展开民间外交，用国外受众乐于接受和易于理解的方式讲好中国故事，为中国与世界的互信互通做出了他们的贡献。

俄罗斯

中国和俄罗斯是邻国。由于苏联社会主义制度、两国地缘政治关系，以及俄罗斯的经济形势等因素影响，旅俄华侨华人与东南亚、欧美等国家与地区华侨华人的历史、阶层结构、经济实力、心理状态和发展前景都有着非常大的区别。

由于 20 世纪 60 年代中苏关系紧张，两国中断了人员往来。直至 20 世纪 80 年代初中苏关系逐渐缓和，在苏（俄）方的边境城市才陆续出现少量从事商业活动的中国人。[①] 进入 90 年代，中俄以不同的方式和速度进行

① 于涛：《移民网络、本土化适应与俄罗斯华商新移民》，《华侨华人历史研究》2016 年第 4 期，第 49－57 页。

着社会经济转型和政治体制改革。[①] 1991 年 12 月苏联解体，中俄关系开始逐步正常化后，由冷转暖，睦邻友好。1996 年 4 月 25 日，两国宣布结为面向 21 世纪的战略协作伙伴关系。[②] 在世界经济一体化的大形势下，中俄两国的政治经济变革及两国政府间的相互支持与友好合作，为两国人民互通贸易、在经济领域里进行互补合作提供了广阔的空间。此后，大批中国人于 90 年代初重新涌向了俄罗斯的国土，将俄罗斯作为一个淘金地。他们绝大多数以销售中国轻工产品为主，也有一些在俄罗斯的中国留学生毕业后留在了那里，从事文教卫生、传媒等领域的工作。

30 多年来，旅俄华侨华人分别经历了个体"倒爷"[③] 贸易、"批货楼"贸易及"大市场"贸易时期，经营方式逐步规范，经营规模不断扩大，融入当地程度越来越深，以华商为主体的俄罗斯华人社会初步形成。"华商人数最多时近 100 万，目前人数近 50 万。"（张秀明，2019）他们为中俄经贸交流与往来发挥了独特的桥梁纽带作用。[④]

中俄无论在政治、经济、贸易、军事，还是在文化、教育等各个领域，都有着极大的合作空间。旅俄华侨华人也会在俄罗斯这块广袤的土地上发挥更大的作用，拥有更广阔的前途。

并肩作战　堪称典范

2020 年 4 月 20 日，俄罗斯总统普京在俄罗斯卫生和流行病情况视频会议上表示，尽管国内生产口罩的速度正不断提升，俄罗斯仍与其他国家

---

① 陆南泉：《苏联经济体制改革史论：从列宁到普京》，北京：人民出版社，2007 年。

② 邓兰华、张红：《俄罗斯华侨华人与俄联邦的移民政策》，《华侨华人历史研究》2005 年第 2 期，第 25 – 37 页。

③ 倒爷：中苏关系正常化早期到苏联的留学生和公务人员看到当地食品和一些轻工业品极其缺乏，将中国物品出售给当地人时利润出奇地高，每次回国都带中国商品卖给当地人。尝到甜头后，他们就把信息传递给国内的亲属、同学、朋友，这种信息在社会网络传播下不断地渲染放大，产生了一种巨大的吸引力。此时，国内改革正在逐步深入，一些政府机关人员下海经商，国企的一些富余人员和下岗职工也开始要寻找新的生存机会。他们亲耳听到或亲眼看到很多人在苏联赚到了大把钞票，也都跃跃欲试，于是利用各种关系进入苏联，手提肩扛中国商品进行销售，这就是早期的"倒爷"。参考于涛：《俄罗斯华商发展历程与基本情况》；王辉耀、康荣平主编：《世界华商发展报告（2018）》，北京：社会科学文献出版社，2018 年。

④ 张秀明：《华侨华人参与"一带一路"建设的优势与路径》，《中央社会主义学院学报》2019 年第 4 期，第 155 – 164 页。

积极开展合作。普京拿中俄合作举例说："现在，我们已通过各种渠道收到了 1.5 亿只来自中国的口罩。"除了口罩，普京还提到了从中国进口的 200 万套防护服。普京在会上承诺，"一定会继续开展这种（合作）工作"。①

我们永远不会忘记，2020 年初，在中国抗击疫情最艰难的时刻，俄罗斯政府和人民率先千里驰援，送来中方急需的抗疫医疗物资。当时俄罗斯还因为慷慨援助，低调宣传，被网友们"强行"送上热搜。也是在那个时候，我们知道了原来援助物资可以用吨来计算。然而，谁都没想到，当国内疫情刚刚趋于平稳，俄罗斯疫情走势却"风云突变"。

2020 年 5 月 9 日，在俄罗斯伟大卫国战争暨世界反法西斯战争胜利 75 周年纪念日当天，我们选择召开"海外华商谈抗疫"在线系列观察俄罗斯专场，具有历史意义。作为世界反法西斯战争的东方主战场和欧洲主战场，中俄两国为世界反法西斯战争的胜利付出了巨大牺牲，也促进了世界的和平与稳定发展。

70 多年前，中俄经历了战火纷飞的年代。当前，新冠肺炎疫情犹如一场没有硝烟的战争，给世界各国人民生命安全和身体健康造成巨大威胁，对全球公共卫生安全带来巨大挑战。在人类面对公共卫生的严峻挑战时，团结合作是最有力的武器。70 多年前，战胜人类公敌的历史经验昭示我们，以公平正义为原则，筑起协力战斗的阵线，就没有打不赢的战争，就没有克服不了的困难。面对疫情，应以人类福祉为根本，坚持科学理性、加强协同合作，推进多边协调，才能战而胜之，方能对历史交出正确的答卷。

华商助力中俄抗疫

俄中商务园总裁、俄中"一带一路"战略发展研究会主席、俄罗斯联邦自然科学院院士陈志刚分享了疫情中圣彼得堡华侨华人的总体情况。中国发生新冠肺炎疫情后，在俄华侨华人积极捐助防疫物资，支援祖（籍）

---

① 《普京：我们当时送过去 200 万只，如今收到 1.5 亿只来自中国的口罩》，环球网，https://world.huanqiu.com/article/3xvFiabruHR，2020 年 4 月 21 日。

国。4 月以后，俄罗斯疫情形势日益严峻，华商们再次与俄罗斯人民坚定地站在一起。陈志刚表示，在中国暴发疫情初期，他作为俄中商务园总裁，带领公司员工积极与各方协作配合，将俄罗斯友人和华侨华人捐赠的 5 万只口罩及时运回中国。到了 3 月中旬，他所在的圣彼得堡华人华侨联合会通过俄罗斯驻华大使馆，向俄罗斯捐赠 1 万只中国产口罩。

在中俄合作抗疫过程中，圣彼得堡做到了四个第一：俄罗斯第一批运往中国的抗疫物资来自圣彼得堡；第一首声援武汉抗疫的外国歌曲出自圣彼得堡的音乐家之手；第一封俄罗斯地方官员支持中国抗疫的信函来自圣彼得堡市长；第一场“武汉加油”千人文艺晚会由圣彼得堡市政府主办，在俄中商务园中国楼举行。陈志刚在活动中亲自上台演唱《不忘初心》，并与演职人员号召全体观众近千人共同呐喊“中国，加油!”，欢呼“中俄友谊”。演出结束后，台上台下 100 多个民族代表无比激动，争相同与会的华侨华人代表拥抱，共同为中国祈福加油。

做有“文化感”的华文媒体

《俄罗斯龙报》社长李双杰数十年如一日，努力将《俄罗斯龙报》做成有“文化感”的华文媒体。俄罗斯是中国最大的友好邻邦，两国间有诸多互补性。于是李双杰决定做一件既符合市场需求、自己也较为擅长和喜欢的事情。《俄罗斯龙报》1999 年在俄罗斯联邦大众传媒出版部注册，2000 年正式全俄发行。在李双杰的心里，“文化感”是《俄罗斯龙报》最独特的办报风格。

“近年来，中俄关系达到历史最好水平，两国各界交往频繁，《俄罗斯龙报》也与中国国内各界展开了多方面的合作，”李双杰说，“在中俄文化艺术交流方面，我们做了许多事情，未来也将在这方面继续努力，发挥作为华文媒体的平台桥梁作用。”创立 20 多年来，《俄罗斯龙报》经历过媒体传播形式上的许多次变化。如今，《俄罗斯龙报》从创刊时的纸媒发展成中文、俄文双语全媒体。

以《俄罗斯龙报》、龙报微信公众平台、俄罗斯龙报网为代表的中文融媒体及时、客观、真实地报道中俄疫情情况、两国组织的援助活动，对俄罗斯华侨华人进行系列专访等，增进了两国的相互了解和信任。《俄罗斯龙报》通过叙述杨勇真实经历的《中国小伙自驾穿越欧亚，“遭遇”俄式隔离》，表现了疫情期间中俄民间的友谊；报道了在疫情肆虐下的中医抗疫，发文《全俄超 1.8 万例！为同胞提供免费义诊，旅俄中医专家团暖人心》，号召华侨华人坚定信心。据统计，从 2020 年 1 月下旬起，《俄罗斯龙报》用中、俄文双语的形式发布了近 1 000 篇抗疫内容的稿件。

“看似寻常最奇崛，成如容易却艰辛。”疫情期间，《俄罗斯龙报》联合中俄两国文化艺术机构，协办、承办了“一带一路”文化交流——俄罗斯列宾学院派画展（中国·合肥）、庆祝“三八”国际妇女节暨俄罗斯列宾学院派画展（中国·深圳）。画展以线上与线下相结合的方式，把俄罗斯的学院派油画真品带到中国，让中国的观众足不出户就能欣赏到原汁原味的俄罗斯艺术，促进中俄两国的文化艺术交流。

传媒是载体，是媒介，也是时代的缩影。《俄罗斯龙报》以 20 余年的坚持与守候，在中俄两国间传递着信息和能量，凝结着友谊与合作，承载着责任与使命。一笔一画，都在勾勒和记录着中俄两国人民世代友好的历程。

深耕中俄文化交流的“读书人”

俄罗斯中国和平统一促进会秘书长兼常务副会长、俄罗斯华侨华人青年联合会会长吴昊，一直执着在他热爱的文化事业上。20 多年前，吴昊在莫斯科高尔基文学院获得博士学位后，决定留在当地创业。当时，在俄华商大多从事贸易生意，而这名充满书卷气的年轻人却另辟蹊径。2003 年，吴昊在莫斯科成立了自己的公司，主要为中俄两国文化、教育、科技等领域的交流牵线铺路，协助两国艺术团体到对方国家演出或办展，实现两国校际的师生互访交流。这些活动看似轻松有趣，背后实际有数不清的烦琐细节和预计不到的突发状况。但吴昊总是乐此不疲。

这两年，吴昊有了新的事业规划。他创办了一本名为“中国新闻”的俄文版杂志，还创立了丝绸之路传媒集团。如今的他，在继续致力于中俄民间文化交流之余，希望搭建更加多元的渠道，向俄罗斯民众讲述真实生动的中国故事。“我觉得做事情一定要符合发展的潮流。”在吴昊看来，办杂志，办传媒集团，都是源自当下中俄两国关系达到历史最好水平，中国又提出了建设“一带一路”的倡议，“这些都是千载难逢的机遇，我们必须紧紧抓住”。

这次疫情中，吴昊通过他的传媒平台在正确引导媒体舆论方面发挥了关键作用。如 2020 年 3 月 12 日，俄罗斯有关媒体在其网站报道总理米舒斯京讲话时，误将“新冠病毒”写成“中国病毒”。吴昊看到报道后，立即与该媒体进行沟通和交涉，5 分钟之后该网站便把文字更改为“新冠病毒”，消除了不必要的误会。在连接使领馆与侨胞方面，吴昊等侨领第一时间带领侨团组织成立应急预案小组、开通热线，协助使领馆为侨胞尤其是困难侨胞提供法律和人道援助。在积极救助困难侨胞方面，吴昊组织捐款捐物，配合大使馆看望 80 名被隔离的侨胞，亲自带领工作人员挨家挨户分发防疫物资。在不便接触的情况下，用吊绳的方式为侨胞递送物资。他还指出，俄罗斯官方媒体对中俄抗疫情况报道较为客观，俄官方媒体专门拿出一整版，用汉字书写“武汉加油”，并用大篇幅报道习近平总书记的重要讲话。通过新闻报道，俄罗斯各界民众也积极声援中国，用绘画、写字、演唱、拍视频等不同方式为中国加油。

新加坡

“佛系抗疫”与双重认同诉求

东南亚地区由于地理上、文化上与中国相近，成为海外华侨华人最集中的区域，也是推进“一带一路”建设，尤其是海上丝绸之路建设的关键地区。东南亚的不少华商经济实力雄厚，不仅在住在国占据重要位置，而且在世界经济舞台上也扮演着重要角色。华侨华人群体在东南亚生存发展的历史长、数量多、融入快，形成了规模巨大、影响深远的东南亚华人文化圈，种族融合、文化融合、教育融合、经济融合、宗教信仰融合等广泛而深入。[①] 从人数上看，东南亚华侨华人的人数与日俱增，近 20 年出现了大量的中国新移民。2007 年国务院侨务办公室发布的数据显示，东南亚华侨与华人总数为 3 348 万人，占东南亚总人口的 6%，改革开放至今到达东南亚的中国新移民超过 250 万人。[②]

2020 年 3 月以来新冠肺炎疫情在东南亚地区迅速蔓延。东南亚多国根据国情采取了“外松内紧”的“佛系抗疫”方式。新加坡是除了中国之外唯一一个以华族为主要种族的独立国家。[③] 新加坡因为自然资源有限、国土面积狭小和人口数量少，国家发展高度依赖外向型经济驱动。新冠肺炎疫情造成资金流、货物流和人员流动的停滞，对其经济社会发展的影响更加明显。另外，新加坡以稳定的政治制度和强有力的国家治理著称。[④] 虽然随着全球疫情的暴发，新加坡的局部疫情变得更加严重，不过抗疫成功与否的一个重要指标是死亡率，新加坡因低死亡率而被认为抗疫成效显著，得到世界卫生组织认可。[⑤]

家乡的事就是我的事

新加坡天府会会长杜志强曾在四川居住生活了 30 年，20 世纪 90 年代初便来到新加坡打拼，从一个养鸡厂的厂长，如今发展为人才中介行业的领军人物。由他经办来到新加坡务工打拼的人已有 3 万人左右。最让他感到骄傲的是，20 多年间，他所介绍到新加坡的科技人才有 6 000 多位留了下来，并成功地融入了当地社会，成为新加坡永久居民。他们被新加坡政府视为国家急需的人才。同时，杜志强说，这一群体对于中国也是一种人才储备。杜志强多次获得新加坡政府的嘉奖。“通商中国”是由新加坡国

---

① 杨中举：《东南亚华人流散族群及其文化、文学特征》，《东方丛刊》2019 年第 2 期，第 28 – 41 页。

② 庄国土：《东南亚华侨华人数量的新估算》，《厦门大学学报》2009 年第 3 期。

③ 范昕：《新冠肺炎疫情与海外华人身份认同的重构——新加坡的个案分析》，《华人研究国际学报》2020 年第 2 期，第 27 – 41 页。

④ 于文轩：《新加坡“佛系抗疫”的策略及特点》，《人民论坛》2020 年第 10 期，第 36 – 39 页。

⑤ DEWEY S，KOK X. Coronavirus：why so few deaths among Singapore's 14000 COVID-19 infections.[2020 – 10 – 15]. https://www. scmp. com/week – asia/health – environment/article/3081772/coronavirus-why-so-few-deaths-among-singapores – 14000.

父李光耀先生倡导成立的一个民间商业组织，6 位现任部长、多名国会议员及商业巨头任职董事会，而杜志强是第一个被推荐进入的中国新移民。

改革开放后，在新加坡的四川人越来越多，杜志强觉得自己有责任把大家聚集起来。1999 年 12 月 9 日，天府同乡会（天府会前身）获准注册，它成为中新建交后首个在新加坡本地创立的新移民社团。成立当天，杜志强非常激动地说道："把能够联络到的 600 名四川人聚在一起，这是种力量。"最初，天府会只是一个联谊组织，逐渐地提出了"天府一家亲，海纳百川人"的新使命。时至今日，经过 20 多年的发展，会员已增至 3 000 余人。

在疫情高峰期，国内防疫物资严重短缺，新加坡华侨华人中出现了一波捐赠潮。新加坡天府会等侨团以及各校友会积极筹款筹物援助武汉。新加坡天府会从年初一开始发文，号召在新加坡筹集口罩、医用帽、防护服、医用一次性乳胶手套等医疗用品，同时通过义工及时联系武汉方面，核实并公布最新求助信息，便于新加坡的善心人士有针对性地捐助。央视新闻报道了"大年初二下午，生活在新加坡的海外华侨华人、驻外公司共采购第一批 240 箱 7.5 万个 N98 口罩，搭乘当晚航班抵达上海，吉祥航空也开通新加坡到上海的'海关专运'，为新加坡援助物资免费承运"。在当时，如此及时的援助引发了无数中国网友对新加坡各界善意的热烈回应。2020 年 2 月 14 日，天府会将 11 550 元新币的现金捐款交给"通商中国"，后转交新加坡红十字会，然后统一交到中国。此外，新加坡天府会的一些会员还以个人名义直接向家乡捐了近百万元新币的医疗物资。

感恩回馈　大爱无疆

2020 年 4 月初，随着新加坡疫情在客工宿舍的全面暴发，新加坡各社群开始了本地的抗疫防疫公益活动，形成了新加坡的第二波公益潮。新加坡于 4 月 7 日起实施"断路器"规定，多数民众都在家上班上课，以阻断疫情在社区蔓延。面对新加坡的疫情，除了中国政府及时伸出援手以外，中国民间的回馈也很多。比如：新加坡天府会与四川省德阳市罗江区的情谊开始于 2008 年"5 · 12"汶川地震，当时天府会定向援建罗江区天府狮城侨爱学校。十多年里，新加坡天府会与罗江区始终保持着紧密的联系，曾多次组织志愿者到学校开展为留守孩子捐赠书籍、辅导作业、爱心陪伴等志愿服务活动。原本是当地农民工留守儿童学校的简陋学校已经成为罗江区的名校，也是当地唯一一所外派老师代表、学生代表赴新加坡交流学习的学校。罗江区先后有师生 100 多人（次）获得天府侨爱奖学奖教基金，18 人次赴新加坡交流学习，进一步深化了两地的情谊。这次新加坡疫情发生后，罗江区的侨爱学校筹集的 1 万个口罩跨越山水到达了杜志强的手中，这是中国和新加坡民间友好交往的缩影。同时，天府会等社团将扶助范围扩大到整个社会，组织调动会员参加新加坡人民协会组织的义务服务工作，如分发口罩、电子追踪器等抗疫物资。①

双重认同诉求

2021 年 2 月 22 日，在新移民社团新加坡天府会成立 21 周年颁奖仪式上，新加坡贸工部部长陈振声在致辞中表示："新移民社团的历史和 1965 年先辈们的历史一样，背井离乡，落脚在新加坡。新移民的身份认同也将和先辈们一样，即是与新加坡人民一同拥有共同的价值观，不分种族、宗教、语言、文化，团结一心，唯才是用，把新加坡国家当作一个整体，以新加坡为腹地，辐射到中国、美国、东南亚和全世界，让新加坡模式成为一个亮点向世界展示。"这让我想起华裔馆的馆长游俊豪在他的书中写道："新加坡政府官员在参加华裔馆的活动当中反复强调的论点都是华人族群问题应当放到新加坡多元种族、多元文化的语境中看待，在国家建构中适当地修正、删改。"②

回顾历史，"二战"以后，在当时世界反帝反殖的时代浪潮中，包括新加坡在内的东南亚国家相继摆脱殖民统治，走上独立建国的道路。伴随"二战"以来的时代变迁，南来拓荒的华南移民也转变国家与身份认同在当地定居下来，成为所在国的公民，华人社会则逐渐从移民社会转向定居

---

① 天府会内部通知。

② 游俊豪：《向永恒拷问：南洋大学的文化符号》，《移民轨迹和离散论述：新马华人族群的重层脉络》，上海：上海三联书店，2014 年，第 59 页。

社会。与东南亚大多数新兴国家一样，新加坡在建国之初面临许多内外矛盾，尤其是国家认同的建构以及与此相联系的种族、文化、宗教等问题，更制约新加坡的社会凝聚与发展。在这一时代变迁的历史进程中，新加坡政府有关华人社会与文化等问题的处理及相关政策的制定，不仅直接涉及华人对新兴国家的认同，亦对华人社会与中华文化的发展产生非常深刻的影响。①

新加坡是不承认双重国籍的国家，如果选择新加坡国籍，意味着必须无条件地效忠这个国家，同时放弃原有的国籍。这次疫情中，新移民与土生土长的华人在参与中国抗疫时表现出诸多不同，其背后折射出两类华人对于国家认同、政治认同和文化认同存在较大差异。对于土生土长的新加坡华人来说，他们家族已经在新加坡繁衍数代，他们早已习惯了当地的国家认同、政治认同、文化认同，三者完全不会有障碍。正如厦门大学曾玲教授所说："今天，对于土生土长的本地华人而言，'新加坡人'的身份认同似乎是理所当然的事。"

新移民群体追求的是新加坡和中国的双重认同。他们与中国联系更加紧密，无论是从政治层面，还是从经济层面，或是从地理空间布局看，他们的很多家人依然生活在中国。微信、抖音等联通方式更是拉近了彼此的距离，使得新移民与国内外的华人圈形成了一个密不可分的社交网络。因此，当中国在遇到困难的时候，自然新移民群体会义不容辞地在第一时间实施援助。新移民的增加，带来了不同的政治文化传统和社会实践，使得东南亚华人内部的多元化和差异化进一步加深。另外，华侨华人与中国的关系也产生了新的模式，包括同祖籍地联络的加强。中国作为一个文化象征和政治实体，已取代传统的和地方性的侨乡，成为东南亚华人新移民社团联系的主要对象。②

华侨华人是中国的海外移民，基于共同的血缘与文化，东南亚华侨华人在不同程度上参与着中国的历史进程，中国也对在海外生存与发展的华

---

① 曾玲：《社会变迁、国家因素与当地新加坡华人社会宗乡文化之复兴》，《河南师范大学学报（哲学社会科学版）》2013 年第 40 卷第 1 期，第 65－69 页。

② 刘宏：《跨界治理的逻辑与亚洲实践》，北京：中国社会科学出版社，2020 年，第 63 页。

侨华人给予了特别关注。在影响东南亚华侨华人与中国关系的所有国际因素中，中国与东南亚国家互动而成的国际体系尤为重要，它对东南亚华侨华人与中国的关系影响最深远、作用最持久。新加坡知名学者王赓武指出，海外华人认同未来仍与中国在世界上所扮演的角色息息相关。[①] 从根本上讲，中国、东南亚华侨华人及其住在国的三者关系，是根据国际体系的结构逻辑而展开的理性互动的结果。

在“海外华商谈抗疫”东南亚专场中，新加坡南洋理工大学南洋公共管理研究生院院长刘宏教授在点评时提到，华侨华人在中国疫情蔓延期间捐款捐物，有助于推动中国和东南亚国家的友好关系。但也要注意，东南亚华人是当地公民，其政治忠诚和效忠对象是当地国家。新冠肺炎疫情对东盟区域一体化是个重大挑战和试金石。东盟应该更加密切协调，强化区域性联盟的作用，共同面对包括公共卫生问题在内的各种挑战。

总之，无论海外华侨华人身在何方，毕竟历史、血缘和文化才是一个民族最长远的记忆。华侨华人依然内心深处有一份家国情怀和对祖（籍）国深深的血脉亲情，在祖（籍）国有难的时候，一定会挺身而出。与此同时，住在国是他们赖以生存的新家园，他们与当地民众同样会携手同行，同呼吸、共命运。

---

① 《新加坡学者：海外华人身份认同未来仍受中国影响》，中国新闻网，https://www.chinanews.com/hr/yzhrxw/news/2008/02 -26/1174275.shtml，2008 年 2 月 26 日。

第三章

污名化、歧视与抗争

偏见态度与歧视行为时常存在于社会的不同阶层、种族、民族、文化中，它是由历史因素、认知偏差、经济利益、文化差异等诸多因素互相叠加的结果，代表着一个族群对另一个族群的优越感和霸权性，并在不同的时期、不同的社会场域中显示出不同的特征。马丁·N. 麦格认为，偏见和歧视是基于在头脑中形成的关于某个群体或阶层的固定印象，“没有经过实践检验，就将其应用于该阶级或群体的所有成员”①。

欧文·戈夫曼（Erving Goffman）通过“污名化”② 这一词汇的建构，将偏见、歧视、诽谤、排斥等社会现象，归因于身体畸形或残障、人格或性格缺陷，以及种族、民族和宗教信仰差异三个层面。“污名”一词最早来源于古希腊，“指代身体记号，而做这些记号是为了暴露携带人的道德地位有点不寻常和不光彩”③。沾上污点、受到轻视，这是污名所呈现出的典型特征，能够“使人大大丢脸”。污名既有对个体的污名，即对人的身体和性格缺陷的污名，是刻附在人身上、带有恶名和耻辱性的标签，也包括对集体的污名，如针对种族、民族等的群体性污名。而随着被污名的对

---

① ［美］马丁·N. 麦格著，祖力亚提·司马义译：《族群社会学：美国及全球视角下的种族和族群关系》，北京：华夏出版社，2007 年，第 59 – 60 页。

② GOFFMAN E. Stigma: notes on the management of the spoiled identity. Englewood Cliffs, NJ: Prentice-Hall, 1963.

③ ［美］欧文·戈夫曼著，宋立宏译：《污名：受损身份管理札记》，上海：商务印书馆，2009 年，第 1、5 – 6 页。

象范围进一步扩大，不仅有对人、种族、民族和宗教的污名，还有对地域、技术或产品等的污名。一旦这些对象被贴上污名性标签，意味着其存在状态出现异常，陷入不正常的境遇，由此会遭到旁观者的贬损、否定、怀疑、排斥乃至敌对。① 形形色色的污名往往具有同样的社会学特色，即“某个人本来可以在普通社会交往中轻易为人接受，但他拥有的某种特点却会迫使别人注意，会让我们遇见他就感到厌恶，并声称他的其他特征具有欺骗性”②。侮辱性、贬损性的负面标签会使得蒙污者受到各种各样的歧视与不公，遭受社会冷落和政治排斥。污名化所带来的负面影响，具有破坏性、传染性、长期性等特点，当成为固化印象后，很难实现短时间消除与正名。

新冠肺炎在全球流行后，各国原本应该共同合作打败病毒，共度艰难时刻，然而西方某些政客和媒体不负责任地多次在不同场合渲染发布“中国病毒”“武汉病毒”的污名化言论，企图将一场公共卫生危机事件上升为政治场域下的意识形态问题。毫无疑问，在很大程度上，由疫情所导致的社会恐慌要比疫情本身给社会秩序造成的压力更大，由此会带来一系列恶性后果，甚至可能导致政治社会风险如同涟漪般不断放大。而这种歧视所带来的风险其实已经显现，西方种族主义论调死灰复燃，直接波及中国的国际形象和海外华侨华人甚至是亚裔的正常生活。

由疫情引起的歧视问题助长了针对亚裔社区的暴力事件。“停止仇恨亚太裔”团体（Stop AAPI Hate）于当地时间 2021 年 3 月 16 日发布的最新调查数据显示，从 2020 年 3 月 19 日到 2021 年 2 月 21 日期间，该组织共收到 3 795 起全美范围内针对亚裔的仇恨犯罪事件报告，形式从言语骚扰、回避、网络骚扰，到肢体攻击和侵犯民权，68. 1% 的受害者受到了言语骚扰，11. 1% 的受害者遭受人身攻击；其中华裔是遭受仇恨事件最多的族

---

① 舒绍福：《病毒污名化：隐喻、意识操纵与应对》，《人民论坛（学术前沿）》2020 年第 22 期，第 92 – 99 页。

② ［美］欧文·戈夫曼著，宋立宏译：《污名：受损身份管理札记》，上海：商务印书馆，2009 年，第 1、5 – 6 页。

裔，占 42.2%，其次是韩裔（14.8%）、越南裔（8.5%）和菲律宾裔（7.9%）。[①] 同时，皮尤研究中心（Pew Research Center）也发现，约有三成亚裔民众在疫情期间被人以种族歧视言语辱骂或取笑，与“停止仇恨亚太裔”团体和其他组织发现人们将疫情归咎于亚裔的趋势一致。

就当前反歧视亚裔情绪比较高涨的美国来说，历史上发生过多次大规模的排华和对亚裔的种族歧视。移民与种族是紧密联系在一起的。众所周知，美国是全世界最大的移民国家，三次移民潮让美国走向了强大。[②] 华人移民美国的历史可以追溯到 19 世纪中叶以前。当时，有超过一百万的华人定居在东南亚，其中大多数来自福建与广东两省。欧洲殖民者来到东南亚后，改变了当地的地缘政治秩序，使得在东南亚区域中早已形成的华人经济被边缘化，并导致 19 世纪中叶华工的大规模输出。他们中的大批华工被运往亚洲以外的欧洲殖民者统治的国家和地区，如拉丁美洲、澳大利亚以及美国。1851—1875 年，近 130 万移民离开中国，大约 27%（35 万人）来到马来半岛，12%（16 万人）流向美国。[③]

第二次世界大战后，随着殖民主义体系的解体以及东南亚新兴独立民族国家的兴起，国家之间的边境开始设置障碍，跨境活动受到政府的管制。1949 年后，中国政府严格限制国民的出入境，侨眷与海外亲人的联系主要通过信件、包裹或国际汇款，基本也仅限于在侨乡范围内进行。

在 20 世纪 70 年代末改革开放政策实施之后，国民出入境管制放松，中国重新成为国际移民的主要来源国之一。中国移民在过去 40 年中一直高速增长，呈现有增无减趋势。对中国新移民的社会经济特征影响最大的莫过于中国留学生政策的放松和由此出现的出国留学热潮，其中美国成为留学生首选地之一，有 60% 以上毕业后在留学所在国找到工作，进而移民定居。新移民移居新家园后，积极通过各种社会流动策略和多种途径来提高

① Stop AAPI hate：2020-2021 national report.（2021-03-16）. https://stopaapihate.org/2020-2021-national-report.

② 韩家炳：《美国的人口移民潮与多元文化主义的兴起》，《科学社会主义》2014 年第 5 期。

③ PAN L.（ed.）The encyclopedia of the Chinese overseas. Cambridge，MA：Harvard University Press，1999：200-217.

自己的社会地位和生活水平。①

"种族"本身的概念是将人类分为不同群体。当这个概念被用来不平等地对待人群，赋予不同的权利和自由于特定群体的时候，种族主义就出现了。美国成为一个独立国家之后，美国公民身份的特权就与白人身份紧密联系在一起。最初，特权只归白人所属，随着欧洲移民的加入，欧洲新移民也被视为"到达的白人"，而白人享有的公民权利是亚洲移民曾经无法享有的，亚洲人因宗族而被视为"没有资格得享公民身份的民族"。直到第二次世界大战后，这种思想才被新的法律打破，基于种族的歧视被1964年的民权法规定为非法。然而在半个多世纪之后，歧视与不平等仍然存在。②

在2016年大选期间，针对美国华人的反移民情绪和行动有所增加。③美国政府新设立了很多官方壁垒，以减少和限制合法移民（包括高技能工人）进入美国的机会。因此，随着有关移民的辩论越来越激烈，关于种族的辩论变得更加激烈也就不足为奇了。几次大的事件，让华人再次成为美国最引人注目和最重要的问题焦点。我们先从"平权运动"（Affirmative Action）讲起。"平权运动"是一项旨在消除歧视、改善少数群体在教育和就业上代表比例的政策。④ 这一政策自从在民权时代实施以来，一直是社会辩论和挑战法律的话题，华人都会积极参与来捍卫自己的利益。这一政策在奥巴马执政时期被拓展至高校录取指导意见，鼓励一些大学在录取学生的时候，不再单看成绩，更要考虑种族，由此校园学生组成会更加多元。然而，"平权运动"政策有时却产生对亚裔子女教育问题的"逆向歧视"。2018年，一群由华人牵头的亚裔起诉哈佛大学，其背后的核心争议在于，哈佛大学等美国名校是否在录取过程中按照"种族配额"的标准，对每年录取白人、非裔、拉丁裔和亚裔美国人的比例进行控制。对于政治

---

① 周敏、刘宏：《海外华人跨国主义实践的模式及其差异——基于美国与新加坡的比较分析》，《华侨华人历史研究》2013年第1期。

② ［美］李漪莲（Erika Lee）著，伍斌译：《亚裔美国的创生：一部历史》，北京：中信出版社，2019年，第6－7页。

③ Asian Americans share stories of racism. Business insider, 2016－10－11.

④ LEE E. The making of Asian America: a history. New York: Simon & Schuster, 2015.

影响力薄弱的亚裔来说，即便学习成绩优异、更符合条件也会被拒之门外，损害了他们追求美国梦的平等权利。“人人均等”的教育机会与部分华人群体“通过教育追求卓越”的利益诉求相悖，抹平了“模范少数族裔”的华裔家庭在教育中做出的努力。从某种意义上来讲，在大学录取中实行“种族配额”，实际上是否定教育中“人人均等”的理念。不依靠后天努力而参考先天肤色来制订录取计划，实际上是对平等教育机会的背离。无论是对哈佛大学的诉讼，还是其他关于“平权运动”的争论，都揭示了美国华人在世代、地理和社会经济背景方面的多样性，这也引发了一个长期存在的问题：在当代美国，华人和其他亚裔美国人相对于白人和非白人的地位究竟如何平衡?

另一个具有历史性代表意义的事件是 1882 年 5 月 6 日美国签署了一项法案——《排华法案》，允许美国暂停入境移民。国会很快执行了这一决定。该法案是针对大量华人因中国的内部动荡和有机会得到铁路建设工作而迁入美国西部所作出的反应，是在美国通过的第一部针对特定族群的移民法。《排华法案》的通过有诸多方面的因素，但主流社会对华人种族文化的排斥和对有色人种的反感等种族歧视因素起了主要作用。1943 年 12 月 17 日，这是一个美国华人不会忘记的日子，因为这一天，美国终于废除了《排华法案》。2012 年 6 月 18 日，美国众议院全票表决通过正式以立法形式就 1882 年通过的《排华法案》道歉。[①] 2017 年，《排华法案》纪录片在美国各地上映，引起非常大的反响，这是一段不堪回首的历史，很多华人看后感同身受。

在 2020—2021 年，美国经历了历史上最困难的总统权力交接。美国联邦在疫情防控上的迟缓造成民众的不满情绪，加之弗洛伊德事件引发了大规模的游行骚乱。如此之多的动荡，已让美国政客们忙得焦头烂额。但显然他们的注意力并不是解决内部问题，而是企图将社会矛盾点转移到政治和利益之争上，并将矛头指向了中国。政客的污名化渲染和媒体的显性语言污蔑与污名报道，导致美国社会对亚裔人士的认识产生偏差，针对亚裔

① GERSTLE G. American crucible: race and nation in the twentieth century. Princeton: Princeton University Press, 2001: 454.

的威胁日益加剧。

海外华侨华人在近现代移民发展史中的形象早已发生蜕变，但长期以来他们仍受困于固有印象。无论是心理层面，还是社会实践层面，华人群体一直挣扎在“他者”与“我者”的认知与话语体系中。而在制定禁律、崇尚尊重、支持真理的作用下，社会被赋予一种作用力，促成人们不能歧视和蔑视生活中的弱势群体，突出了人的平等和尊严。①

在抗击疫情过程中，海外华侨华人积极支持和参加中国与住在国的抗疫行动，成为联结海内外共同抗疫的纽带，为所有族群做出了榜样。悖谬的是他们的抗疫努力不仅没有得到当地社会的尊重，反而遭到了更多的社会偏见与种族歧视。为了争取亚裔社区和谐的生存空间，为了获得公平、公正的对待，不少华侨华人主动参与到反歧视、反排斥和反污名化的抗争中。

我从 2020 年 3 月份开始关注疫情下海外华侨华人受歧视的问题，发现其激化程度愈演愈烈。2020 年的华裔抗争行动总体还比较缓和。我们可以看到世界不同国家中华侨华人抗争行为依然以个体出发，通过法律行动、艺术表达、网上申诉、纪录片等多种形式进行。但从 2021 年 3 月以来，针对亚裔的歧视行为和仇恨犯罪事件不断升级，言语侮辱、肢体攻击，甚至是致死案件屡次发生。美国佐治亚州亚特兰大有 6 名亚裔女子遭枪杀、高龄亚裔老人等红绿灯时被白人男子推搡袭击、一座主要服务于亚裔美国人社区的佛教寺庙被纵火焚烧……②这些让生活在美国的亚裔为自身安全深感担忧。

2021 年 3 月以来，全美国发起了多场反对针对亚裔仇恨犯罪的游行活动。从东岸到西岸，总共有大约 20 个城市响应参与，他们呼吁政府关注亚裔在美国的安全问题，坚决抵制种族歧视。曾是华盛顿州第一位亚裔州长的骆家辉也在抗议集会上发表了讲话：“针对亚裔美国人，尤其是老年人

---

① 邢菁华、龙登高、张洵君：《新冠肺炎疫情抗击中的海外华侨华人——基于行动者网络理论的分析》，《民族研究》2021 年第 1 期，第 66 – 76 页。

② 8 killed in shootings at Atlanta-area spas.（2021 – 03 – 18）. https://edition. cnn. com/us/live – news/atlanta – area – shootings – 03 – 17 – 21/index. html。

的暴力行为必须停止。我们不能将病毒归咎于亚裔。仇恨才是一种病毒。”① 海外华侨华人勇敢地走上街头，发出压抑已久的心声②：

我是第一次参加示威活动。这反映了一个普遍的现象——我们华人平时都各忙各的，一盘散沙。我也很忙，总觉得自己处在一种求生存的状态里。我们来到别人的国家，要重新学很多东西，从语言到文化、到行为处事，还有思考问题的方式等，都得从头学起。加上家里事情多，大家就顾不上发声。想起来，我也很惭愧。

作为亚裔，我在反省。以前发声的力度和频率确实不够，别人很容易把我们的声音压制住，导致目前的状况。我们其实存在很多问题，不是所有来美国的亚裔都是成功的。过去大家总觉得亚裔是模范少数族裔。但对我来说，这是一个陷阱，相当于用成功的亚裔的矛攻击不那么成功的少数族裔的盾，非常不好。

我们确实需要联合起来，不仅联合亚裔，还要联合其他族裔。当其他种族受到不公对待的时候，我们要跟他们站在一起。目前来看，亚裔占据的社会、政治、经济资源与我们所发出的声音不太匹配。我们虽然拥有一些财富，但没用到替亚裔发声或为公共服务上。

过去来美国的人，包括我自己，总觉得应该忍气吞声，逃避和否认遭到的不公对待。好像我们沾了别人的光，偶尔遇到点歧视也不是什么大问题，没有站在一个客观的、理性的角度看待。但这次大家觉醒了。

在华人群里，大家一开始也不大关心这件事，小心翼翼地生活，害怕惹上麻烦，丢了工作或别的什么。但为什么最后很多华人主动站出来了呢？其中一个重要的原因是去年的“黑人的命也是命”（Black Lives Matter）运动，给亚裔敲响了警钟。

我们的下一代从出生伊始就该被平等对待，但在他们升学和成长的过

---

① 《美国数百人上街抗议袭击亚裔行为 骆家辉：仇恨是病毒》，新浪网，http://k.sina.com.cn/article_1842606855_m6dd3f30702000s12w.html，2021年3月15日。

② 《6位亚裔女性被枪杀后，在美华人上街了》，凤凰新闻，https://ishare.ifeng.com/c/s/v002H6wa5MsUDj0Hikin1zu7wCGpz2-_NfHd----XQro1Rs9DQ，2021年3月25日。

程中，仍然受到不少歧视。孩子们没有经历等级观念很强的时代，来美国也不是自己主动选择的，不会有“发生什么都要扛下去”的心态。作为家长，我们有责任为下一代创造一个公平的社会。

总之，当全世界都在寻求新冠病毒的解药之时，美国社会的仇恨犯罪病毒已经摆到了政府和人民的面前。除了美国，我们在调研中发现一些国家的亚裔也同样遭受着被歧视的境遇。这次在美国发起的反歧视运动也给其他国家一个警示：我们应该塑造一个什么样的国家，什么样的社会？为什么人们一直崇尚的“人人平等”，却在今天变得如此难以实现？此外，对于海外华侨华人来说，这次抗争行动也是一个千载难逢的契机，是一个把问题放在台面上解决、让所有人重新认识亚裔和加深彼此了解的契机。疫情发生后，我访谈了多位海外华侨华人。关于他们经历着怎样的歧视，又是如何抗争的，他们都一一敞开心扉，讲述着时下的故事，也是“发生中的历史”。

法国

《记疫》的法国抗争之旅

欧洲针对华人的歧视由来已久，只是这一现象并没有引起足够的重视。自从新冠肺炎疫情在全球蔓延以来，种族歧视这个旧病毒更随之大暴发。从美国到欧洲，这些种族主义者明火执仗，针对亚裔的语言和肢体暴力袭击越来越多。疫情发生至今，法国已发生多起宣称华裔是病毒并对其进行攻击的案例。法国总统马克龙多次公开就法国的反种族主义抗议发声。他表示，在面对种族主义、种族歧视时永不妥协。[①]

其实，华人反歧视的抗争一直伴随着歧视现象存在，每一次出现对华人歧视的案例，都有部分华侨华人奋起抗争。但我们也清醒地看到，对华

① 《法国总统马克龙反对种族歧视，但拒绝拆除殖民时期雕像》，新京报，https://baijiahao.baidu.com/s?id=1669538902034299333&wfr=spider&for=pc，2020 年 6 月 15 日。

人的歧视虽被关注到，但反歧视还远不成气候。社会学家王春光曾多次到法国考察，他指出法国是西方移民大国，从 20 世纪 80 年代起就有越来越多的亚洲人特别是华人移入法国。从中国大陆移居法国的大多数华侨华人属于经济移民，他们在经济领域比同期进入法国并同法国有着亲近的社会政治文化关系的其他许多移民有更好的表现。[①] 我在调研中同样感受到法国华侨华人对于自身在当地社会表现的关注度，他们在为法国社会创造价值的同时，也在通过不同的形式争取应有的社会正义和尊严。

闫然是在法国巴黎的一位驻外记者，也是法国疫情反歧视的行动者之一。她回忆起，在疫情之初，不少同胞在法国受到不同程度的言语和动作歧视困扰。一次，闫然偶然在 Facebook 聊天群中看到一位生活在巴黎超过 10 年的华人提出制作一个反歧视纪录片的倡议。这位华人在聊天群中写到希望通过这个纪录片，能够让所有人知道新冠病毒并不是“中国病毒”，反对这些因为病毒而对中国和亚洲人进行攻击的歧视行为，并提出想要招募有着同样想法的人参与到这场行动中。关键行动者将自己的目标通过“转译”给其他行动者使之成为大家共同的目标，行动者在相互结成的网络中成为具有能动性的网络节点。

因为有着共同目标和利益相关性，闫然便主动报名加入其中，之后有更多的华人和留学生群体看到了这条信息也加入进来。他们之前彼此互不相识，从事着不同的行业，有在巴黎做导演的，有从事记者工作的，有带摄影经验的，也有可以提供采访场地的，其中还有两位居住巴黎外省的成员也加入其中。就这样，大家自发成立了 50 人左右的反歧视抗疫行动剧组，并组建了新的微信互动群。

行动者招募工作完成后，关键行动者开始赋予每一位行动者角色定位和具体任务。他们首先制订了一周的拍摄计划。根据成员的特点，反歧视抗疫拍摄组一共分成三个小组，其中包括前期策划组、拍摄组、后期宣发组。前期策划组的任务是撰写拍摄脚本，确定采访内容；拍摄组的任务是找到有被歧视经历的华人和随机采访路上的法国市民；后期宣发组的任务

---

① 王春光，Jean Philippe Beja：《温州人在巴黎：一种独特的社会融入模式》，《中国社会科学》1999 年第 6 期，第 106 – 119 页。

是将制作好的纪录片宣传发布出去，后来他们将此纪录片取名为“记疫”。

作为纪录片前线记者，闫然在整个采访中用“心酸”和“感动”这两个词来形容她的感受。“心酸”是她在采访过程中，得知一些中国人甚至是亚洲人经常会遭受到异样的目光、不友善的询问甚至发生肢体冲突。“感动”是看到越来越多的人能够真正站出来呼吁公平公正。

图3-1　闫然（前排左一）与制作团队正在采访行人

参与纪录片录制的受访者当中有中国留学生、中餐厅店主、华裔小学生、华人医生、公益社团负责人、当地民众等。一位出生在法国的华裔现在是巴黎某中餐厅的店主。他讲述，每次乘坐地铁，只要他上来坐下，旁边就会有人换座位了。而他现在所经营的餐厅也因为疫情下降了40%客流量，还有多位客人给餐厅发来询问的邮件：“如果我去中餐厅吃饭，有没有感染病毒的风险?”甚至有人闯进他的餐厅，推开门，大喊“新冠病毒”，然后拔腿就跑。他认为一定有人会被影响到，会害怕，从而不会选择再进入这家中餐厅用餐。他指出媒体是有责任的，他们对民众有很大的误导性，当媒体谈论某件事的时候，他们试图操纵民众，暗示中国人不是清白的，那么当地人就会产生对中国乃至整个亚洲的负面评论和偏见。受影响的华人认为媒体应该有基本的素养，避免使用一些带有歧视、容易引起误会的词汇。

另一位被采访的是一名中国留学生。之前她和她的一位法国同学关系很融洽，但因为这个病毒，不仅她们不再讲话，而且每次那位同学都会选择离她很远的座位，并将窗户大大地打开通风，经过她身边总要捂住口鼻，然后用消毒液洗手，这些变化让这位留学生心里有一种莫名的尴尬和伤感。

一位华裔小学生在他的班里被同学们问到是否也得了新冠肺炎，令这个孩子很生气，顿时有一种被羞辱的感觉。回到家他将此事告诉了他的爸爸，第二天他的爸爸就找校长谈话，之后校长来到了孩子的班里对大家说，他不想再在这所学校里听到有关新冠病毒的各种传言。

法国国家科研中心研究员王思萌也遇到了相同的经历。她认为很多歧视都是隐性的、狡猾的，或许就看似是日常中的玩笑而已。比如她作为一代移民，曾因名字较难发音而被叫其他名字，或者因为在中国有人吃猫狗而被拿食物开玩笑。很多细节会被人拿来开一些伤感情的玩笑，令华裔有一种被羞辱的感受。

在中国疫情最严重的时候，为了减少误会，法国华人公益活动的团队一早就抵达巴黎市中心的广场。他们蒙住眼睛，戴上口罩，举着一个牌子，上面写着：用温暖的方式，给我一个拥抱吧，为中国加油，病毒没有国界，口罩只是保护自己。我们可以看到，很多法国人都会驻足或者回头看他们展示的牌子，其中不乏充满正义和勇气的法国民众主动走上前来给他们一个拥抱，顿时令人觉得这个场面很温暖。其中一位参与活动的成员说："这个可能是中法之间的医疗意识差异吧，法国当地人认为戴口罩就是因为你得了重病，或是你可能自己本身有什么问题。但是中国人的观念是为了预防，我不是去要求你一定要和我一样戴口罩，但是我是为了保护我自己或者是保护身边其他人。"

图 3-2　法国华人公益活动的成员在巴黎市中心用形体艺术反歧视

很多法国人也在为消除偏见做出自己的努力。例如在巴黎国际大学城的教授就举办了一场有关消除误解的学术讲座，他专门邀请在法国的中国留学生去给世界各国的学生们讲述新冠病毒，告诉他们其实这个病毒是全人类的病毒，而不是“中国病毒”。

为了能让更多的人看到这个纪录片，拍摄组的成员们分别通过Facebook、YouTube、法国知名的华人媒体、网红微信号、抖音，以及其他媒体等多种渠道宣传。关键行动者通过对其他行动者的动员，激发他们的兴趣和潜能；同时，越来越多的受众成为新的行动者。行动者除了视频传播者以外，还包括对视频点赞和以文字方式记录内心感受的留言者。行动者不仅仅传递意义，他们还是“转译”者，在行动中不断改变、“转译”、修饰其所承载的意义。根据拉图尔的广义对称性原则，网络建构中，除了人类行动者以外，各种新媒体技术和平台也扮演了重要的非人类行动者角色。在仅仅不到一个月的时间里，纪录片就获得了 2 200 多万次的播放量。越来越多的受众也成为新的转发者，有的受众用留言的方式表达着内心的感受。

闫然在接受采访时说："团队的一些成员到现在也没有见过面，很多任务都是大家隔空合作完成。"这次纪录片志愿者精诚合作，组成高效的团队组织，每个成员的能动性和创造性被不断激发，在让团队收获了幸福感和满足感的同时，也唤起了人类的良知。人类行动者（导演、策划人、摄影师团队、受访者、宣发人、传播者）不停地将非人类行动者（Facebook、微信、脚本/策划书、摄像器材、采访场地、自媒体、其他媒体合作方）用自己的思维模式和语言"转译"出来，人类行动者和非人类行动者在彼此联结交互中有机整合，构建起一个动态、不可分割、持续演化的反污名化行动者网络体系（见图3-3）。

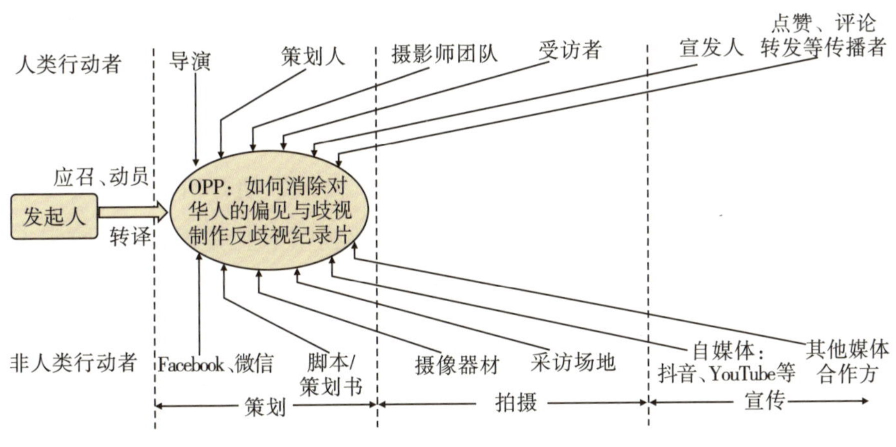

图3-3 海外华侨华人反污名化行动者网络模型

关键行动者通过设计共同目标和强制通行点（obligatory points of passage，OPP）[①] 方案，将其他行动者的诉求与个人的目标紧紧捆绑在一起，经过招募对其他行动者进行组织分工，动员异质行动者的能动性，行动者各自发挥所长，并不断消除网络中的异议障碍，行动者网络通过不停地"转译"得到了新的生命力，从个体认知上升为群体认知。反歧视行动

① "强制通行点"由行动者网络理论的另一位代表性人物米歇尔·卡龙（Michel Callon）提出，也称作"必经之点"，这是行动者的必然选择，也就是说要想获得"转译"目标，关键行动者必须针对不同的问题提出解决方案和技术路径，排除困难和障碍，吸引其他行动者参与到行动者网络中来，并且保持网络的稳定、高效、活力。

者网络就是其中的一个典型代表，通过关键行动者的倡议，一些利益相关群体卷入其中，通过纪录片呈现出的内容构建了人们的认知和行动框架，更多场外的行动者卷入场内，力量汇集为现实的社会行动，反歧视网络在一次次“转译”中扩大其社会影响力，与周围场域形成共性，从而修正了华侨华人的国际形象。

美国

侠肝义胆真英雄

美国是一个移民国家，种族融合是美国社会发展最重要的特点之一，也是美国政府在立法、执法等各项社会活动中不得不考虑到的一个重要方面。

美国社会种族歧视现象由来已久。从 19 世纪中期开始，美国发现金矿，全世界的人包括华人涌入美国淘金。相比到东南亚等地打工，美国工资较高，因此大批华人前往美国，从 1848—1860 年，仅加州金矿就有 2 万多名华工。① 1863 年，美国开始修建太平洋铁路，又招募大批华工赴美。华人多吃苦耐劳、聪明能干，对完善美国交通、繁荣美国西部经济作出巨大贡献。但华工很快开始受到排挤。从 1870 年起，各种排华事件屡屡发生。1882 年美国政府颁布《排华法案》，此后，美国华人数量大幅减少。

在 1965 年以前，美国社会存在着严重的种族歧视现象，包括华人在内的有色人种，以及非盎格鲁—撒克逊种族②的白人（东欧、南欧等地的移民）受到不同程度的种族歧视。美国社会认为，盎格鲁—撒克逊才是美国的主流民族，他们有一种与生俱来的优越感、使命感。同时，在美国，宗教也强化了种族歧视的色彩，他们把自己当作上帝的使者，自认负有教化别人的使命。

---

① 《庄国土：美国华裔，需要一个迟来的“道歉案”吗?》，中国新闻网，http://backend.chinanews.com/gn/2021/04 -29/9467061.shtml，2021 年 4 月 29 日。

② 伍斌：《“种族”界定与美国对东南欧移民的排斥（1880—1924）》，《历史研究》2018 年第 2 期，第 108 -192 页。

华人在美社会地位发生决定性改变，是从20世纪五六十年代美国民权运动开始。这场运动以反对种族歧视为核心内容，受到包括美国大部分白人在内的支持和响应。1965年美国国会通过第一个践行种族平等原则的《移民与国籍法修正案》，开启了新移民时代。[①] 20世纪70年代，中美关系解冻，此后美国的华人移民数量激增，致使美国华侨华人的结构以新移民为主，不但数量庞大，分布范围广，而且来自中国各个省市，教育和收入水平参差不齐，华侨华人同质度最低。[②] 其中，美国的华人新移民中来自福建的最多，福建新移民又以福州人为主。美国新移民社团众多，但社团内部或社团之间彼此缺乏认同，导致彼此合作程度不高。

在新移民时期，华侨华人从原先的教育水平偏低、多从事体力劳动的极度被边缘化群体，通过自身努力，积极争取社会各方面权益，逐渐成为社会生产最重要、最核心的组成部分之一。[③] 基于在美华侨华人的多元性与特殊性，在美华侨华人秉承包容多元、以和为贵的思想，对中美两国的友好交往起到了重要作用，也为美国的经济发展发挥了积极作用。但近年来，美国政府奉行单边主义政策，在政治、经济、社会等各方面围堵中国。新冠肺炎疫情大流行以来，美国国内“黑人的命也是命”运动和政治权力更迭的共同作用，导致美国对亚裔的仇恨情绪暴增。

这次疫情中，我有幸采访了一位身兼数职、在美国当地颇有影响力的侨领。他是美国华人维权运动的发起人，好善乐施，打抱不平；他的生意越做越大，从福建到香港再到美国，商业梦想逐渐实现；他也是众多社团的领头人，热衷社团工作，兢兢业业。他就是美国亚裔社团联合总会主席、美国亚裔维权大联盟主席、美国中餐业联盟（纽约）总会会长陈善庄。

---

① 闫行健：《美国〈1965年以来移民与国籍法修正案〉探析》，《美国研究》2016年第3期，第130－148页。

② 庄国土：《21世纪前期海外华侨华人社团发展的特点评析》，《南洋问题研究》2020年第1期，第55－64页。

③ 陈思佳：《融合与冲突：新移民时期华人华侨在美国》，《西部学刊》2020年第123期，第137－139页。

中美关系的维护者和见证人

出生于福建的陈善庄在20世纪70年代移居到香港，80年代中期又远渡美国。在陈善庄的心里埋藏着一个强烈的心愿，就是通过长期开展与中美友好、爱国爱乡、安居乐业等相关的健康有益活动，为闽籍华人树立美好形象，以获得美国社会和各族裔朋友的尊重。陈善庄和他所在的福州琅岐联合总会在开展中美友好交往和爱国爱乡活动中发挥着越来越大的作用。

时间倒回到贝尔格莱德时间1999年5月7日午夜，北约对中国驻南斯拉夫大使馆进行导弹袭击，造成中方人员伤亡和大使馆毁坏。这一震惊世界的事件严重侵犯了中国的主权，粗暴践踏了联合国宪章和国际关系基本准则，极大地伤害了中国人民的感情，激起海内外华人的强烈抗议和严厉谴责。陈善庄和美国的同乡会对此表示极大的愤慨。5月12日，陈善庄作为美国福州琅岐联合总会会长在纽约会馆召开记者新闻发布会，他对此发表严正声明，并且致信时任美国总统克林顿和所属选区的国会参众议员，表达了在美琅岐人的立场，要求北约立即停止轰炸，答应中国政府的四项要求。

5月15日，国际反战联盟决定联合华裔社区人士和各族裔人士在纽约举行示威游行，抗议北约轰炸中国驻南斯拉夫大使馆和要求停止轰炸南斯拉夫。一时气氛十分紧张，陈善庄在召集会上说："我们组织参加反战游行，恰恰是热爱和平、促进中美友好，是一种符合法律的正义的行为，与反对美国的行为完全不同。"陈善庄带领几十位福州琅岐联合总会成员，打着"美国福州琅岐联合总会"的大字横幅，举着中美国旗，走在游行队伍的最前列。

在中美两国关系走入低谷的时期，又迎来了中华人民共和国50周年诞辰的日子。陈善庄先生和他的同仁们认为应当在这个历史的关键时刻举办一次有意义的纪念活动，促进中美两国关系朝着正常健康的方向发展，增进中美两国人民的相互了解和相互尊敬。他们决定在新泽西州的首府春城市政府举行一次升五星红旗的升旗仪式。于是陈善庄联络北京联谊会、南京联谊会和留学生学者团体，通过正常的渠道，向春城市政府申请举办升旗仪式。

新泽西州是美国东海岸的重镇，地处纽约和华盛顿之间，是华人居住最多的地方，也是“台独”“藏独”者云集之处。因此在向春城市政府申请升旗仪式的过程中，有关人员曾收到电话骚扰和威胁。陈善庄作为这次活动的组织者，态度鲜明地表示，他们的所作所为有理有节，符合广大华人的愿望和中美两国的利益，所以他们不怕任何人的骚扰和威胁。经过不懈的努力，他们完成了申请和审批的一系列手续，终于获得在春城市举办升旗仪式的机会，并且又邀请了时任中国驻纽约总领事张宏喜、中国常驻联合国公使王同福等参加升旗仪式。9 月 21 日，当一面鲜艳的五星红旗在秋雨中冉冉升起的时候，陈善庄和他的同事们激动难抑，泪水和雨水流淌在他们的脸上，升起的五星红旗抒发着海外华人对祖国的豪情。美国的中英文新闻媒体对此作了详尽的报道，各界人士也给予高度的评价。

2019 年 6 月 18 日，陈善庄联合美东知名侨团一起在美国国会山庄举行了“美国华人华侨纪念中美建交 40 周年”活动。美国联邦参议员、美国联邦众议员、中国驻美大使、社团领袖、华人精英、媒体近 200 人参加了纪念活动。大会组委会主席陈善庄希望通过这次活动全方位回顾中美建交的历史，纪念中美两国人民走过风雨相携 40 年的珍贵记忆。

每次中国重要领导人出访美东，陈善庄都会很早就开始通知当地华侨华人，并组织迎接工作。陈善庄说：“作为海外华侨华人，能感觉到中国日新月异的变化，为国家的日益强大感到骄傲，华侨华人愿为中美友好关系的发展作出贡献。”

备受瞩目的梁彼得案

大家是否还记得多年前在美国发生的梁彼得案？这场 2016 年以来颇受全美瞩目的裁决，引发国际舆论广泛关注。而亚裔维权大联盟总召集人陈善庄和诸多在美侨胞付出的努力，对华裔在美的地位和歧视问题的影响是深远的。让我们先回顾一下这个案件的来龙去脉。

2014 年 11 月，纽约市华裔新进警员梁彼得与其搭档到布鲁克林区一幢刑事案件频发的大楼巡逻。两人走进八楼漆黑的楼梯间，梁彼得手枪突然走火，子弹朝上飞击中墙壁，反弹后朝下飞打中刚进入七楼楼梯间的非洲裔青年格利的心脏，致其身亡。此后，梁彼得受到过失杀人等 5 项罪名指控。审理此案的陪审团裁定梁彼得被控罪名全部成立，刑期最高可达 15 年。

梁彼得被定罪后，引来纽约华社及全美华人的震惊与愤怒。美国许多华人认为，此案没有得到公正审判，华裔梁彼得成为“政治的替罪羊”，原因是此案发生在美国“警民情绪趋于对立、多地警察导致非裔青年死亡却未被起诉之时”。美国媒体报道，梁彼得是 2005 年以来纽约首位因为在执勤过程中过失致人死亡而被定罪的警员。对此，当地华侨华人强烈要求在梁彼得案的处理上要公平对待。该案的发生是意外事件，但梁彼得却遭起诉，这是对在美华人的压迫与歧视。

之后陈善庄与一批亚裔维权人士聚集在一起，商量如何声援遭受司法不公的梁彼得。他们发动侨团的力量，开始呼吁纽约各区的华人们乃至全美各地的同胞们站出来，为了公平与正义，团结一心声援梁彼得，维护所有华人的正当权益，同时也是为了华人的下一代着想。他们决定通过网上请愿和大规模的游行示威活动，从而让华裔警员梁彼得一案获得公平与正义的审理。

2015 年 3 月 8 日，千余名华人在纽约市府门前发起了抗议集会。同年 4 月 26 日又举行了跨过布鲁克林大桥的华人维权大游行。2016 年 2 月 20 日，全美多地更爆发了声势浩大的挺梁维权大示威。全美上下 40 多座城市举行了挺梁示威集会，以纽约市布鲁克林卡德曼广场公园（Cadman Plaza Park）为主场的集会示威吸引了约 6 万民众到场，力挺被陪审团裁决的华裔警员梁彼得。示威游行的队伍中也包括很多其他族裔的民众，他们用和平的方式抗议对梁彼得的司法不公。亚裔维权大联盟于 2016 年 4 月 17 日发出“419 法庭宣判前告同胞书”，正式宣告：“我们反对任何有政治操作的不公正审判，审判更不应被某些有心人士和媒体操弄成种族议题，造成亚裔和非裔的对立和冲突，因为在该案中亚裔和非裔既是受害者，也是弱势群体。”

同时，在美华人在白宫网站发布的要求检察官撤销对梁彼得的起诉的请愿书，征集到逾 10 万人的签名。为了支持梁彼得上诉，助其获得公平与公正的对待，纽约的华人们纷纷行动起来，积极为他捐款，希望助他打赢官司。陈善庄表示该案关系着所有亚裔权益，而他所负责的亚裔维权大联盟今后会更加致力于为亚裔争取在美国的合法权益，以及为华人的下一代争取公平和公正的未来。

此次挺梁活动可谓是创下了华人维权运动的历史，纽约的各大主要英文媒体都报道了这场游行。在华裔维权压力下，法官最终做出了一个折中的决定：在判决 5 年缓刑、无须监狱服刑的同时，把检方之前要求判处的 500 小时社区服务增加到 800 小时，以照顾纽约非裔的情绪。

美国联邦最高法院出庭的多位律师认为，侨胞的抗议活动起到了非常正面的作用，否则梁彼得很难免于牢狱之灾。虽然法官不应该受到外界干扰，但法官并非生活在真空之中，对于政治现实和社区呼声都有着清晰的了解。法官也特别提到他收到万封挺梁求情信，证明梁彼得的社区背景良好。纽约市议员崔马克也发表了慷慨激昂的演说："陈善庄和社会各界维权人士引领了一项至今影响深远的社会运动。他们为在美华裔争取尊重、平等与公正。"

沸沸扬扬的梁彼得案告一段落，但事件给美国华裔带来的冲击和反思远未平息。2017 年 2 月 19 日晚，在陈善庄的召集下，数百位华人齐聚纽约布鲁克林金皇廷酒家，举办了"挺梁维权"两周年纪念活动，来自纽约、新泽西、长岛以及其他州的 400 多名各界维权人士出席，庆祝在美华人维权意识的觉醒。梁彼得因身在外州未能到场，但他专门来信，感谢社会各界过去两年来对他的声援。当晚播放了一段十几分钟的视频，回顾了挺梁活动的全过程。

此次的发声无疑是在美华人主人翁意识的觉醒，此次事件不仅改变了华人，也改变了当下的美国。隐藏在民主国家"人人平等"外表之下的对少数族裔的轻视仍旧是美国的痼疾。尽管遭到华人"群起而攻之"，但能否倒逼其转变尚难定论，华人维权运动还需要走很长的路。陈善庄表示尽管维权路漫漫，但是华人维权的脚步不会停止。陈善庄说："这个过程都是一步一步来，不能说我们马上就要一个结果。但是我们要为下一代，为少数族裔，争取公平。"

疫情以来最大规模的亚裔反歧视游行

在过去一段时间，纽约市及全美仇视亚裔的暴力犯罪呈现明显上升趋势。2021 年 3 月以来，尽管亚裔维权抗议行动在全美多个城市举行，但仍有多起恶性亚裔遭仇视事件发生。陈善庄表示，该时期发生的众多针对亚裔的仇恨犯罪与歧视案件让人无法接受，社区必须团结起来共同反抗，接下来将举行规模更大的游行集会活动。

当地时间 2021 年 4 月 4 日，亚裔维权大联盟在纽约市组织了疫情以来最大规模的亚裔反歧视集会示威和游行。陈善庄作为此次活动的总召集人，动员了近 500 个社团的亚裔约 3 万人参加。同时，陈善庄还专门派出 300 多名义工志愿者保护市容环境卫生，以及 100 多名保安维护游行秩序。游行路线以曼哈顿纽约市政厅前的弗利广场为起点，穿越布鲁克林大桥，抵达布鲁克林市政厅前的卡德曼广场公园。

当天中午时分，弗利广场和周边街道站满了参加示威游行的人群，既有和父母手牵手的儿童，也有白发苍苍的老者。游行开始前，陈善庄登台演讲："我们在这里工作、纳税，创造财富，参与社区，我们就是这里的居民。但是总有一些人针对亚裔、伤害侮辱亚裔，我们现在必须站起来发出自己的声音、展现自己的力量！"

图 3－4　亚裔维权大联盟发起人陈善庄在亚裔反歧视游行活动中讲话

之后，游行队伍在组织者的引导下，有序走上大桥。路旁的行人挥舞手臂，一同呼喊口号，或是为游行队伍喝彩；过往车辆也不时长时间鸣笛，以示支持。示威游行持续了三个多小时。本次示威游行提出了五大诉求：

一、呼吁政府追踪仇恨犯罪统计数据并将仇恨犯罪视为头等大事，遏制仇视苗头。

二、要求政客立刻停止任何诋毁污名亚裔的言论，以免亚裔被当作替罪羔羊而受到伤害。

三、呼吁各地执法部门重视歧视和仇恨暴力事件，严惩仇恨犯罪。

四、呼吁预防仇恨犯罪部门为亚裔社区及受害者提供更多的语言帮助，与社区紧密合作共同制定保护社区策略；要求州、市各级部门即刻发起针对反亚裔仇恨犯罪和偏见袭击的媒体宣传，发布更多宣传信息。

五、呼吁政府为社区提供更多资源，为亚裔非营利组织提供预防犯罪和教育方面的资金，为多元化社区促进团结提供更多保障。

陈善庄说，美国上一届联邦政府使用“武汉病毒”“功夫流感”等歧视性语言，对于当前亚裔遭受严重侵害的局面负有不可推卸的责任，“甚至现在还有一些政治人物使用这些词汇”。他大声疾呼，号召所有亚裔用好法律赋予的权利，通过投票等各种方式敦促公权力正视并解决针对亚裔的种族歧视。与此同时，也要停止以往忍气吞声的做法，勇敢站出来对歧视和仇恨说“不”。

就在快要完成书稿的时候，陈善庄从美国给我打来电话，他兴奋地告诉我：“在 4 月 22 日，美国国会参议院以 94 比 1 的压倒性表决结果，通过了一项解决针对亚裔仇恨犯罪的法案——《新冠仇恨犯罪法案》（Covid-19 Hate Crimes Act），这是全美国华人社会共同努力的结果。”

虽然，对反仇恨亚裔进行立法的行动取得重大进展，但是，歧视亚裔现象却并未就此止步。美国汇集了全世界各地的人，他们有着不同的族裔、不同的肤色、不同的文化。作为少数族裔的华裔族群想要维权、参政议政、融入当地社会，还有很长的路要走。面对不公正不公平待遇的时候，华裔要诉诸法律保护自己，采取“智慧抗争”，不仅考虑华裔族群的利益，还应关注美国任何不公平的现象，包括其他族裔遭遇的；除了发动群众性运动外，还要从实际层面入手，培养更多华裔人才进入政府和司法机构，这些人会更加了解华裔族群的情况，在关键时刻起到作用；华裔要协调和团结，不能只各人自扫门前雪，要建立社区联防机制和预警机制，带动家庭之间、社区之间的联动效应。

但无论如何，华裔梁彼得案和反歧视游行的空前大动员，已经让越来越多华裔领悟到，要积极表达利益诉求，表达自己的族群呼吁，逐步让美国社会改变对华裔的认知，才能让寻求种族平等之路更加宽广。

澳大利亚

回击污名　还原真实

2020 年澳大利亚遭受山火和新冠肺炎疫情的双重打击，海外华侨华人面临经济衰退与种族歧视的挑战。海外侨胞为澳大利亚经济和社会发展做出卓越贡献，他们在澳大利亚社会占有一席之地，并对未来中澳关系的深化产生重要影响。

2020 年我在澳大利亚侨领杨东东的介绍下，参加了一场跨越国家的加拿大—澳大利亚反歧视在线论坛。这场论坛的主角是澳中慈善协会主席、澳大利亚 ABC 环球集团总裁袁祖文先生，他分享了自己的反歧视成功经验，帮助加拿大和澳大利亚受歧视的华人群体用法律手段维护自身的权利。

会后我与袁祖文取得了进一步的联系，了解到整个事件的原委。当地媒体在不负责任、不查明事情来龙去脉的情况下，进行污名化报道，在方方面面给袁祖文的生活带来很大困扰。他经过不懈的维权努力，最终用法律维护了尊严。我问他：“为什么这次付出这么大的代价来打这场官司？”他回答道：“我认为做的事情是非常有意义的，华人社区需要有人主动站出来发声，主动抗争，与造谣、污蔑、种族歧视等一切不法行为作斗争，维护澳大利亚自由、多元的价值观，也是维护移民群体的切身利益。”同时，他指出：如果想要通过法律来维权，需要具备三个前提条件，一是要有足够的勇气；二是要选择在法律体制健全的国家打这场官司；三是起诉人一定要有相当的经济实力（请当地律师，特别是知名律师，需要支付高昂的诉讼费和律师费等）。除此以外，还要掌握很多技巧、熟悉法律流程。

袁祖文是一个经历很丰富的人，正是这些历练让他不畏艰难，骨子里始终有一种不服输的个性。1983 年他第一次离开家乡湖南到北京第二外国语学院读大学，英语专业的学习打开了他接触世界的窗口。他曾经陪同美国大西洋登山队登上珠穆朗玛峰，还骑自行车走遍北京各大景区，并撰写了成为全国导游考试用书的《北京英语导游》。1987 年刚刚大学毕业的他决定留校成为一名大学英语老师，1996 年他以访问学者身份前往澳大利亚首都堪培拉，从此开始了在澳大利亚的奋斗历程。2000 年，袁祖文开始创业，首先从旅游服务起步，他为公司取名为 ABC，其理念是“A · BETTER · CHOICE”（一个更好的选择），之后又逐步踏入了投资和传媒等多个领域。20 多年来，袁祖文创办的企业从 1 个公司到 7 个公司，再发展为澳大利亚 ABC 环球集团，他特别感谢经历过的那些挫折和奋斗历程。

这次疫情以来，中澳关系持续动荡。有着传媒经历的袁祖文一直在积极关注有关这全球重大事件的新闻。作为一位澳大利亚华人，他多年来一直努力与澳大利亚的企业家们加强联系，致力于维持两国之间贸易关系稳定和华人社区发展。

袁祖文和他的家人在 2020 年 1 月回到家乡湖南省常德市过年，正好赶上中国疫情暴发封城的时候，亲历了中国疫情的艰难时期。过完年后他与家人回到了悉尼，开始在 LinkedIn 和微信等社交媒体上呼吁大家捐赠防护装备。2 月 4 日，他写信给澳大利亚总理斯科特 · 莫里森（Scott Morrison）：“希望澳大利亚联邦政府能帮助中国应对疫情，相信这是一个促进双方和谐关系的契机，能在疫情过后吸引更多游客来澳。”袁祖文写这封信主要出于两个原因：其一是由于对中国新冠肺炎疫情感到担忧，希望能够帮助预防新冠病毒在澳大利亚的传播，并向总理请求澳大利亚派遣一支小型但高水平的医疗队前往中国，以抗击新冠病毒；其二是希望澳大利亚能为当时中国急需的医疗个人防护装备慷慨解囊。同时，袁祖文在信中提议总理亲自在电视上公开展示正确的洗手步骤，向公众建议避开人群和保持社交距离。

很快袁祖文就收到了澳大利亚总理的回信，并向他介绍了澳大利亚为中国提供的人道主义援助。澳大利亚总理也在电视上多次承认在澳华人社区的早期防疫措施有效，以及发布对致命病毒的警告，所有这些举措在保护整个澳大利亚社区方面发挥了积极作用。

2020 年 2 月 24 日，澳洲杰出华商协会会长、华人集团董事局主席邝远平，澳大利亚澳中商业峰会主席杨东东及社团领袖与澳大利亚华企捐赠的大量个人防护装备，由一架包机搭载飞往武汉。这些是澳大利亚许多当地公司和组织、个人以及当地华人社区捐赠的防护物资，用来帮助在武汉与病毒做斗争的一线医护人员，以及武汉急需的病人。但从 3 月下旬开始，澳大利亚的一些主流媒体记者陆续出版刊物文章和进行电视报道，不断抨击中国人，包括与中国相关的企业、做出爱心捐赠的企业家，以及海外的华侨华人。袁祖文表示，在当时，澳大利亚的这些抹黑行为已成为常态。

鉴于此，袁祖文于 4 月 1 日在澳大利亚及时发出请愿书，呼吁“请停止在澳大利亚媒体中针对某种族的报道”（No! Stop Race-targeting in Australia Press），“我的社交媒体中有 12 000 多个不同种族的人签名，得到了热烈的支持，不仅是对我本人的支持，也是对此次请愿书事件的支持”。

为了回报澳大利亚华人对中国早期捐赠的好意，加上国内疫情已经得到明显控制，2020 年 4 月 8 日，由华人集团牵头租赁的一架载有急需的个人防护医用物资的货运航班，从疫情重心的武汉直接飞往悉尼。“我认为这是具有里程碑的善举，是对中国和澳大利亚都将具有重大意义的民间外交事件。”

然而，让袁祖文没有预料到的是，就是这么一次善意的人道主义疫情包机事件，因为媒体的颠倒黑白，让他的世界完全被改变。

2020 年 5 月 1 日傍晚 6 点，袁祖文被澳大利亚所谓第一媒体——澳大利亚七号电视台 7news 的一篇文章恶意指控，该文章捏造了一个关于澳大利亚华商利用武汉事件发国难财、谋取暴利的故事。援助的包机货物被诽谤，袁祖文不幸成为这个故事的主角。其他类似的文章也陆续被发表，而对他个人完全没有任何采访，也没有任何证据。更让袁祖文气愤的是，这个事件之后，他的很多澳大利亚朋友中断与他的联系，多年酝酿的交易很快被取消，而许多中文视频和社交媒体不清楚真伪，也对此事作出负面评论。他很困惑，这本是一次改善两国关系，或者至少可以阻止双边关系恶化的绝好机会，却被当地别有用心的媒体曲解和污名化。那些天他有种如坐针毡、如鲠在喉的感觉。

袁祖文告诉我，那段时间他过得很艰难，经历了六个多月的不眠之夜，个人心理受到很大影响，财务损失巨大。他咨询了许多专业人士、大律师、公共关系专家、记者和精神科医生。为了捍卫自己在澳大利亚经商20多年的声誉，以及保护自己的家庭及华人社区免受进一步冲击，袁祖文决定孤注一掷，捍卫合法权利。他做了最好的准备、最坏的打算。他认为必须马上做点什么，而且要越快越好。一切准备就绪之后，袁祖文开始对诽谤他的主流媒体提出法律诉讼。

“当媒体知道我的决心，知道我已经做好了充分准备，也知道我的财力情况，特别是我聘请了多位澳大利亚最知名的律师的时候，他们私下提出要求与我和解。”袁祖文说在相关媒体承诺满足他和家人的正当要求，尤其是他们声称从来不做的“公开道歉”之后，袁祖文和媒体达成和解。就这样，在澳大利亚华人圈振奋人心的事情出现了，澳大利亚的三大主流媒体首次公开向华人道歉，包括7news、澳大利亚《每日邮报》和澳大利亚SBS电视台。袁祖文说：“这件事情或许还有后续，我们在考虑通过正常法律手段，对于剩下的几家媒体继续做出追责行为。”

种族歧视和指责在很多国家出现常态化的现象。过去一段时间里，澳大利亚等国家针对华侨华人乃至亚裔的歧视现象层出不穷，澳媒体上有大量报道。比如，一些政客和媒体将新冠病毒称为“中国病毒”；很多在澳华侨华人遭受言语侮辱甚至围攻伤害；一些华人和亚裔家庭财产遭到破坏；华人和亚裔在日常工作中遭受不公正待遇；悉尼、墨尔本、布里斯班、珀斯等多个城市出现带有对华种族歧视意涵的涂鸦或文字；许多澳大利亚华人企业家被指控为中国牟利，而不在乎他们目前所居住的澳大利亚。这些都是典型的种族主义行为。

尽管人类经历数千年的文明发展进化，但种族歧视还是没有根除，依然存在于人与人的偏见中。海外华侨华人成为被海外媒体污名化的对象，但终究正义会战胜邪恶，光明会战胜黑暗。比如，袁祖文事件后，一位被唤醒良知的澳大利亚记者仗义执言，在澳大利亚专业法律媒体上发表长文，揭露澳大利亚媒体针对华人社区的套路。这不仅有助于维护袁祖文的荣誉，还帮助澳大利亚华人社区了解今后如何与西方不良媒体打交道。

“无论媒体如何描述我们华商的形象，我是澳大利亚华人中的一员，随时准备面对任何挑战。我的使命是促进中澳贸易合作以及应对各种棘手问题。我想这就是生活，有起也有落。维护个人的声誉可能是一个漫长的挑战。我相信道路越艰难，离成功也就越近。”袁祖文在接受访谈时表示，他的这次事件给很多海外华侨华人带来极大的鼓舞和信心。越来越多的侨胞向他咨询有关反歧视的法律问题，目前已有 18 位受歧视困扰的华人正在与他密切联系，包括其他国家的华侨华人。最近袁祖文正在将他的这次经历写成书，与更多的侨胞分享经验与感受。

与袁祖文的对话，让我感受到了海外华侨华人的力量。面对歧视和偏见，社会地位不断改善的海外华侨华人不再沉默，积极主动成为反歧视的行动者。他们通过在互联网发声、法律援助与追责、以艺术形式（纪录片）发声、与当地政府官方机构直接合作等多种方式维护自身的权益。[①] 我想，苦难是我们的每一个艰难决定的衍生品。2020 年对许多人来说都特别艰难，特别是海外华侨华人。好在这一年的艰辛终于过去，新一年的曙光终于到来了。

西班牙

“华二代”的觉醒与反思

我在海外遇到过很多“华二代”，他们的父母早年飘然羁旅，去国离

① 邢菁华：《“海外华商谈抗疫”法国专场：共同战疫　反对歧视》，人民日报海外网，https://baijiahao.baidu.com/s?id=1666350814786094309&wfr=spider&for=pc.2019，2020 年 5 月 11 日。

乡，而他们出生在海外，在与住在国的融合与同化中，心理上的价值取向和文化认同已与父辈大相径庭。虽然外表长相特征仍然是华人的黄色皮肤、黑色头发，但他们中的绝大多数已经不太会讲中文。

由于“华二代”所居住的国家不同，因此融合与同化的过程会受到住在国社会结构和文化因素的影响，其结果也不尽相同。此外，宏观的地缘政治因素也形塑了移民与住在国主流社会的关系，并直接对移民融合或同化产生影响。[①] 而地缘政治因素本质上与海外离散社会和祖籍国的关系及祖籍国和住在国的关系有着密切的联系。[②] 很多“华二代”已经充分融入当地社会，与土生土长的当地人除了在外表上不同以外没有什么差别，却因为疫情下种族问题突显，让他们第一次深刻感受到了一种前所未有的压力。

在中文史料记载中，中国人移居西班牙始于20世纪初。当时浙江青田人纷纷前往欧洲谋生，因为竞争激烈，并且西班牙相对于西欧物价比较低，他们中的一些移民开始从华人聚集的巴黎等地南下到达这里。1973年，西班牙与中国正式建立外交关系。中国改革开放之初，中欧两地之间巨大的经济差距吸引着青田、温州等地浙南人移民西班牙。目前，西班牙华侨华人总数已经达到30万，主要来源地以浙江青田最为集中。统计资料显示，浙江籍移民在全西班牙华人中占61.72%，而在浙江籍移民中，青田人所占比例又高达65%。[③] 西班牙就业与社会保障部2015年6月30日的统计数据显示，西班牙华人中65岁以上人口仅占1.47%，而15~64岁劳动力人口占比高达74.58%。[④] 这说明，以新移民为主的华人是充满活力的年轻社群，他们为社会生态严重老龄化的西班牙贡献了宝贵的人力资源。

---

① NAGEL C R. Geopolitics by another name: immigration and the politics of assimilation. Political geography, 2002, 21 (8): 971 - 987.

② 周敏、刘宏：《海外华人跨国主义实践的模式及其差异——基于美国与新加坡的比较分析》，《华侨华人历史研究》2013年第1期。

③ 李明欢：《西班牙华人社会剖析》，《华侨华人历史研究》2016年第2期，第10-21页。

④ 西班牙政府就业与社会保障部（Gobierno de Espana Ministerio de Empleo Y Seguridad Social）：《在西班牙的外国人：2015年6月30日》（Extranjeros Residentes en Espana: A 30 de Junio de 2015），2015年，第12页。

张婷婷（Cristina Zhang Yu），一位出生在西班牙的“华二代”，现在是一名就读于西班牙赫洛纳大学心理学专业的博士。她的爸爸张甲林是西班牙一位资深华商，虽然年事已高，多年前已经逐步将生意传给了后代，但依然不停地思考外界的变化，活跃于学术界和商界。2020 年 4 月，他参加了我主持的“海外华商谈抗疫”西班牙专场，谈论了有关海外华商如何在压力下求生存的感悟。这次我很早与他取得了联系，想进一步采访他，但有趣的是，他认为他的生活很平淡，倒是他的女儿每天生活都很忙碌，在过去的这一年基本看不到女儿的踪影。他开玩笑地打了一个比方，说女儿比国家领导人还忙。我突然好奇地问道：“您的女儿为什么那么忙呢?”他说：“我正想让你采访我的女儿，她这一年正在与她的伙伴们组织各种反歧视抗争活动。”我眼睛一亮，非常期待认识一下他的女儿，于是了解到发生在他女儿身上的“华二代”真实故事。

中国武汉突发疫情，牵动着全球华人的神经。2020 年 2 月 1 日上午 11 时，在西班牙巴塞罗那繁华的凯旋门广场，出现了 30 多位亚裔青年聚会。他们是亚裔青年学者的团队，属于“加泰亚裔”组织。这个组织是由三位“华二代”发起的，其中张婷婷是发起人之一，另外两位分别是青田籍的建筑师周佳静，以及上海籍的职业医生张君。这个组织已经成立多年，由西班牙加泰罗尼亚大区的亚裔知识青年所组成，成员的祖籍国有中国、日本、越南、马来西亚、菲律宾等。这个组织经常开展一些反歧视活动，呼吁社会必须团结起来，共同抵制仇恨、种族主义和暴力。

而这一天，平时只忙于学习和社会工作的张婷婷，特意通知了他的父亲前来观看。张甲林告诉我：“来之前我真不清楚到底是什么事情，总觉得神神秘秘的，我还特意约了‘亚洲之家’的朋友一起来现场观看。”张婷婷和其他亚裔先是围成一个圈，在最繁华的地方集体戴上口罩（在此之前当地没有人戴口罩），在脸上写上字样，涂上颜色。不一会儿，为了扩大影响力，30 多位亚裔青年分成几人一个小组分头行动，其中张婷婷、周佳静、张君三位代表华裔，向路人介绍病毒不是“中国病毒”，不应该歧视中国乃至亚洲人。突然，张甲林在人群中认出了女儿张婷婷，他立马上前打招呼，但是女儿并没有理睬，继续她的宣讲。这让张甲林有些生气，以为女儿没有听到，又进一步上前和女儿说话，这时张婷婷用手在嘴前做出“嘘”的动作，表示现在不方便说话。她的爸爸才恍然大悟，继续跟随女儿的队伍，观察民众的反应。走着走着，活动的华裔青年们再次聚集起来，张婷婷在众多民众面前朗诵了一首自己写的反歧视诗歌。

图 3-5 张婷婷、张君、周佳静（从右至左）的反歧视抗争

这次的活动让张甲林非常惊奇，在他的印象中平时女儿与华人社会毫无往来，对中国也了解甚少，可是在突发事件来临后，一种血缘的关系、一种民族的本能力量驱动她站了出来，以年轻人特有的方式，捍卫着中华民族的尊严。

由拉普拉塔国立大学社会传播学教授巴勃罗·阿玛多（Pablo Amadeo）编辑的 *Sopa de Wuhan*（《武汉汤》）正式出版了，该书是为“预防与强制性社会隔离”（ASPO）所著的，书中汇集了 15 位当代著名思想家的文章，他们在书中发表了对新型冠状病毒大流行的见解和思考。

无论他们的意见在世界知识界有多大的影响力，这本书的部分内容和封面设计，都激怒了一批生活在西班牙的亚裔后代。一个以华裔为主体的青年学者社会组织和一些亚裔青年社会组织联合起来，以华裔青年张婷婷为执笔人，发出了对该书封面设计的谴责和抗议。这些为了真理勇于挑战大师级思想家的行为，引起了社会关注。他们的声明在 Twitter 和 Facebook 上，也激起了强烈反响。

经过张婷婷本人的同意，我将西班牙“华二代”的这场论战介绍出来，希望引起华人世界更广泛的关注与共鸣。

写给 ASPO 编辑部和编辑 Pablo Amadeo 的声明：

极端右翼的声音使很多人担忧。在疫情之际，我们识别出这些声音，并认为我们应该对其谴责。这些声音是仇恨，是种族歧视，也是恐华情绪。当这类话语被当代思想者撰写的论文汇编之后，会有什么后果？这些声音就会有据有理。这之所以可行，是因为有所谓深刻的、经过深思熟虑的文章为其撑腰。它们被放置在崇拜的神坛上，形式新颖。因为只是一个参考，所以背后并没有恶意。你得承认，这样做的确机智。

一本书或者作者合集的封面重要性并不亚于其内容本身。如果考虑到我们身处疫情之中，那么书的内容应该是有分析、思考和批判的，封面应该与其语言保持一致。这样将责任归咎于中国武汉的行为是煽动，使得全世界将其愤怒发泄于他人身上。自 1 月份以来，华侨华人和其他被“归于华人”的亚洲人就在忍受这种情绪和行为。一些人通过政治使种族主义和仇视合理化，另一些人借助幽默掩盖恶行。但是还有人通过语言和身体攻击，屈辱甚至刺伤。

这个封面模糊了一种过分简单化、本质主义论述的危险性，通过运用插图指出一个错误的疫情起源。这个起源同时也被大众媒体和社交网络不加批判地广泛传播。最重要的是，标题的简单文字游戏生成一个停滞的意象，将动机和怪罪归结于“汤”，与蝙蝠的意象相辅相成，并定位于一个地理位置：武汉。

现在可能不是进行假设或者归咎责任和捋清前因后果的时候，但至少我们能决定故事的发展方向，努力思考我们将如何维持或如何改变现状才更有益。但这是西方殖民主义的习惯性做法，将问题归咎到他人身上，免除自身的责任。这次更加不正当的方式是利用设计和创造力为其行为进行修饰。

面对这样一个敏感的时代，我们的生活、人际关系、空间、时间和动机都被强行改变。对于有幸能够阅读当代思想者的论文汇编的人来说，明智的做法是提出质疑，而不是盲目地复制。

也许通过这种方式，我们将能够朝着人性更好的一面迈进。也许这样，我们将明白，病毒起源的地理政治位置，并不能减少任何人的责任，因为我们都是资本主义体系的一部分，也许第一步承认共同负责才是真正的变革。

综上，我们以自问结束，当代性指的是谁？如何构想？从什么角度、哪个分析框架构想？为什么话语权和认知价值赋予了某些人而不是其他人？我们担心仍然无法听取其他挑战目前信念的话语和声音，并质疑为什么依然以西方为主的“当代性”谈论东方。

有鉴于此，我们敦促 ASPO 编辑部以及其艺术和设计编辑 Pablo Amadeo 删除当前的封面设计和标题，并对其进行更正，以防止种族主义的论调进一步蔓延。

张婷婷 Cristina Zhang Yu

2020 年 4 月 2 日

张婷婷在接受加泰罗尼亚电视台记者采访时说道：“我们注意到，有人在地铁上看到我们时走开了，孩子们在学校注意到了它。我确定新型冠状病毒问题迟早会得到解决，但是我们不确定种族主义已经消失。”

以张婷婷为代表的西班牙华裔二代的全力抗争行为，也遭到少数人的责难。责难者认为，这种大张旗鼓的宣传，会造成欧洲人的恐惧，导致种族歧视的蔓延。于是在华人圈内，又兴起了一场讨论。

正值讨论引起局部思想混乱时，中国发声了。

针对新冠肺炎疫情，中国驻西班牙使馆、驻巴塞罗那总领馆发出了“为进一步做好在西中国公民领事保护与协助服务工作的通知”。针对借新冠肺炎歧视中国公民、丑化中国形象个案，使馆临时代办姚飞已分别与西班牙外交部亚太司、卫生部公共卫生司负责人通电话，强调人类共同的敌人是新冠病毒而不是中国人，要求西方高度重视并引导民众理性看待疫情，友善对待在西中国公民，杜绝任何歧视言行。随后西班牙卫生预警与应急协调中心主任西蒙在记者会上公开强调，没有任何理由将亚裔居民视为新冠肺炎疑似患者，呼吁西班牙新闻界尽一切可能缓解社会紧张情绪，全力避免因疫情产生对亚裔居民的歧视。

中国与西班牙官方在疫情中的有力发声，有效地扭转了舆论导向。西班牙主流媒体和电视台纷纷提示社会，在防范病毒时，要杜绝歧视华人的言论和行为发生。这些“华二代”青年们有力的发声没有功利色彩，他们以实际行动消除误解。

不仅仅是在西班牙，通过调研，我们发现越来越多的华人乃至相同肤色的亚洲人，在遭受不公平待遇后，开始摒弃过去“默默承受、默默消化”的思想，清醒意识到在主流渠道发声的重要性——为自己发声，也为周围正在遭遇歧视的人发声。社交媒体成了不少亚裔团结起来反抗歧视的最佳途径。

沉默会带来一些后果，最大的后果就是最终它将作用在你的身上。这个道理因为一场疫情正在被越来越多的华人所接受、理解，并付诸实现。

在过去很长一段时间，对于一些“政治正确”的社会规则，华人以及很多其他国家的民众都沉默以对，甚至会去批判它带来的负面效应——对某一些弱势群体的扶持，会导致另一部分人利益受损。实际上，当黑暗来临，它恰恰像一把保护伞，可以保护弱势群体。它昨天保护的可能是别人，但明天，它可能也会保护你。

越来越多的人在用正确的方式保护自己，在合理的规则下，有效地为自己发声。比如，不少人在经营自己的英文社交媒体，在 Twitter、Facebook 等主动发声，将自己的遭遇分享出去，让消息打破族裔的分界线，被更多其他族裔知晓、转发，产生更大的影响力，并打击歧视者的言论。这些成功的经验和案例，也将让潜在的种族歧视者了解歧视行为后果，多了一些忌惮。

此外，华人们也在有意识地培养政治力量上的代表，联系议员，表达自己的诉求。这样才能够让各级政府和议员发声，带动更多官方的声援和行动。

更重要的是，华人更加意识到服务社区和回馈社区的重要性——不仅团结互助，还包括承担更广泛的社会责任和志愿工作，帮助其他族裔的人群度过艰难的时刻。只有这样，才可以带来更长远改变。欣慰的是，海外不同国家的华侨华人正在以实际行动践行着这份社会责任。

加拿大

认同困惑与价值重塑

族群认同一直是加拿大社会不容小视的问题。从族群构成上来说，加拿大是一个多族群社会。基于族群多样性的要求和国内外的压力，1971 年加拿大联邦政府颁布了多元文化主义政策，承认了各族群的平等地位并尊重所有族群的文化传统。①

据有关学者的研究，“二战”后由于政治动荡，香港一度成为移民加拿大华人的主要来源地；1985—1991 年大约有 5 万台湾人移民海外，美国、澳大利亚和加拿大是他们优先移居地；中国大陆人移居加拿大主要是从 1990 年起，中国经济的快速增长催生了一批新的中产阶级群体。随着中国政府放松护照限制，中国进入移民输出阶段。在 1998 年来自中国大陆的新移民人数已经超过香港和台湾，成为加拿大华人新移民的最大来源地。②

随着大量新移民的涌入，加拿大华裔主动融入当地社会的意愿明显，但在通往主流社会的路途中却遭遇瓶颈。加拿大郭世宝教授通过“三重玻璃效应”理论认为，新移民在加拿大的融入有三种无形障碍，即：进入专

---

① 王俊芳、宗力：《社会融合理论视野下的加拿大华裔族群认同》，《史学月刊》2019 年第 9 期，第 108 - 112 页。

② ［加］郭世宝、［加］唐·德沃兹著，万晓宏、王峥译：《温哥华的华人新移民：何去何从?》，《八桂侨刊》2017 年第 1 期，第 3 - 19 页。

业工作领域、进入高薪企业就业、上升到管理阶层。①

中国学生前往加拿大留学渐成潮流。加拿大的名牌大学里，中国留学生占外国学生总数一半以上，有的大学这个比例高达 75%；多伦多和温哥华的公立中小学及私立学校中，已经有越来越多的中国小留学生身影。②近些年，中西社会的不同价值观、家庭观、伦理道德观以及文化上的巨大差异，常常导致家庭长辈与孩子们之间产生各种矛盾与分歧。

与此同时，加拿大华人社会也在影响加拿大地方政府与祖籍国的关系、国家族群政策等，从离散形态来说，华人身份认同并不是一成不变的，其在跨国流动中根据实际情况不断变化发展。然而，加拿大种族问题依然存在，特别是“隐形种族主义”的出现也为社会的良好局面蒙上了阴影。

张渝晖（Benjamin Martindale）是一位出生并成长于加拿大的华裔新生代。他的母亲腾月出生在天津，和我是多年的好朋友，后来她移居到加拿大，并与加拿大当地人结婚，生了一对可爱的儿女，一家人过着平静与富足的生活。但一场突如其来的疫情，以及张渝晖的变化，让全家人变得不那么淡定了。一天深夜，腾月从加拿大给我打来电话，她表现得很焦虑，希望我能帮助到她：“我的儿子突然从去年就变得特别中国化，一切都喜欢中国，去年圣诞节为了他，我们全家准备去香港过春节，但正好赶上香港暴乱游行，我的女儿看到新闻不肯去，所以我与女儿待在加拿大，老公带着儿子去了香港，满足儿子回中国过春节的心愿。”张渝晖正在加拿大读高中十一年级，十二年级即将考大学，很多孩子都开始准备择校的事情了，而他最希望毕业后到中国读大学，最想考入清华大学和北京大学，母亲腾月还为他专门聘请了当地非常棒的中文老师。

尽管张渝晖在加拿大出生和长大，但在过去几年的生活中，他对中国和中国文化产生了浓厚的兴趣。张渝晖告诉我，在他十四岁以前，因为家

---

① 郭世宝教授应邀主讲中国侨联华侨华人研究系列讲座，摘自《华侨华人历史研究》2016 年第 3 期，第 95 页。

② 丘进：《加拿大华侨华人社会内窥及省思》，《华侨华人历史研究》2019 年第 3 期，第 93－95 页。

里的奶奶不仅是白人，而且属于白人贵族家庭，那种种族优越感影响到了他。家里人希望张渝晖不要谈论太多关于中国的事情，而是同化成一个彻头彻尾的加拿大人。这种看法影响了张渝晖很多年，导致他对中国的态度不太友好，甚至对自己的血统持反感态度。

当然，张渝晖的感受并不是一蹴而就的，而是家庭、学校、社会等多方面影响下的结果。他回忆小时候，从早到晚，外面的一些异样的眼光和舆论，以及对中国的看法都会影响到他。在学校，他被一些同学欺负，只是因为他看上去不完全像个白人；在家里会听到来自奶奶家的人说类似的话，让他很受伤害。他很自然地开始相信他们讲的是对的，认为自己确实在某种程度上不够好，不如周围的人，心里会莫名地自卑，所以他开始淡化自己对未来的抱负和前景，人生也失去了奋斗的目标，没有了前进的方向，于是他混沌地过着日子。“我每周花几天和几个晚上的时间玩电脑游戏，而不是学习；衣来伸手饭来张口，有的时候玩游戏，可以连续订购比萨饼十次，这使我的身体都受到了影响。”这种沮丧的生活持续了大约八年，当时身高 173 厘米的张渝晖，体重增加到 210 磅，更严重的是社交焦虑症，这甚至使他无法进行最基本的人际互动。

但是，在张渝晖十五岁那年，他内心突然产生了一种极度想要改变的欲望。虽然不确定是从哪来的动力，但长时间的颓废让他第一次想重新塑造自己的生活，提高自己，改善自己的未来。就像黑夜变到了白天一样，他的性格发生了反差。张渝晖意识到改变自己应先从调整身体健康开始，改变饮食和运动迅速成为他生活的重要组成部分。在接下来的六个月中，他总共减了 65 磅，这是近百分之三十的体重，他顺利地达到了健康的体重。同时，电脑游戏被笔和纸取代，他不再浪费时间。通过勤奋努力，他在以后的每个学期都设法在学校的荣誉榜上名列前茅。为了解决过去几年的社交能力不足，他主动促使自己更加活跃于学校社区。他加入了一个商务俱乐部 DECA，活动内容是针对分配的任务，在五分钟内为复杂的案例提供解决方案。虽然一开始参加这个比赛的时候，张渝晖还是超级不适应，但他坚持了，甚至很享受过程。同时，他在学校的健身俱乐部中，通过分享从自己的健康之旅中获得的知识，来帮助有兴趣保持健康生活方式的同学减轻体重。他越来越发现，社交不是那么恐怖的事情。张渝晖不断地将自己置于以前似乎不可能面对的挑战中，这使他逐渐适应了周围的生活环境，并在各方面表现出色。

虽然，张渝晖已经尝试着不断突破，与以前的自己相比可谓令人刮目相看，但是，张渝晖仍然没有一个持续的长期目标，那种可以让他日复一日为之努力的目标。“我长期因为自己是一个混血儿感到压抑，一半的中国血统让我还是无法摆脱内心深处的苦恼。”在 2019 年的夏天，张渝晖开始尝试学习使用中国筷子，吃中国菜，甚至偶尔听中国音乐，了解中国故事。他跟随父母去了中国的许多地方，看到了中国源远流长的古代文化和现代景观。例如，杭州广阔的西湖、上海中心的美丽外滩、雄伟的长城……这些给他留下了深刻的印象。随着时间的流逝，他接触了越来越多的中国文化，渐渐对中国人和中国文化产生了浓厚的兴趣。

张渝晖开始怀疑，或许他的未来是在太平洋的另一边——中国，而且这种想法愈发强烈。那个夏天他开始查询中国的大学。中国知名的两所大学——清华大学和北京大学，让他产生了很大的兴趣，而且他的母亲多年前在清华大学进修过 EMBA，每当谈起这段经历都让张渝晖觉得十分自豪。但是，张渝晖深知要想去中国，语言关成了他最大的绊脚石。当时张渝晖只会说十几个中文句子，只能够书写三个汉字：一、二、三。那时候张渝晖已进入十一年级，为大学申请做准备的时间只剩下一年了。“这么短时间，学会一个对我来说完全新的语言真的好恐怖，而且听很多人说中文很难。”张渝晖说。

张渝晖的姨妈在美国是一名中文讲师，他请姨妈给他做了一个语言测试。结果出来后，姨妈很认真地对张渝晖说：“中国大学的中文要求对你来说太难了，只有一年时间准备这个考试是不可能的。”张渝晖家人鼓励他将其作为一种业余爱好进行追求，而通过考试将是徒劳的。尽管如此，内心对实现自我梦想的渴望，以及青春萌动的上进心，让张渝晖决定接受这一看似不可能的挑战。从 2019 年 9 月开始，张渝晖除了上课，一觉醒来后每时每刻都花在学习中文上。每天睡五六个小时，有些天一晚上没睡，白天还要照常去学校上学，在上学和放学的汽车上阅读文章，还会在自助餐厅里背汉字，而不是真正用餐。除了每周与中文老师进行一小时的课程交流之外，其他时间他一直完全自学。“尽管这样的时间安排，让我十一年级的平均成绩并不太理想，但最后中文考试的成绩，让我觉得付出全都是值得的。”原来，张渝晖通过刻苦学习，在 2020 年 6 月份参加的中国孔子学院的汉语水平考试中取得了五级 253 分的优异成绩（平均分是 190 分），其中阅读一项获得了 100 分满分。专业的人告诉他一年之内无法成功，而他九个月就已经超出了预定目标。现在他仍坚持每天练习中文，强化口语表达能力。“到目前为止，这是我遇到的最艰巨的挑战，但我成功了。”看得出来，张渝晖在这次成功之后又重新找回了自信心。

但是没想到，突如其来的疫情打乱了他的备考节奏。外籍学生选择中国大学就读，一般会提供 SAT 成绩，它是由美国大学理事会（College Board）主办的一项标准化的、以笔试形式进行的高中毕业生学术能力水平考试。张渝晖本来报名了 2020 年 2 月份在加拿大举办的 SAT 考试，但由于疫情加重，加拿大关闭了所有考点，考试也被中断了。在得知加拿大 7 月份还有 SAT 考试后，他立即又报了名，可是临考前的两周又接到考场关闭的通知。腾月告诉我这样的情况反复了六次，其中四次在加拿大，而最后两次，因为要赶上 SAT 考试，冒着极大的风险，她陪同儿子去了美国内华达州和佛罗里达州，终于报上名了。但是当时美国疫情非常严重，特别是佛罗里达州疫情暴发，等他们赶过去时，两个州考虑到风险，临时又取消了 SAT 考试。

张渝晖夜以继日地学习准备，却一次又一次失去考试机会。尽管竭尽全力，但疫情造成的所有障碍，还是让他和他的家人身心俱疲。“我劝他要不就上多伦多大学或滑铁卢大学吧，因为加拿大的大学已经根据疫情的情况，只看学期平均成绩就可以决定录取，而不需要往年学期末的综合考试（疫情取消了期末考试）。可是张渝晖仍然坚定要去中国读大学，因为这是他人生第一个梦想，他不想放弃。”听完腾月的讲述，我深刻体会到一位母亲对孩子的那份支持和期待，这关系到一个有着远大理想的青年人的未来。作为孩子的母亲，多么不忍心看到一些不可抗拒的原因给儿子带来重创。如果是因为张渝晖不够努力或不够优秀才不被录取，或许他的母亲能欣然接受，但是这次疫情实在来得太突然了，打乱了他们之前的考试计划。庆幸的是，我咨询了国内的几所大学，因为疫情的特殊情况，国内已经不将 SAT 考试列入必选项了。

张渝晖开始规划自己未来的职业发展方向，他认为无论在以后的生活中选择什么职业，了解金融的运作方式都是至关重要的。他不仅喜欢理解经济学的理论，更喜欢将其运用到实践中。“当新冠病毒在西方开始（传播）的时候，每一个行业都很恐慌，觉得未来很不稳定。那时候，我正在准备 AP 的一门经济学考试，虽然后来考试取消了，但我对这个学科的了解和认识给我很大收获。我希望借助这一新技能，以某种方式帮助我的社区。”听到张渝晖的这番话，我觉得他很有想法，他不是那种只会读书的孩子，而是学以致用，理论与实践相结合，对人生规划思路清晰。张渝晖开始通过 Auxilium 商业咨询的形式实现他的想法。他想在疫情困难时期，通过非营利性组织，帮助多伦多的小型企业，特别是为新移民企业家提供财务咨询服务。他争取了三个朋友参与到他的项目中，为那些需要帮助的公司创建了一个网站和易于访问的支持服务系统。张渝晖和他的团队利用自身熟练掌握五种语言的优势，创立了提供十五种语言的网站，为十几家小型企业提供了帮助。例如，管理紧急资金、申请政府补助赠款，以及处理其他相关的问题。

此外，张渝晖说，他还想做更多的事。疫情期间他用 3D 打印机制作了很多面罩，并亲自送给多伦多的 Michael Garron 医院的医护人员，支持医院抗疫。同时，他于 2020 年 8 月参加了蒙特利尔银行（BMO）主办的财务投资风险论坛，他的任务是担任具有可投资资金和风险承受能力的三种不同情况的财务顾问。张渝晖带领他的团队在两个星期的时间内完成了论文和演示文稿，并进行了多页的电子表格细分，其间所表现的专业水平大大超出了银行高管对一般中学生乃至大学生的期待。能够将所学的知识运用到现实中，不仅加深了张渝晖对经济学和金融学的理解，而且让他更加明确了未来要追求的方向。

这些就是一位海外华裔新生代真实成长的经历和故事。究竟是什么原因使得张渝晖成长为这样一个杰出的青年？很大程度上源于他所出生成长的特殊环境。张渝晖的家庭是加拿大和中国文化的结合，这样的家庭背景一方面为他认识世界打开了一个窗口，另一方面促使他对自己的前途有了超出加拿大一般青少年的思考。在他的中学时期，他一度迷茫，对自我的定位和价值感到困惑。之后数次的中国旅行，激发了他认识中国和重新认识自己的渴望，由此学习中国历史和中文的努力一发不可收拾。

我问张渝晖接下来有哪些打算，他坚定地告诉我："希望能进入清华大学或者北京大学读书，考上经济系。毕业后可以继续在中国建立一个好的生活，为了美好的梦想我要继续努力。"一个华裔新生代通过自己的思考和实践重新认识社会，渴望来中国学习，甚至到中国创业、工作，为中国的繁荣昌盛作出贡献。我非常佩服他的勇气。我将他的故事讲给了我的女儿听，希望他们都能活出自己的风采。

图 3－6　华裔新生代张渝晖（右上）与他的父母和妹妹

现在我和张渝晖已经成了朋友，我经常会询问他有关海外华裔新生代的问题。他知道我正在研究相关课题，还特意认真地做了一些调查问卷发给我。我在调研结果中发现，华裔新生代的身份认同无疑是他们所面对的最直接的问题。海外成长的华裔新生代所面对的身份烦恼往往不止一端。他们大多不谙中文，对中华传统及文化甚少理解与认知，鲜能与华人小区成员随意交流，因此在华人圈子以至于小区内部每被疏离。而尽管自小在西方文化的染缸中长大，举止谈吐与当地人无异，可是相当多的华裔新生代在非华裔圈子内仍被“另眼相看”，甚至受到歧视，疫情更是放大了彼此的差异与隔阂。他们的家长既希望子女能够更好地融入当地社会，获得西方的优等教育，得到社会认同，同时又希望子女留住中华文化的根。

历史是一个民族、一个国家形成、发展及盛衰兴亡的真实记录。中国是一个有着悠久历史的国家，但关于中国的历史，西方的课本很少提及或者只是简单带过，华人的艰辛移民史和为当地社会所做的贡献更是在书中无从找到。美国马萨诸塞州是美国独立战争的发源地和首部宪法的起草地。2021 年 4 月 11 日，该州波士顿的一些华人社团发起了“将亚裔历史带入美国中小学课程”的活动，活动倡议说：

> 身为亚裔的我们，不禁要深深地思考，为什么历史上相当一部分美国民众并不认为亚裔是美国的一部分？为什么参与修建连接美国东西海岸的中央太平洋铁路的中国劳工，在 1882 年成为《排华法案》的主角？为什么“二战”期间十几万日裔美国人会被关进集中营？为什么 1992 年洛杉矶暴乱中韩裔美国人和他们的财产成为被攻击的目标？为什么曾经是少数族裔大学毕业生比例最高的亚裔，却在美国中小学社会和历史课本中没有一席之地？

本次倡议旨在让学生从小了解亚裔对于美国做出的巨大贡献，让更多的美国民众认识到亚裔是这个国家不可或缺的一部分。如果这个倡议能够在该州得以实现，将对亚裔在美国的地位产生积极和正面的影响。当天，组织者还发布了由 14 岁华裔青少年创作、青少年合唱团演唱的反歧视歌曲 *We Are Proud to Be Asian*（《我们为自己是亚洲人而自豪》）音乐视频，邀请青少年代表讲话。亚裔用歌声唤起大众对美国亚裔历史和真实的亚裔文化的重视。倡议的组织者说，在活动中，一些孩子激动地流下眼泪，他们开始学会重新认识这个世界，用实际行动来维护个人的尊严和权利。虽然这是一条漫长而崎岖的道路，特别是对于年轻的孩子们来说实在残酷，但他们在与社会不断的冲撞磨合中唤醒自我，认识自我，重塑自我。

图 3-7 “将亚裔历史带入美国中小学课程”倡议的当天活动现场

We Are Proud to Be Asian

We are all born on this one planet so

生于同一星球

Why are we discriminating based on how we look

缘何因肤色歧视彼此

All the hate and violence in the centuries shown

见证了这么多世纪的恨和暴力

When are we finally gonna learn how to grow

何时我们才能学会一起成长

We are all born on this one planet so
生于同一星球
Why do we have to live in fear every day
缘何每日战战兢兢活在恐惧中
We want change today and we won't take "no"
不接受“不”，我们今天就要改变这一切
Our people are hurting but do you know
要让世界知道，人们在受伤害

It is time when we speak up
是时候了！让我们发出声音
We sit up high
我们会挺直身躯
We stand up strong
我们会坚强站立

It is time when we speak up
是时候了！让我们发出声音
We sit up high
我们会挺直身躯
And we say
我们会喊出

We are proud to be Asian
生为亚洲人，我们自豪！
Staying quiet is not an option
安静无声不是我们的选择
People who were lost to violence
被暴力夺取生命的人们

We will say their names
我们会呼唤他们的名字
We will say their names
我们会呼唤他们的名字

Stop hate
停止仇恨
Start peace
拥抱和平
Let's not give in to the pressure
我们不会为压力屈服

Stop hate
停止仇恨
Start peace
拥抱和平
We're going through this together
我们会一起度过这场风暴
……

第四章

海外华商的逆境与突围

海外华商以其兼容东方理念与西方思想于一体的经营管理特色，在东西方文化交融的实践中不断摸索与创新，在亚太经济乃至全球经济中纵横驰骋。在中国改革开放的过程中，海外华商的作用尤为突出，他们是开放的先行者、改革的参与者、经济腾飞的贡献者。海外华商利用自身的商业网络与资源优势，助力中国工业化、城市化与现代化进程。从“引进来”到“走出去”，从贸易到投资，从物质资本到人力资本，海外华商搭起一座座中外交流的桥梁，连接开放的中国与外部世界，连接历史与未来，活跃在世界不同制度与文化的广阔舞台上。

一、海外华商网络的形成与发展

华商网络的形成始于贸易，从长时段纵观华商网络发展的历史，其演化从汉代的海上贸易萌芽时期，逐步经历了宋、元到明代的形成期，以及明中叶到清中叶的贸易鼎盛期，形成一个以中国市场为中心，北起日本，至中国大陆沿海地区、台湾，南括东南亚地区的东亚、东南亚商贸网络。[①] 此后经过清中叶到民国的转型期，华商网络向海外逐渐转移为以东南亚为中心。

19 世纪初以来，随着资本主义生产方式向全球的传播，资本主义从商

① 庄国土：《论 17—19 世纪闽南海商主导海外华商网络的原因》，《东南学术》2001 年第 3 期。

品输出过渡到资本输出，中国东南沿海的早期贸易网络也被卷入其中。鸦片战争后，中国东南沿海过剩劳动力被卷入西方列强的人口贩运浪潮，华工下南洋，赴美洲，入非洲，去大洋洲，到达欧洲，成为国际人口迁移的重要组成部分，也成为近代中国移民参与经济全球化进程的开端。① 日本学者滨下武志论述了早期华商金融网络的形成。② 他将东亚和东南亚作为一个整体，大陆居民和华侨之间的一体化经济圈通过侨汇形成。

20 世纪中叶以后，是海外华商网络区域性与全球性并行的梯级发展模式逐渐形成的时期。台湾和香港华商经济高速发展，并与东南亚华商网络不断融合，在资本、技术与产业等领域实现优势互补，构建起紧密的金融与经贸网络。③ 尤其是当“亚洲四小龙”崛起，海外华商在发展奇迹中发挥着重要作用，自身也获得了经济上的成功。海外华商凭借“五缘”（亲缘、地缘、神缘、业缘和物缘）④ 文化纽带，基于经济利益而形成了独特的泛商业网。每个国家的华商都以华人社团为主要联结方式。华人社团是宗族和同乡组成的公司和企业网，各企业之间层层连接，规模不断扩大，直至覆盖全球。⑤

借助遍布全球的华人社会网络和经济全球化的驱动，海外华商网络逐渐溢出东亚、东南亚范围。新中国成立至改革开放前，计划经济体制下的中国大陆实施高度封闭式贸易政策，与海外华商的连接基本中断。中国大陆实施改革开放以后，投资移民和专业人士移民的跨国流动大幅增长，影响了海外华侨华人的地域结构，大量的新华商在北美、欧洲、澳大利亚等区域不断涌现。不同国家的华商所从事的行业呈现出不同的特点。在北美和澳大利亚等地的华商以运营中小企业居多，营业范围涵盖现代服务业、科技投资等领域。越来越多的中国新移民开始融入美国科技创新体系之

---

① 张秋生：《海外华商史研究的新视角》，《光明日报》，2020 年 3 月 3 日第 14 版。

② ［日］滨下武志著，王玉茹译：《中国、东亚与全球经济：区域和历史的视角》，北京：社会科学文献出版社，2009 年。

③ 邵政达：《海外华商网络的历史考察》，《光明日报》，2020 年 2 月 3 日第 14 版。

④ “五缘文化说”，是上海五缘文化研究所所长、闽籍学者林其锬教授提出的，逐渐受到社会各界的关注和接受。五缘文化的研究，是对以亲缘、地缘、神缘、业缘和物缘为内涵的五种关系的文化研究。

⑤ ［美］约翰·奈斯比特（John Naisbitt）著，蔚文译：《亚洲大趋势》，北京：外文出版社，1996 年。

中，形成了创新型的新华商网络；欧洲华商行业覆盖面广，经营地域相对集中，其中分布最多的是英国、法国、意大利、西班牙、德国、荷兰等。与此同时，改革开放也为吸引海外华商在中国大陆投资提供了先决条件，截至 1992 年，华商企业在中国的外商投资（含港澳台）企业中占比超过 80%，港澳台地区与中国大陆沿海城市的经贸关系迅速发展。[①] 自 2001 年中国加入世贸组织后，改革开放进入全方位宽领域对外开放时期，从自主单向开放向互相多边开放转变，从政策导向开放向按世贸组织规则开放转变。华商网络开始涉足投资领域，华商企业不仅在数量与规模上不断壮大，水平与层次上也有了根本性的提升，而且在资本与企业家的构成等方面，都展现出丰富多样性。

华商网络自古与海上丝绸之路交织相伴。海上丝绸之路始于中国东南沿海，经过中南半岛和南海诸国，穿过印度洋，进入红海，抵达东非和欧洲，是古代中国与外国交通贸易和文化交往的海上通道。在漫漫历史长河中，华侨华人群体栉风沐雨、自强不息，在住在国落地生根、枝繁叶茂，海外华商发展的历史和时代内涵亦在不断深化。2013 年中国国家主席习近平先后提出共建“丝绸之路经济带”和“21 世纪海上丝绸之路”（即“一带一路”）的重大倡议。此后国家发改委、外交部、商务部联合发布《推动共建丝绸之路经济带和 21 世纪海上丝绸之路的愿景与行动》，明确提出要发挥海外侨胞以及香港、澳门特别行政区独特优势作用，积极参与和助力“一带一路”建设。[②] “一带一路”视野中的华商跨国网络的形成是建立在华商从事跨国经济活动基础上的，华商网络的布局正从原有的东南亚区域逐步扩散，开始将东亚经济圈与欧洲、非洲等多个区域的经济圈连接起来并加以融合，由此形成了欧亚非三个大陆和丝绸之路经济带的新华商网络格局。

---

① 龙登高、丁萌萌、张洵君：《海外华商近年投资中国的强势成长与深刻变化》，《华侨华人历史研究》2013 年第 2 期。

② 《授权发布：推动共建丝绸之路经济带和 21 世纪海上丝绸之路的愿景与行动》，新华网，http://www.xinhuanet.com/world/2015-03/28/c_1114793986.htm，2015 年 3 月 28 日。

二、海外华商与中国经济发展

1979 年 4 月，邓小平在中共中央工作会议期间第一次提出创办特区的大胆设想。1992 年邓小平视察上海时进一步说明，当时中央设立经济特区，主要原因是吸引海外华侨华人和港澳台同胞前来投资。

改革开放以来，海外华商在中国大陆的投资不断扩大，以中国大陆为核心的世界华商网络发展趋势日益深化。回国投资创业的海外华商俗称"侨商"。侨商企业发展经历了四个发展阶段：1978—1992 年，侨缘禀赋及政策禀赋引领，侨商投资一枝独秀；1993—1997 年，高速增长，实现侨缘禀赋与要素禀赋结合；1998—2007 年，相对低迷，侨资结构调整转型；2008 年至今，利用市场禀赋，持续高速增长。各阶段不同的社会经济条件、投资环境与国际背景，形成了侨商企业的演进脉络及其阶段性发展特征。[①] 改革开放 40 多年来，侨商投资对中国经济发展的影响不仅体现在填补稀缺资本、增加就业、加速对外贸易发展等方面，更从宏观与制度层面对中国的经济社会发展产生了深远影响。研究发现，在中国外商直接投资中，海外华商与欧、美、日、韩等外商是两大主要来源。40 多年来，二者在对华投资中此消彼长，经历了曲折变化。20 世纪 80 年代，侨商投资几乎一枝独秀。1992 年邓小平视察南方以后，中国外资迅猛增长，其中尤以欧、美、日、韩等外商的大举投资最为引人注目，改变了侨商投资独大的格局。1997 年亚洲金融危机，港澳与东南亚华商遭遇重挫，侨商投资急剧下降，陷入长达十年的低谷。2001 年中国加入世贸组织后，外商投资中国的比例进一步强化。2006 年后，侨商投资逐渐复苏，其投资比重逐年稳定上升，2008 年后侨商投资比例逼近 50%，2016 年近 70%。而 2008 年美国次贷危机之后，欧、美、日、韩企业的投资大受抑制。[②] 中国经济与市场快速发展，变动不居，海外华商则更具适应性，利用自身独有的优势，紧

---

① 张洵君、邢菁华：《华商，不可或缺的一种精神与力量》，《金融博览》2020 年第 3 期，第 24－25 页。

② 龙登高、李一苇：《海外华商投资中国 40 年：发展脉络、作用与趋势》，《华侨华人历史研究》2018 年第 4 期，第 1－13 页。

贴中国政府的经济规划和发展导向，抢占先机。

诺贝尔经济学奖得主埃德蒙德·菲尔普斯教授将“高度创新型经济”定义为“无处不在并且深入社会底层的创新”。① 威廉·鲍莫尔教授曾三次系统地将基于创新创业的经济增长理论引入主流微观经济学领域：第一次是他 1993 年的著作《企业家精神》；第二次是 2002 年的《资本主义的增长奇迹：自由市场创新机器》；第三次则是我的同事刘鹰教授翻译成中文并出版的《创新力微观经济理论》。② 应该说，广大海外华商（包括留学人员）回国创业创新在中国大地各个区域随处可见，在中国当前各新经济和新兴产业领域无处不在，创业与创新对侨商企业转型升级起到了良好推进作用。侨商企业依托产业技术创新、产业环境改革、生产及商业模式变革等机遇，谋求转型升级，从产品技术含量低、附加值低以及过度依赖“人口红利”的劳动密集型产业转入高效益、高附加值的行业。

以古典经济学体系为基石的经济史解释模式，通常把分工、交换和流通的扩大，作为经济运行机制与经济发展的动力。③ 但我们观察中国经济发展轨迹可以看到，创新是中国经济发展的关键要素。在中国经济转型过程中，侨商企业发生深刻变化。中国侨商从草根性的“斯密型”增长演变为“熊彼特型”的创新型增长，日益本土化的趋势使侨商企业全面融入中国经济脉动之中，优质侨商企业越来越强壮，一批侨商品牌在中国本土成长起来。资本市场的发展，推动了侨商传统产业的资本形成与技术升级，侨商科技产业与战略性新兴产业异军突起。

中国资本市场的大变革，带来崭新的机遇。一大批来自移动互联网、信息技术、生物医药等新兴行业的硬科技型企业悄然兴起，留学归国人员回国创业，推动了国内在互联网、新经济、新技术、新模式等诸多领域的

---

① ［美］埃德蒙德·菲尔普斯著，余江译：《大繁荣：大众创新如何带来国家繁荣》，北京：中信出版社，2013 年。

② BAUMOL W J. Formal entrepreneurship theory in economics: existence and bounds. Journal of business venturing, 1993 (8): 197 – 210; BAUMOL W J. The free-market innovation machine: analyzing the growth miracle of capitalism. Princeton: Princeton University Press, 2002; ［美］威廉·鲍莫尔著，刘鹰等译：《创新力微观经济理论》，上海：格致出版社，2018 年。

③ KELLY M. The dynamics of Smithian Growth. Quarterly journal of economics, 1997, 112 (3): 939 – 964.

发展，创造新市场，给传统产业注入了活力。他们通过突破新的关键技术，或填补国内空白，或占据市场领先地位，加速我国经济转型升级。

香港大学管理学院前院长 S. 戈登・雷丁（S. G. Redding）认为："一个典型的海外华人的肖像可以被描绘成一个合成体，它的每个部分在现实生活的事例中都可见到。""他们有共同的文化传统、共同的理想、共同的社会行为准则，同样的优势和同样的弱点。换句话说，都属于一种独特的文化类型，保持了多少世纪不变。"[①] 华商企业家精神深刻影响着中国大陆企业。从当前社会上总结出的"晋江精神""昆山之路""园区经验"等范式来看，"晋江精神"与侨资企业密不可分，"昆山之路"与台资企业发展融为一体，苏州"园区经验"源于借鉴新加坡经验，这些典范的机体内涌动着的是"敢为天下先""爱拼才会赢""始终坚持在顽强拼搏中取胜"的华商企业家精神。归国科技型企业家是华商企业家群体的新类别，正在成为中国经济发展的一个新动力。他们的跨国教育背景、前沿科学技术、海外工作经验、跨国知识网络，成为其创新精神的重要来源和组成部分。

三、海外华商的未来发展图景

海外华商活跃于世界的不同国家与地区，由于所处地域的历史传统、价值观念、政治制度、文化背景、经济状况、风俗习惯等存在明显的差异，商业活动交往中常常会表现出显著的文化差异与不同的处事方式。他们以利益关系相嵌入的跨文化移动存在于更深层次的互信互通互助的"五通"[②] 之中，而不仅仅是浮于表面的文化标识。华商网络因具备"五缘"的特点，在与其住在国开展各项合作上具有天然的优势，更容易快速对接自身的商业网络资源并达成意向。

全球化的时代背景下，当前人类在"人、财、物、知"四个要素之

---

① ［英］S. 戈登・雷丁著，张遵敬等译：《海外华人企业家的管理思想——文化背景与风格》，上海：上海三联书店，1993 年，第 287 – 288 页。

② 2013 年 9 月 3 日至 13 日，国家主席习近平对土库曼斯坦、哈萨克斯坦、乌兹别克斯坦、吉尔吉斯斯坦进行国事访问并出席上海合作组织比什凯克峰会。习近平主席提出，构建"丝绸之路经济带"要创新合作模式，加强"五通"，即政策沟通、设施联通、贸易畅通、资金融通和民心相通。

间，通过相互连接构成了繁杂的社会网络，随着网络和通信技术的进步，一个创新、合作、分享的“人类网络”（human network）图景已经可感可见。而其中“人”是指海外的华商与“走出去”的企业家群体，“财”指他们所持有的资本，“物”指他们买卖的商品，而“知”指海外华商所具有的知识、能力和技能在实践中的积累，“人、财、物、知”彼此之间以社交网、金融网、物联网、数据网、价值网、互联网、感知网、资产网、传感网、生态网等多种形式存在于社会网络之中。[①] 传统的华商经济形态已经不足以诠释华商的跨国经济行为，新华商的发展边际已经远远超越贸易与投资，在全球化时代的推动下围绕互联网和物联网的信息时代所呈现出的网络型华商经济，正在发生着日新月异的变化。

以互联网、大数据、人工智能、5G 为代表的新经济领域发展迅速，这也为海外华商产业转型升级带来新机遇。随着新技术特别是信息技术的迭代叠加式突破，全球产业链布局会形成链状链接，虚拟链接的价值链、产业链和供应链，成为更具有黏性、更具有依赖性的经济联系。以网络为核心的信息时代将重新塑造华商生态。

从格兰诺维特的经济社会学理论[②]，可以推导出华商的经济行为是嵌入在华商与住在国的社会关系当中的，因华商富有族群性的特点呈现出截然不同的产业空间（见图 4－1）。产业自身内部亦发生改变，新移民的知识结构带动了产业多元化发展，除了原有的传统餐饮、服装、贸易以外，逐步向高科技、新金融、互联网、通信技术等新经济产业扩展。新华商经济格局对于打造政治互信、经济融通、文化包容的利益共同体和责任共同体无疑具有重要的意义。

① 邢菁华、张洵君：《“一带一路”与华商网络：一项经济地理分析》，《浙江学刊》2020 年第 3 期，第 224－232 页。

② ［美］马克·格兰诺维特（Mark Granovetter）：《经济行为与社会结构：嵌入性问题》，《美国社会学杂志》1985 年第 91 卷第 3 期，第 481－510 页。

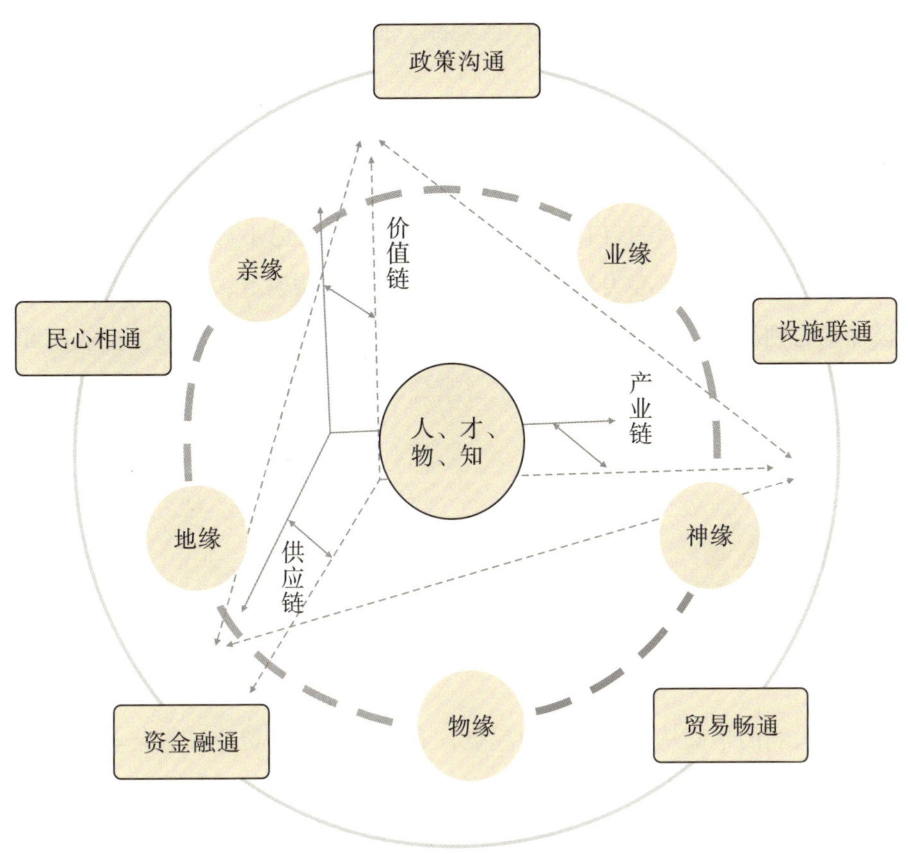

图 4－1　“五通”“五缘”与华商网络的产业空间图

当今世界正面临“百年未有之大变局”，我们对海外华商的认识应放眼于一个更加广阔的经济地理空间。中国经济崛起并深刻融入全球产业链、价值链、供应链的变革中，为华商企业战略布局、深耕细分领域和细分市场创造机遇。此外，疫情给海外华商带来沉重的打击，尤其以传统经营为主的华商更是雪上加霜。因社交限制，海外华商较为集中的餐饮业损失惨重；疫情一定程度上限制了物流流通，贸易行业受阻；出行量减少，服装零售、旅游等行业人流带动效应受限。海外华商在“危”中寻“机”，在提高自身抗风险能力的同时，转型升级已经势在必行。

真正的强者在困境中微笑，从挫败中积聚力量，经反思后变得勇敢。海外华商不止一次遭遇危机，1997 年亚洲金融危机、2008 年世界金融危机，都没有击垮海外华商对未来发展的信心。他们秉持中华民族的优秀品质，积极应对金融危机带来的严峻挑战，抓住机遇，变“危”为“机”，实现企业在逆境中的发展。

新冠肺炎疫情与以往的危机相比，增加了全球经济形势的更多不确定性，华人经济面临资金链紧张、商品供应链断裂、市场萎缩乃至消失的困境。但是，海外华商的自有资金、社会资源与过去已不可同日而语。海外华商是华人社会的核心力量，他们从逆境中寻求新渠道、开辟新商机，积极探索与创新，以适应企业未来的各种挑战。正如德鲁克所说，企业家和企业家精神的精髓在于企业家总是寻求变化，对变化作出反响，并尝试将变化转化成机会。①

意大利

转变与渐进性创新

意大利的华商从以小商贩为起点，到新时期在外贸业、服装业、皮革业、中餐业等行业大展拳脚，已经成为欧洲各国华商中既具有典型性又具有自身特色的一个群体。② 意大利国家统计局 2019 年 7 月公布的最新人口普查数据显示，截至 2018 年底，意大利华人移民数量达到 30 万。③ 中国改革开放以后，意大利的华侨华人逐年增多，主要集中在罗马、米兰、都灵、佛罗伦萨和威尼斯等大城市。同时，意大利华人来源比较集中，2008 年的统计显示，浙江籍华侨华人占比高达 95%。华人经济方面，2014 年意大利商务登记管理部门的数据显示，意大利的外裔企业有 70.8 万家，其中，华人企业位居摩洛哥和罗马尼亚人之后，排在第三位，总数约有 6.6

---

① DRUCKER P. Innovation and entrepreneurship: practice and principles. 2nd edition. Oxford: Butterworth Heinemann, 1999: 23.

② 张一昕：《意大利华商群体的起源、发展和特征》，《八桂侨刊》2019 年第 4 期，第 57 - 63 页。

③《2018 年意大利移民总数超过 500 万，华人占 30 万排名第 4》，中国侨网，http://www.chinaqw.com/m/hqhr/2019/07 - 07/226150.shtml，2019 年 7 月 7 日。

万家。[①] 由此可见，意大利华商已发展成为一支不可小觑的经济力量。近年来，意大利华侨华人因传统行业的饱和而逐渐转向进出口贸易、中医药、房地产中介、百货批发零售等服务性行业。一批初具规模的经贸公司、咨询公司、超级市场、文化公司正在突起。

我在疫情调研中持续跟踪多家海外华商企业的发展变化。意大利 MAX FACTORY 零售连锁集团董事长李万春就是其中一位移居意大利米兰、有着 20 多年商业经验的温州华商。

2001 年，年仅 19 岁的李万春决定到意大利寻找机会。当初温州人里很早就形成了一股意大利移民热潮，当地很多年轻人怀揣着梦想，通过投靠海外亲戚，或者是经朋友的介绍来到意大利，李万春就是他们中的一员。“那个时候意大利华人可以选择的行业还是比较单一的，基本上只有两种选择，要不做餐馆，要不做工厂，就业条件很一般，”李万春回忆自己初到意大利的情况，“但是相比我岳父那一代，睡过火车站，四处找不到工作，如果有一个工作能留下来就非常不容易了，很多早期温州籍的华人，认为自己开过一个餐馆就是老板了。而我们这一代在意大利的就业环境已经大为改善。”之后他补充道：“21 世纪初，中国加入世界贸易组织的时间还不长，外贸行业只是刚刚兴起，所以在意大利开店做生意比较容易。那时，意大利很多华人的商店整体规模都比较小，也没有装修，更不用说摆放陈列了，基本都是货拉进来凌乱摆放就开始卖。而当地意大利人认为在中国店里买东西很没有面子，但是因为价格的确实惠，他们买了就走，不会告诉别人这是在中国人开的商店里购买的。”

2005 年，李万春在意大利尝试开了第一家商店。那时形成华人开店潮，很多街区都遍布华人的商店，生意也很兴隆。有了经验和原始积累，李万春在 2011 年创办了位于意大利米兰的 4 000 多平方米的大型超市，之后他的生意越做越大。如今他在意大利已经拥有 20 多家大规模零售连锁商超，主要分布在米兰、都灵、罗马地区，拥有 300 多名中国和意大利的员工。

---

① 王辉耀、康荣平：《世界华商发展报告（2017）》，北京：中国华侨出版社，2017 年，第 109 页。

正值意大利疫情大规模暴发最严重的时候，李万春接受了我的采访。“本来今年还将继续扩增 7 到 8 家商超，但受疫情的影响暂时中断了。3 月初意大利颁布了商业停止法令后，除了食品日用超市、银行、香烟店、药店等民生用品外，其他商业场所全部关门，华人商店也不例外。资金链和用工荒都是企业发展比较棘手的问题。新冠肺炎疫情对贸易行业雪上加霜，企业大量产品来自意大利之外，如中国、土耳其、越南、孟加拉国……所以还要担心供货方所在地的生产能力是否会受到影响。”

意大利政府在疫情中针对中小企业采取了多项帮扶措施，以国家担保贷款的形式向企业提供 4 000 亿欧元流动资金，其中 2 000 亿欧元用于帮助意大利国内市场企业，包括政府为受疫情影响的企业员工支付 80% 工资、企业所承担的 60% 房租将在年底以税收的形式返还等，这对李万春来说也算是一颗救心丸。

在与李万春的访谈中可以感受到疫情对当地商业环境和他的企业产生了很大的影响。但为了能继续下去，他始终在思考如何突围目前的困境，为意大利复工复产后的零售市场变化做出新的调整。首次采访五个月后，正值意大利全面恢复正常的时候，我很想知道他的企业现在发展如何了，于是带着一丝疑惑再次与李万春进行了联络。“以前我的企业产品是以服装鞋帽为主，大多数产品依靠进口，档次比较低端，服装鞋帽在疫情期间的销售额直线下滑，而百货类产品影响不大。考虑到疫情期间转型升级成本相对较低，同时减少对贸易的依赖性，我开始思考重新调整经营模式，大幅减少原有依靠贸易为主的低端服装鞋帽，进而代理意大利本地的百货类中高端品牌。经过近五个月的调整，现在商超的形象有了很大的改观，产品档次整体提升，顾客的满意度增加了。通过这次转型调整，不仅抵消了部分损失，而且一些品类的商品甚至超过疫情前的销售额。”从与他的谈话中，我了解到他正在逐步调整他的货源，由进口产品为主，逐渐转向代理当地知名品牌，以实现将产品转型升级。

在李万春忙着企业转型的关键时刻，企业资金链却出现了断裂风险。他一边按时支付员工工资和店面租金，一边积极争取着政府各种政策的支持。由于之前他的企业财务账目一直非常良好，没有任何坏账，最终李万春的企业获得了当地的银行贷款。与此同时，他也面临着企业用工荒的难题。疫情初期，很多员工离开意大利回到中国过春节，但后来欧洲疫情蔓延，一些工人并没有选择出国务工。这让本来以华工为主的企业出现员工短缺的情况。李万春通过与意大利当地人签订短期合同的方式度过这段特殊时期。无论遇到何种困难，李万春都没有因为经营困难拖欠供货方的货款，反而在疫情下与供货方建立了比以往更加稳固的信任关系。

度过了前期的困难，接下来他做了一个重要决策，那就是收购意大利曾经排名前三位的家居零售连锁店 Mercatone Uno① 的部分业务。曾经在意大利辉煌一时的家居企业 Mercatone Uno，由于原管理者的战略错误和新兴竞争对手的崛起，落到了因资金链断裂宣告破产的境地。李万春看到了他们的拍卖信息，觉得这是一个很难得的机会。他专门聘请了本地熟悉收购流程的团队与拍卖方谈判。Mercatone Uno 组建了破产委员会来处理收购事宜。李万春本以为在价格谈妥之后，就可以顺利收购。但意大利三大工会（意大利劳工总联合会 CGIL、意大利工会联合会 CISL 及意大利劳工联盟 UIL）提出必须与他们达成一致才能签订收购协议。在过去的 50 年中，意大利三大工会始终与该国劳动者保持密切的联系，在举行全国性罢工和示威行动中具有强大的动员力量。三大工会的代表性一直得到各雇员组织和政府的承认。在签订劳资协议中，他们已成为“无法逾越的对话者”。②

“因为考虑到 Mercatone Uno 企业有近 4 000 名员工，很多员工已经在企业有 20 多年的工龄，为防止产生社会问题，意大利的三大工会要求我们接收 100% 的员工。”这对于李万春来说很难接受，经过双方再次协商，最终确定破产企业 75% 的员工进入李万春的企业。这时，意大利三大工会再次提出将由他们根据公司员工的家庭情况和困难程度，来确定哪些人能进入，而不是由收购方来选择员工。李万春说这是他之前没有预料到的，但是毕竟在这个国家就要按照他们的要求来做事，这也是符合逻辑的。他对此次收购的价格非常满意，但后续人员安置问题和企业管理会迎来新的挑

① Mercatone Uno 被称为“意大利的宜家”。参见：https://www.businesstoday.com.mt/business/business/169/maltabacked_italian_ikea_goes_bankrupt_1800_jobs_lost#.YHWF4C0Rrp4。

② 张莉：《意大利工会的演变与现状》，《世界社会主义研究》2019 年第 10 期，第 60－95 页。

战，如果想要更快实现本地化，聘请当地员工也是长远之计。李万春对未来的意大利市场充满信心，他开始组建专业团队管理被收购的企业。因为被收购的企业员工来自不同的国家，其中意大利当地人居多，所以他首选意大利的职业经理人按照全新的模式负责管理。他认为新的团队用新的模式，这样才能更好地融入本地市场。而对于李万春的原有企业的员工，因为其中很大一部分是华工，所以他采取让原有团队和新的团队分开工作的方法，“这样摩擦小，文化冲突少，方便日后企业的管理”，李万春说。

从合作方式上，李万春表示以前一些供货商经常会邀请客户到工厂看货，但现在视频会议、微信等方式在无论是看货，还是开会等工作中应用非常普遍，成为大家通用的工具。接下来李万春准备将经营模式转成线上加线下相结合的方式，这不仅是疫情下企业经营所需，也是适应未来人们消费模式的转变。李万春认为疫情更考验企业的适应性，只有能更加顺应这个时代的企业才能做得更好。

“虽然我们比不上那些大企业的技术创新，但其实我们小的创新一直在做，比如产品升级、商超摆放模式、沟通方式、人员转变……我们希望通过这次转型，能够更加融入本地化，不但在产品上融入，人员上也要融入。”根据李万春的表述，我们看到了一个海外华商在疫情下的渐进性创新（incremental innovation）① 之路。渐进性创新是指通过不断的、渐进的、连续的小创新，最后实现管理创新的目的。渐进性创新是一种改良式创新行为，具有低成本、低风险和见效快的特点，是企业利用现有资源对原有产品或技术的再挖掘。② 对于海外华商，尤其是传统外贸型华商、服务型华商，如果不及时调整，很容易因为外部环境的改变带来倒闭的风险。他们只有经过不断的渐进性创新，从细微之处不断进行蜕化升级，才能适应外部环境的变化，从而将企业从低端逐渐改造为中端，直至高端市场，形成无法替代的品牌效应。只有让消费者形成对品牌的认知度和依赖性，企

---

① DANNEELS E. The dynamics of product innovation and firm competences. Strategic management journal, 2002, 23 (12): 1095 - 1121. 注：Danneels 将组织学习领域的双元理论引入创新研究，并将双元创新分为突破性创新和渐进性创新。

② DEWAR R, DUTTON J. The adoption of radical and incremental innovations: an empirical analysis. Management science, 1986 (32): 1422 - 1433.

业价值才能在商业社会中得以延续。通过对产品种类、经营模式、消费族群的重新定位，企业的形象也能逐渐被当地社会特别是当地中高端市场接受。

图 4-2　李万春（左二）收购 Mercatone Uno 剪彩仪式

又过了两个月，在 2020 年 11 月底，我看到新闻中铺天盖地地报道海外开始暴发第二轮疫情。我本想通过李万春了解一下意大利疫情和当地华商的情况，但从电话那头传过来的是："邢老师，由于天天在外面跑我被感染了，现在在家隔离休养。第二轮疫情的暴发导致了意大利第二次的分阶段封城，影响非常大，特别是餐饮业、服装贸易业，现在疫情导致海运费涨了好多倍，供应链也出现了问题，产品涨价，明年上半年也是比较艰难的一个时间段……"我突然愣了好一会，然后不愿意再打扰他了，就让他好好休息，我们等着他的好消息。因为这半年多的采访中，无论李万春有多忙，只要我问他问题，他总是不厌其烦，认真回答我每一次的提问。所以我非常感动，也深刻体会到海外华商在外拼搏的不易。

李万春告诉我，其实现在留在意大利的很多华商，已经做好了被感染的心理准备。因为他们每天出去工作，接触面广，被感染概率就比较大，所以他们安排好每天的作息时间，增加锻炼，注意饮食，多休息，保持良好的生活习惯，增强身体抵抗力，如果一旦被感染，身体也能挺得过去。最后我才知道，李万春和他的家人一共有 6 位都被感染上了。“那段时间很艰难，感冒、发烧、浑身无力。”在李万春家里做工有 5 年时间的乌克兰保姆原本提着行李准备离开，却最终决定与他们家携手共战病毒，继续帮助他们家料理家务。知道此事后，我真为这位保姆的职业态度和无私精神感动。

一个月过去了，电话那头传来了让人欣喜的消息，李万春说他和他的家人身体全部康复了，病毒其实没有想象中那么可怕，他们靠顽强的意志打败了病毒。最让李万春放心不下的还是他的企业和员工。这次疫情起起伏伏，当地政府的各种限制措施也是时断时续，给李万春的生意带来了很大的影响。“我们冲过了疫情第一关，但 11 月份却再次被冲击，之后 12 月份、1 月份都无法正常经营，冲击不断，但也早已习惯了。”自从收购了意大利企业以后，12 月 18 日李万春收购的百货店中的第一门店正式开业了，接下去还有好几家门店会陆续开张。“只要付出自己的所有努力，其他的交给上天来决定。”这是李万春在微信中写的一段话。

李万春觉得他的企业自从聘请了当地有经验的职业经理人后，各项运转都非常顺利。当地政府也很关注他的企业，开张那天还专程前来祝贺。而原有的团队中，一些华人已经成为管理层的领导。他说他的企业将打造不一样的文化特色，可以说是中西合璧的文化大融合，他也在请国内外的咨询老师为他的企业发展出谋划策，他希望能形成区别于当地模式的、独具特色的企业模式。

无论是疫情下主动的选择，或是被动的选择，李万春都在不停地建构属于他的商业网络。他的经营故事还在继续，但我们已经能感受到，海外华商过去的优势是跨越国界、制度与文化，但疫情期间受各国经济保护主义的严重冲击，国门基本关闭，过去以跨国经营为优势的华商受到的冲击最强烈，优势甚至转为劣势。疫情期间大量华商蛰伏下来，他们正在寻找机会，一旦发现机会，就会立即出击。李万春就是这样一位富有冒险精神的企业家，在企业经营上他从行业的发展到战略的制定，从产品的改变到店面整体形象的升级，总能迅速地捕捉到市场信息，坚持目标导向原则，提前布局未来的发展以适应外部环境新的变化。正如著名管理学家彼得·德鲁克所说：“孤注一掷的战略必须击中目的，否则所有的努力就会付之东流。”[①] 华商深知今天再大的挑战都要跨越，挑战或许意味着新的机遇。华商内心涌动着“敢为天下先”“爱拼才会赢”的精神，始终坚持在顽强拼搏取胜的道路上前进。

博茨瓦纳

授人以鱼　不如授人以渔

博茨瓦纳现有华侨华人及中资企业员工约 1 万人，主要从事贸易、工程承包、餐饮、旅游、建材生产加工、广告传媒等行业。疫情期间他们逆势发展，为博茨瓦纳疫后经济复苏助力。

南庚戌在博茨瓦纳经商已有 20 多年之久，疫情改变了他的生活和工作节奏。他告诉我，以前全年大部分时间都是飞来飞去，辗转于不同国家和城市，但现在他将大部分业务管理改为线上沟通和遥控指挥。就是这么一个特殊时期才让他有了对住在国和所处地区长远发展的重新考虑。“因为这半年时间我哪都去不了，一直想在农业上有所作为，疫情反倒让我有时间和机会帮助当地农业探索与创新。”南庚戌说。

非洲国家近年来面临的粮食挑战与日俱增，其原因是多方面的，既有自然因素，也有社会经济因素。受极端天气频发影响，非洲南部地区去年气温上升的幅度是全球平均水平的两倍，而雨季降水严重偏少。[②] 降雨迟、长时间干旱、两次重大飓风让非洲南部农业遭受重创。[③] 因此，非洲各个国家特别渴望国际社会在农业方面给他们更多的支持，国际社会也在每年

---

① ［美］彼得·德鲁克著，蔡文燕译：《创新与企业家精神》，北京：机械工业出版社，2007 年。

② 《联合国粮食机构：气候冲击加剧　南部非洲严重粮食不安全人口将达历史新高》，联合国官网，https://news.un.org/zh/story/2019/10/1044751。

③ 《联合国报告：本世纪内非洲平均升温将超 2 摄氏度　气候变化日益影响粮食安全》，联合国官网，https://news.un.org/zh/story/2020/10/1070142。

帮助非洲各国解决粮食安全问题。

过去很多非洲人的思维还是“等靠要”。随着年青一代逐步走上了政治舞台，很多人开始意识到，给物资固然好，但是教当地人赚钱的本领可能比直接给物资更有价值。非洲人也希望国际社会能够从一个技术层面来帮助他们，从而真正实现非洲人的自给自足。尤其是这次疫情到来之后，“授人以鱼不如授人以渔”的迫切感就更加强烈了。南庚戌所在的博茨瓦纳在非洲来说经济还是相当稳定的，疫情前很少有民众会考虑粮食问题。从南非采购各种食物，再加上国际社会的援助，已经基本能满足这个国家的需求。

从地理位置上看，博茨瓦纳是位于非洲南部的内陆国家，受地理位置的限制，一旦边关被封锁，依靠南非保证的生活必需品就无法实现正常供应。非洲疫情加重，各国都采取了封城措施，南非与博茨瓦纳的边关关闭，造成了博茨瓦纳的油荒、食物荒等诸多经济问题。最后，博茨瓦纳不得不忍受着疫情的困扰，又将边关放开，一批批卡车将蔬菜、粮食、奶制品，以及一些平时的生活必需品送了进来，但随之而来的是携带新冠病毒的运输司机，博茨瓦纳疫情再次加重。因此，博茨瓦纳政府深刻认识到粮食安全的重要性，不能再像过去那样，认为只要有南非保证就可以高枕无忧。疫情改变了原有的社会生态，以前依靠外部援助的国家，如今航空、交通、物流等被疫情阻断，使得博茨瓦纳的官员和百姓开始重新思考粮食安全问题，这也成为疫情下人们关注的焦点。

此时，南庚戌觉得作为海外华侨华人，应该为住在国做些什么了。此前，南庚戌发现，当地华侨华人给博茨瓦纳捐助了大量的抗疫物资和现金，但是媒体上大部分都是负面的评价，很多人认为中国人捐赠这些东西是应该的，因为他们在这片土地上赚了钱，为什么不捐呢，捐多少都不为过，不捐反而不对了。南庚戌听到这些话觉得很刺耳、很难过，他一直在思考新的路径改变这种局面，重塑华侨华人形象。当下当地老百姓最需要什么？称赞的应该是哪些事情？南庚戌经过反复思考，突然想到了农业兴许能够改变当地人对华侨华人的看法。

有了这个想法之后，南庚戌便找到当地的农业大学和专家，与他们探讨什么农作物可以更好地在农业上帮助博茨瓦纳人民自给自足，能够减轻当地的粮食压力。博茨瓦纳是一个沙漠覆盖率超过70%的国家，常年干旱缺水，它的大米全部来自进口，而其他的食品包括蔬菜、玉米、高粱，85%也是进口。了解当地农业情况后，南庚戌立刻联系了中国的一些研究机构和相关企业，如中国上海市粮食科学研究所以及安徽省种植稻米的一些企业，向专家们请教中国先进的种植方法。同时，南庚戌找到了博茨瓦纳农业大学，合作成立了博茨瓦纳农业创新研发中心。除此之外，南庚戌还引入中国的农业无人机技术，助力现代农业在博茨瓦纳的发展；并与当地的专家探讨怎样通过大棚种蔬菜、如何建设节水工程等。为了能让中国和博茨瓦纳更好地交流，南庚戌组织了多场国内外专家的网络会议，探讨如何帮助当地解决粮食安全问题，此前由他组织的中非农业合作与发展高峰会已经举办了三届。

“所以我在想，也许是疫情帮了这个国家，正好有了这个机遇，我想将劣势变为优势，把这个项目做起来。”南庚戌在采访中说道。南庚戌从中国买了各式各样品类的种子，并将种子邮寄到博茨瓦纳。经过当地政府部门的允许，南庚戌在博茨瓦纳申请了一公顷的土地，开始将这块处女地作为他的实验种植基地，重点培育抗旱节水农作物。“我天天跑农场，天天跑大学，和教授们一起探讨怎样能让它有高的发芽率，怎样让它更好地去成长，怎样浇灌、施肥，这些以前我一窍不通，现在应该说自己是一个农业工作者了，基本上能摸清脉络，知道了哪些农作物能在博茨瓦纳土地上生长，现在我们经过两个月的试种，水稻已经有一尺多高了。”南庚戌激动地告诉我最新的实验成果。听到这，我也为他了不起的创新感到骄傲。

在博茨瓦纳发展农业，其难度可想而知。南庚戌的种植实验自然也不是一帆风顺的，比如，虫害问题、紫外线问题造成很多品种干死。施肥也是如此，选择的肥料要适应当地的种植条件。诸如此类，对于南庚戌来说，一切都是新的，所有的尝试都是摸着石头过河。每次遇到问题，他就向国内的专家远程请教。每当看到原本快要死掉的水稻起死回生，发出新芽，他都由衷地兴奋。

“既然认定这个项目是好项目，就不能半途而废。”疫情期间，南庚戌的项目也得到了当地部长、专家、教授、普通民众的关心和支持。南庚戌向博茨瓦纳总统汇报了这个事情，政府官员纷纷称赞：“这个项目为博茨瓦纳解决了第一碗米饭。”对于南庚戌本人来说，他还有其他的考虑。从广义上来讲，可以通过农业拉近中博两国的关系，促进中国外交发展；也可以将当地华侨华人形象从负面转为正面。比如，南庚戌刚开始播种的时候，需要学习开拖拉机在田地里耕地，之后他将耕地的照片放到了Facebook上，下面就有人留言说：“南先生真好，您现在涉足农业了。”还有人说：“南先生我非常佩服您涉足博茨瓦纳农业，因为我们知道农业是不赚钱的，或者说是短期内赚不到钱的，急功近利是不做农业的。”也有人问：“南先生您做得很好，但是您是怎么拿到这块地的?”南庚戌告诉我，一些人对于他以一个外国人的身份，如何拿到博茨瓦纳这块土地感到疑惑。他明白需要向有顾虑的当地人做出解释，“不是我拿你们的土地，是我们尝试用创新方法在博茨瓦纳土地上播种多种农作物，以解决当地粮食安全危机”。听到南庚戌的回复后，当地人打消了疑虑：“原来我们是错怪您了，您在为博茨瓦纳做贡献，我要为您点赞!”南庚戌认为，在当地民众印象当中，华侨华人在建筑业和百货业赚了不少钱，抢占了当地人的饭碗，而农业是在教当地人怎么做，是解决吃的问题，发展农业经济，帮助实现自给自足，这是两种截然不同的评价。通过两个月的尝试，南庚戌觉得这件事情做得非常值得。

在这段时间内，南庚戌又考虑如何让农场持续性地发展，他为此专门成立了非洲农业有限公司，主要业务是农业机械和拖拉机的组装或生产，目的是结束当地没有一家类似企业的局面。他注册了商标“B Hero”，“B”代表博茨瓦纳，“Hero”指英雄。目前公司的市场经营很不错，为当地农业解决了机械匮乏的问题。

图 4－3　南庚戍与博茨瓦纳农业专家交流种植经验

南庚戍一次到博茨瓦纳总统的农场参观时，得知阿拉伯国家希望能与博茨瓦纳合作发展小畜牧业，进口他们的羊。这里我简单介绍一下，畜牧业是博茨瓦纳的重要支柱产业，占农业总产值的 70%，其中以养牛为主，而小畜牧业还比较薄弱。[①] 当地通过向农户捐赠种羊的方式，帮助小农户拓展小畜牧业。

俗话说得好，"越容易得到的东西，越不被珍惜"。老百姓获得种羊后并没有起到预期的效果，如果真没有饭吃，羊就成了盘中餐。南庚戍觉得这个项目起初想法是非常好的，但是如何能让它持续下去成为一个难题。农户如何能通过养羊致富呢？这时，南庚戍突然联想到中国脱贫攻坚战已取得全面胜利，他开始研究中国农村的脱贫案例。他终于找到了，在四川省南江县，贫困户运用"借羊还羊，政府帮扶"方式摆脱了贫困。"借羊还羊"指的是政府可以先借给农户羊，但羊的所有权归属集体所有，政府给农户两年到三年的期限，之后要将羊归还给集体，集体要将羊借给下一

① 《博茨瓦纳，"牛的国度"》，http://www. hunan. gov. cn/topic/zfjmblh/zfjmblh_1/201906/t20190612_5355563. html，2019 年 6 月 6 日。

批等着致富的农民。这种办法颇具启发性，南庚戌立即通过四川省政府找到南江县委书记，双方交流后立马碰出火花。南江县委书记表示，“这正好践行了习近平总书记所倡导的精准扶贫方略走向世界的观点”①。脱贫攻坚、精准扶贫战略，既满足了博茨瓦纳总统大力发展小畜牧业的希望，又找到了切实可行的办法。南庚戌也将此方法介绍给了博茨瓦纳，用中国的扶贫经验切实地帮助博茨瓦纳人民实现勤劳致富，以符合国情民意的案例来帮助他们。

南庚戌建议，在非的华侨华人和中资机构应该立足于当地民生，在非洲的农业领域进行长期性项目开发，哪怕利润不高，也要站在国家的高度、侨胞长期发展的角度来做这件事情，这样才能利我、利他、利国家。通过发生在南庚戌身上的故事，我们看到了慈善和公益事业的更高维度。如果长久，必须要敢于创新发展，符合国情民意，方可持续。

美国

硅谷华人的创业典范

华侨华人的经济活动对美国经济产生了实质性的、积极的财政影响。许多中国移民都是高技术移民，他们在经济领域的活动，为美国带来了税收和就业机会，不仅提高了华侨华人自身的经济能力，甚至推动了当地各种族群体的经济发展和社会进步。在当今经济全球化的大背景下，华侨华人为建立和推动更完善、更深层次的国际经济新秩序作出了积极的贡献。中国综合国力的明显增强、对外开放的进一步深化以及与世界经济的更加密切联系，也为华侨华人提供了丰富多彩的商业机遇以及施展才华的广阔空间。在美国，华侨华人积极涉足进出口贸易、零售、餐饮等行业以及一些高科技产业和现代服务业，而且有的华人企业已具相当规模，在当地产生越来越大的影响力，更为中美经济交往发挥了重要作用。

---

① 《习近平的精准扶贫方略走向世界》，http://fund.cssn.cn/dzyx/dzyx_jlyhz/201510/t20151018_2499681.shtml，2015 年 10 月 18 日。

美国历来是多民族、多文化汇聚的大熔炉，加州硅谷更是如此。只要具备足够的技术实力，各国精英都可以在这里找到工作机会，探求自己的创业机遇，实现自己的梦想。虽然中国一直是硅谷最重要的人才输入国，但在世界人才济济的硅谷想要创业成功可不是一件容易的事情。疫情下的所见所闻和调研过的华商中，让我记忆最深刻的是在硅谷创办的华人新电商平台，毋庸置疑，数字科技加服务的新消费模式，在后疫情时期迎来了历史性的发展机遇。

从美国 2020 年 3 月下达居家隔离令以来，美国硅谷很多企业实行居家办公已经长达近一年的时间。当然，这也催生了当地人对食物和生鲜配送的需求。在此期间，一家华人生鲜电商“Weee!”脱颖而出，其创立者正是位于美国硅谷的三位华人留学生。出于对电商的敏感度和兴趣，在疫情前他们已经攻克了一个又一个的难关。因为有了前期的创业经验，他们做好了充分的准备应对这次疫情。就这样，在遥远的硅谷，他们所创立的 Weee! 正在上演着一个又一个奇迹。

硅谷拥有着大量的工程师，一个工程师加上一个创意火花，可能就是一个创业项目。而在硅谷的华人工程师不在少数，他们也有着自己的创业梦。在硅谷掌握了一些技能后，有的人选择回国创业，有的人从中国投资人手中融得第一桶金，但也有一部分人选择了在并不算熟悉的美国商业场中创业，摸爬滚打，经历别人不曾经历过的风雨。刘民、王炯和谢祖铭就是这群人中的三个典型。

2015 年由他们三人创办的 Weee! 目前已成为在美国华人乃至亚裔，尤其是西海岸亚裔中最受欢迎的生鲜杂货类电商网站。疫情下的 Weee! 每天都在解决着美国亚裔群体对于吃的刚需。Weee! 也在疫情中疯狂发展，几笔大的融资让 Weee! 在美国旧金山湾区一炮而红，成为名副其实的华人硅谷创业的典范。

图 4-4　硅谷华裔企业家、Weee! 创办人刘民

毕业后的创业启程

刘民、王炯和谢祖铭曾经都是上海交大 2002 届电子工程专业的同学。除了勤奋之外，让他们成功的还有敏锐的商业洞察力。

刘民第一次靠电商赚钱的时候还在上海交大读本科。2001 年，在刘民还有一年就要毕业的时候，从美国哈佛大学毕业归国的谭海音和邵亦波把美国 eBay 的模式搬到了中国，起名易趣。刘民、王炯和谢祖铭三人从 2002 年开始在易趣上卖二手物品，然后送货上门。这是他们第一次意识到电商即将崛起。

尽管三位创始人将精力沉浸在易趣的生意经中，但毕业后仍然拿到了理想的录用和录取通知书。刘民去了英特尔中国公司任职芯片方向的工程师。谢祖铭去了复旦大学计算机系读研，毕业后入职华为成为工程师。而王炯去了弗吉尼亚大学读博士，后来成为飞利浦医疗方向工程师。

刘民回忆说是英特尔把他带到了美国。由于他在英特尔表现出色，个人研发项目获得了英特尔在全球范围的创新大奖，他本人被调到美国总部工作。来到美国后，他一边做工程师，一边仍然保持对电商的热爱。而这个时候，eBay 为他带来了靠副业赚钱的机会。美国商品价格一般浮动大，所以刘民很快意识到低买高卖是个好生意。除了赚到几万美元的额外收入，他还成为 eBay 上拥有几十万好评的大卖家，并获得了 2013 年萨克拉门托地区 TopSeller 的称号。刘民也由此对美国电商有了深刻的理解，这更加坚定了他对于这个行业的兴趣。第二年，刘民辞掉了英特尔的工作，利用 eBay 售货攒下来的钱交了学费，成为加州大学戴维斯分校 MBA 的一名学生。

有了 MBA 的背景和在中美电商卖货的经历，刘民比其他工程师在创业上具备了更灵敏的商业嗅觉，他决定和王炯、谢祖铭再次联手把未来赌在电商创业上。

而在 2014 年这一年，微信正式上线。“有了微信，你会觉得本来没什么华人的地方，突然有很多华人从周围冒出来。”刘民在短时间内被拉进旧金山硅谷的各种团购群。他在多个微信群中发现，经常有当地华人求购活海鲜、羊肉、手工包子和饺子等，抱怨美国主流市场忽视他们的需求。群里热心的团长帮助大家义务团购很多新鲜海钓的螃蟹或者夏威夷的时令水果等，忙个不停。在硅谷，服务华人的还是那些 20 世纪 80 年代建起来的有些简陋的中国超市，而这些超市的选品也非常老旧和单一。做了十几年电商的刘民瞬间察觉到了商机。传统电商依赖于用户知道自己想买什么，而社交电商则是基于和你品味类似的人告诉你该买什么。他第一次意识到社交也许可以给电商带来一次全新的革命。

2015 年，35 岁的刘民萌生了创办华人自己的线上生鲜超市的念头。而这一年在中国兴起了拼多多、微电、云集等一系列基于社交平台的电商，美国当时的市场仍一片空白。于是，他找到另外两名老搭档王炯和谢祖铭一起创建了 Weee!，也由此开始了他们在美国正式发展商业的第一步。他们将总部设在美国旧金山湾区，也在洛杉矶、西雅图、纽约等华人众多的地方建立了专属仓库，通过在线销售方式，将各类生鲜食材、零食美妆、日用百货等优质商品免费送货上门，从而解决华人买菜难的问题，以此满足海外华人的“中国胃”和“赤子心”。

遭遇创业后的第一次打击

商业模式对于一个初创型企业至关重要，但 Weee！曾有三年的时间走在错误的路上。不少居住在旧金山湾区的华人都知道 Weee！曾经出现过低谷。这就像刘民所说的那样，没有什么企业的成功是一蹴而就的，光环背后是人们看不到的艰辛和试错。沃尔玛的创始人山姆·沃尔顿一直是刘民的偶像。刘民每隔一段时间都会翻阅《富甲美国——沃尔玛创始人山姆·沃尔顿自传》。

和国内团购不同，Weee！早期团购基于发掘当地有影响力的团长。刘民首先联络到几百个有着购货信誉和影响力的团长，并让他们成为 Weee！平台的卖家，再联系到有特色、有保障的产品供应商供货。而最初，Weee！也在某种程度上担任了供货商角色，将联络到的供货商货源送到团长家，再让会员去团长家取货。

很快，这种方式就带来了营业额的飞速增长。到 2016 年 4 月，仅建立一年多的 Weee！便有了每个月 300 万美元的交易额，并成功在 2016 年夏天获得一笔 760 万美元的融资。不过，这种看似热闹的景象也为 Weee！留下了巨大的增长隐患。在隐患爆发前，Weee！就已经遇到了第一个“坎儿”。

接受融资不久后，一家同样位于旧金山湾区的华人创业公司似乎看到了 Weee！模式带来的商机，突然一夜间发布了一个和 Weee！一模一样的产品。更糟糕的是，除了商业模式被抄袭，这家公司通过支付比 Weee！更高的底薪和提成还一举挖走了 Weee！大部分骨干团长，也就意味着挖走了核心的用户群。同时，他们用更高的薪水挖走了多名员工以及物流骨干。而这家公司几乎在转型的同一时间，就融资获得了 2 000 万美元。而 Weee！手上只有 760 万美元，无论是价格战还是“烧钱”，都必输无疑。

而对手的这一轮操作几乎断送了 Weee！之前创造的成功，物流骨干和

1/4 的物流团队的流失让 Weee！的送货连续几天濒临瘫痪。而对手公司也迅速占领了超过 30% 的华人市场份额。面对这场硬碰硬的“战争”，刘民每天做的就是不断加速升级、更加确保产品质量与新鲜度、增加品类覆盖率、多找爆款产品，以及通过不断地迭代升级让网站功能更完善。他回忆起来仍然感激大部分人选择留下，愿意陪他一起坚持下来“打江山”。

而 Weee！用了整整三个月才从“差点瘫痪”中慢慢恢复精力，最终不但拿回了大部分市场份额，还一举将业务覆盖区域扩大到芝加哥和纽约地区，并培养了 Weee！自己的团长。

而让刘民和他的团队没有想到的是，这段奋力拼搏才换来的平静仅维持了一年，Weee！将面临一场更大的真正的危机。

生死边缘的成功转型

2017 年夏天，Weee！的商业模式本身带来的隐患逐渐显现。由于商业模式的问题，整个公司的增长大幅减缓。而看不到增长就意味着没有下一笔融资。

从 2017 年 2 月到 5 月，刘民都没能在美国融到一笔钱。在短短两个多月的时间里，他至少见了 40 多个投资人和投行人员，不得不奔波于东西海岸之间寻求下一笔钱来支持公司的运营。Weee！现金流几乎面临断裂。

屋漏偏逢连夜雨。就在回国融资也不顺利、几乎绝望的时候，刘民在上海 5 月的雨天里，狠狠摔在了便利店的瓷砖楼梯上，导致三根骨头骨折。而这一天，他刚刚被一位国内的投资人拒绝。一个深陷泥潭的公司，加之身体的伤痛让刘民感到绝望，这远远超出了之前所想到的创业难度。对于一个科技型的初创企业，现金流是非常重要的，融不到资金则企业随时面临倒闭的风险。那段时间，刘民每天只能躺在家里的床上养病，干着急的感觉让他很无奈。“我一直觉得华人吃饭的刚需实实在在存在，但就是找不到更好的解决方案来满足他们的需求。”他说。

但也正是这梅雨季节里动弹不得的境遇给了刘民思考的机会，跳脱出每日疲于奔命的运营，站在旁观者角度，重新审视 Weee！的商业模式。刘民在床上躺了一个月，想明白了 Weee！成长的前几年忙于优化细枝末节，反而陷在错误的商业模式里，看不清大局。回到三个人一起创立 Weee！想要解决华人食物刚需问题的初心，刘民才恍然大悟，过去的团长模式本身存在着巨大的缺陷。美国华人的核心“痛点”是“买菜”的问题，而之前的社区拼团更多只是解决了“尝鲜”的问题。首先，团长和平台的利益是冲突的。Weee！想要直接服务好终端用户，就不得不和想要护住客户资源的团长产生利益冲突。其次，团长们希望守住自己在一个邮编所属片区的地位，所以排斥新的团长出现，让 Weee！很难有新增长。最后，团长模式的用户体验感非常差，用户常常在团长的车库里取菜，甚至常常没法停车。这种模式无法满足旧金山湾区华人对于吃的刚需，更不能保证优良的用户感受。

想要满足旧金山湾区华人吃的刚需，Weee！就不能只靠团长团购一些东西，而是必须自己一站式提供从联络供应商、选品到送货上门的服务。当把经营模式想明白之后，一切困难都迎刃而解。刘民回忆起来，反而相当感谢那段“绝境”。

尽管找到转机，但想从“泥坑”里爬出来却比三个创始人想的难。因为资金短缺，他们不得不回到美国关停了洛杉矶团队以及对总部进行裁员。而落败的窘境也无法让 Weee！获得任何新投资人的青睐。

只能背水一战，刘民、王炯和谢祖铭三人把所有积蓄再次投入 Weee!，向投资人证明他们的信心。即便如此，投资人也只给他们提供非常少的过渡款，每笔款只能让 Weee！在缩减开支的前提下运营几个月。为了让 Weee！能继续拿到下几个月的“口粮”，他们必须在短时间内向投资人证明新模式是可以盈利的，一旦不能证明增长的可持续性，投资人就会选择放弃。但要想短时间内看到新的增长，对 Weee！和三位合伙人来说都是巨大的压力，但现实只能如此。好在一笔笔的“救济”融资让 Weee！终于艰难地活了下来。

想明白真正的社交电商模式——让每个用户，而不是团长成为社交电商的节点后，刘民决定再拼一把，这就好像刺激的游戏重新开了一局。在用户住址分散、运费高、物流成本也高的旧金山湾区，将蔬菜生鲜和餐馆菜隔日送达几乎是不可能完成的任务。而这也是大多数华人在美国开展送餐业务、网购业务失败的原因。只有解决物流配送瓶颈，才能做到真正的差异化优势。“物流团队要解决一个司机如何在三四个小时内，伴随着晚高峰堵车送完40单货的问题。按照Weee！的承诺，运送时间在下午3点到7点之间。晚一点，就赶不上晚饭了。”刘民回忆，在2017年一整年，他送了1 000多单货，就是为了能够摸清楚送货上门这件事儿在湾区怎样才能速度更快。经过团队调研，他们决定不再依靠第三方物流团队，而是组建Weee！自己的团队进行配送。

这个时候，团队拧成了一股绳，使Weee！进入了飞速发展的阶段。包括运营副总裁在内的所有办公室员工每天都泡在仓库发货，而采购团队凌晨3点还在和批发商要货。回忆那段时间，刘民仍然感谢这帮同事齐心协力帮Weee！一起渡过难关。

直到2018年，Weee！的运营团队独创了先下单、后分享到朋友圈或者微信群、再由朋友砍价的社交模式后，湾区的用户们纷纷主动开了各种砍价群。而这个时候，几乎旧金山湾区华人的朋友圈也都被Weee！的各种砍价转发刷屏了。至此，Weee！才从这场历时18个月的低谷中彻底走出来，并且进入飞速上升阶段。

2017年7月，Weee！每周同时售卖的产品只有500样，每个星期平均派单数量300个。努力了一年，到2018年7月，Weee！的产品种类上升到1 200个，每个星期平均派单数量上升到3 000个，是2017年同期的10倍。2018年12月，Weee！成功获得了新的融资。他们用实际行动证明了Weee！新模式转型的正确，证明了Weee！的产品的确和市场需求吻合。

刘民和团队自行研发了网站前后端、WMS、ERP、司机配送等多个系统，并将机器学习和人工智能算法运用在产品推荐、采购、物流等各个环节。在物流、人力成本较高的美国，Weee！的运营能力在行业中名列前茅。无论是物流成本、库存流转率，还是产品损耗率，Weee！都领跑整个生鲜配送行业。

刘民表示一旦创业道路正确，Weee！的增长就再也没有停止过。2019年，Weee！在旧金山湾区、西雅图全面实现了一周7天送货上门，成为北美首家“次日达”的华人生鲜电商。在西雅图市场，才经营了半年多，

Weee！就已经实现每个星期拥有十几万美元的营业额。而大本营旧金山湾区 2019 年上半年营业额已经超过了 2018 年一整年的营业额。2019 年底，Weee！成功登陆洛杉矶，仅 3 个月就成为洛杉矶地区华人买菜的首选。

刘民和他的团队明白了美国华人市场需求之后，经过及时改变运营模式，从团长节点转向消费者节点，从物流外包到建立一条龙的物流服务，再从单一的购物到参与社交式的砍价模式，以此满足当地华人群体的消费习惯和本质需求。Weee！让每个消费者都能通过平台传送口碑，以及向亲朋好友推荐 App 上的商品，最终实现了个人社交电商新模式在美国的崛起。

刘民认为 Weee！的每个员工都是产品的体验者，只有坚定做一款服务自己的产品，才可以从用户的角度让它满足用户真正的刚需。

疫情后的增长与扩张

前面我们介绍了 Weee！在创业初期经历了很多的坎坷和转型，现在已经走入正轨。疫情对于 Weee！的发展可以说是一个前所未有的历史机遇。当疫情在中国刚刚开始蔓延的时候，Weee！在美国的订单量已经开始增长了，刘民和团队敏锐地捕捉到未来的不确定性，提前开始准备货仓。但很快美国疫情出现了爆发式增长，也引发了恐慌抢购潮。各个州政府相继颁布限制令之后，许多民众不敢到超市去买东西，而是转向了在线购物，Weee！的订单量出现了巨大的峰值，这让刘民和团队有些措手不及，感受到极大的运营压力。最紧张的时候 Weee！每个星期只能开放四五个小时，商品一挂出就被瞬间抢购一空，甚至未来 14 天的商品也被全部预订满了。一些老客户开始担心 Weee！是否还能正常供货，有人说如果 Weee！还能继续，他们的生活就能保证基本的运转。

“因为 Weee！毕竟不是一家软件公司，不是只加服务器，就可以处理这么大的容量，我们还需要仓库，需要采购，需要仓库员工，需要送货司机，那段时间是挺不容易的。”刘民说。在特殊时期，刘民和团队想了各种办法去满足激增的需求，努力将商品及时送达每一位顾客的手中。

他们首先在美国的几个主要城市增加了仓库。为了缓解劳动力的需求，Weee！推出了组合包。这种产品意味着，虽然买家的选择品类少了，但是生产组合包是相对容易的，这样能保证在用同样多的人手、同样仓库面积的情况下，可以服务到更多的客人。很多华人早上就必须开始抢单，否则很快组合包就会被抢光。组合包里面装的是一些很简单的东西，但是已经包括疫情期间每天的必备食物。

这次疫情让 Weee！的整个发展战略提前了。Weee！在美国每一个区的营业额都有大幅增长，一些地方营业额增长了 5 倍以上，旧金山湾区的仓库从 1 个变为 3 个。他们原来希望两年之内做到的事情在半年之内就做到了。这给了 Weee！所有员工更多的信心和动力。疫情把这个本来客人就非常喜欢的线上服务迅速地在整个美国地区甚至在加拿大地区进行了全面推广。

Weee！在创业之初的策略很少用广告这种形式，他们主要依靠客户之间的口碑推荐，其中主要原因是产品本身具有很大的差异化。Weee！的很多产品在当地华人超市找不到，在定价上也非常合理。美国绝大多数的生鲜送货上门产品价格都会比超市里面的高出 15% 甚至 30%，而 Weee！的定价比线下超市价格还要略低，这也是一个很大的吸引点。除此之外，Weee！推出免费送货上门、无条件退货的承诺，几个方面加起来，已经有充分理由战胜同行其他竞争对手。

Weee！在 2020 年 3 月 30 日宣布了新一轮的 B 轮融资，金额 5 000 万美元。6 月底宣布了 C 轮的 3 500 万美元独家融资，这次融资来自俄罗斯亿万富豪 Yuri Milner 掌舵的 DST Global，他曾经投资 Facebook、Airbnb、Twitter 和 Spotify。从疫情发生以来的两次大的融资中，Weee！已经获得了 8 500 万美元。

很多人会问，为什么 Weee！这么快就能完成两轮千万级融资？刘民认为："投资人关心的是这个行业的天花板有多高，为什么大家要在你这里买，你到底给用户提供的核心价值是什么，为什么这个核心价值后来会变得很重要，而且其他人又是比较难做到的，和你竞争的其他渠道，即便跟你复制也很难做到你所做的事情，然后看一些数据，如用户留存率很好，用户客单价越来越高，再对顾客忠诚度衡量指标 NPS（net promoter score）

进行测算。几个综合因素相加起来，投资人认为这是一个非常有前景的行业、有前景的公司，运营也做得不错，基本上就会得到投资人的青睐。”

当然，作为一个快速成长的电商平台，Weee！已经实现盈利，连续获得多次千万级的融资，下一步团队会像很多公司一样疯狂地去投入吗？答案是否定的，刘民一直低调做事，他觉得 Weee！是一家服务客户的零售商，而不是一个科技平台，这或许与硅谷其他公司不太一样，所以接下来他们将围绕 Weee！的定位，通过三个维度进行扩张：

一是地域上的扩张。Weee！会进入更多的美国城市，从现在的 8 个城市发展到 15 个城市，这些城市的选择会根据华人的数量来布局。二是族裔的扩张。刘民发现如今的客人与几个月以前的客人已经有了很多不同，半年前的客人在 Weee！的 App 中所选的语言大多是简体中文或繁体中文，但是现在已经有四分之一的客人在使用英文界面，这就说明 Weee！的客户群已经发生了大的变化，更多第二代的华人和第二代的亚裔成为客户。接下来刘民不仅会继续发展第二代华人客户群，同时还会吸引更多美国的其他少数族裔加入，比如韩国人、日本人、越南人、菲律宾人，以及来自其他东南亚国家的人，甚至包括印度人和拉丁裔都将是 Weee！的目标。三是在品类上加大投入。Weee！现在主要还是卖生鲜类的产品，蔬菜、水果、肉类、海鲜居多，但其他的品类也蕴藏着非常大的商机，比如杂货类的商品、美妆保健类的商品，以及家居类的商品，同样会有很大的盈利空间。

刘民觉得很多亚裔在美国长期没有得到周到的服务，Weee！将会弥补这块缺失。因此，在采购货源上，Weee！非常注意亚裔在品类上的选择。比如说在选化妆品时，因为亚裔的皮肤跟欧美人的皮肤性质是不一样的，所以他们偏好的品牌也不一样；还有选水果时会挑巨峰葡萄、澳大利亚芒果等适合亚洲人口味的品种。Weee！会围绕着亚洲客户群的偏好去选择商品，而不是考虑这个产品线下是否有售，它的最终目标是带给消费者全方位一站式的购物服务体验。

经过长期经验和能力的积累，Weee！已经有了属于自己的一套标准模式，刘民将这套经验称为“方法论”。Weee！方法论越来越成熟完善，从而为品牌的知名度打下了坚实的基础。比如，Weee！每到一个区域，需要招募什么样的人才，需要什么样的仓库，怎样去获客，怎样将供应链延展到那个区域等，刘民和他的团队都很有心得。Weee！每扩展一个新的市场，这个地方的业务增长就比之前的发展要快很多。比如，Weee！到了洛杉矶，洛杉矶业务的增长就比 Weee！在西雅图开的第二个店要快很多，之后转战纽约，纽约业务的增长又比洛杉矶快很多。虽然每个城市都有不同的特点，但是总体而言，亚裔在美国的食品需求没有得到满足这一情况是相同的，所以 Weee！提供的用户价值在哪里都适用。

疫情之前，在美国可能很多人并不愿意去尝试生鲜送货上门，觉得根本没有什么必要性。但是在疫情时期很多人不得不尝试电商以后，他们的消费行为开始发生变化，因为线上购物不仅能买到好东西，而且比线下便宜和方便。刘民发现疫情后加入 Weee！的客人留存率比疫情前加入的客人的留存率还要高。疫情最终会消退，但是这些线上购买生鲜的行为依然会持续下去。每当这些行为在新一批的消费者当中固化后，他们的购物习惯就会永久性改变，而这些增长在未来也会带来更深远的影响。

不管是在疫情中抢夺更多突如其来的流量份额，还是在疫情消失后这批流量带来的客人能否有好的留存率，其实一个企业生存的终极核心是能不能满足客户需求的变化和增长。与时俱进、因时而变才是制胜法宝。就像刘民所说，“你能不能带给大家好的体验？如果不能，那你就是永远陪跑的备胎命运，潮退之后裸泳的那个一定是你”。

精准的客户定位、方便的购物体验、丰富的商品选择，令 Weee！在北美华人中积累了相当高的人气，朋友推荐、口碑营销成为 Weee！最主要的获客渠道。此外，科技大数据计算上的投入也对 Weee！的飞速发展起到至关重要的作用。通过算法帮助，Weee！自主研发的配送系统能够让司机一小时送货超过 15 个目的地，远高于竞争对手的平均水平，同时，每单送货成本不到同行的 1/3。用户可以非常方便地打开手机，在 Weee！App 或微信、Facebook 等即时通信工具里一键下单。Weee！拥有高素质的自营物流团队，自动化管理，提供专属冷藏食品送货上门或附近提货点自提等服务，灵活多样的配送方式也是 Weee！的制胜法宝。

如今，生鲜杂货电商在全球主流市场都有巨大的赛道。Weee！寻找到了独特的切入点，很好地服务了美国市场的华人群体，极高的长期客户留存率也验证了该模式的正确。随着服务网络覆盖、用户密度的提高，Weee!的商品丰富度、库存周转、仓库运营及配送效率还在持续优化，这也为将来服务其他少数族裔乃至探索主流族群的生鲜杂货需求打开了想象空间。

刘民表示，北美现有3 000多万亚裔，一年买菜花费600亿美元以上。一个家庭每年大约花费6 000美元在买菜上。而Weee！现在只开拓了几千万美元的市场，未来还有非常大的成长空间。

创业是一种勇敢的选择，兴趣是创业的最好动力。老一辈的华侨华人多从谋生的角度选择从事的事业，而新一代的华侨华人越来越多像刘民这样在异国他乡开辟新路，他们常常以个人兴趣作为创业的最大动力。其实，他们本身的能力和背景足以在世界一流的公司找到非常好的职位，过很舒适的生活。然而，怀揣着梦想的他们选择了创业之路。创业是艰苦的、耗时的，并且不单单依靠努力，还在很大程度受外部环境因素的影响。我很钦佩海外新一代的华侨华人，他们充满智慧，善于学习，敢于冒险，在运用科技的新手段、新方法上，与老一辈的华侨华人相比明显更胜一筹。他们与中国的新一代创业者遥相呼应，相互学习，相互借鉴，改变着当下人们的思想观念、消费习惯，以及未来的生活方式。

美国

共克“食”艰

中餐业一直是海外华人最主要的谋生行业之一。华人背井离乡，漂洋过海，在异国的土地上开起了一家又一家中餐馆。在美国，饮食是最早而且可能是最有代表性的海外中华文化的标志。华人的饮食文化伴随着华人移民的生活方式、劳动和职业技能、经商能力和资本、家庭及其他文化传统、宗教和哲学信仰一起进入美国。[①] 从美国的大城市到小城镇，到处可

① 刘海铭、李爱慧：《炒杂碎：美国餐饮史中的华裔文化》，《华侨华人历史研究》2010年第1期，第1－15页。

以看到中餐馆。中餐文化已融入美国主流社会，成为美国大众的家常便饭之一。中餐馆已不仅仅是华人在海外的谋生之所，更是传播中华文化的驿站。

2020 年对商家来说是无比残酷的一年，美国纽约州成了重灾区，疫情给美国华商造成了严重的冲击，尤其是餐饮业生意之惨淡更是前所未有。全美餐馆协会（National Restaurant Association）的最新报告显示，2020 年美国有约 11 万家餐馆永久关闭，占餐馆总数的 17%，另有成千上万家餐馆濒临倒闭，包括很多大型连锁品牌都已宣布破产。① 除了这些大型连锁品牌之外，私人自营餐馆更难承受疫情的冲击，不断有经营者因无力负担房租、人工等各方面的开销，而不得不永久歇业。

由于突发的新冠肺炎疫情及其所引发的民众就餐方式的改变，加之经营对策因疫情变化而必须不断进行实时调整，商家必须在一系列的不确定中艰难求生。但也有从业者预见到疫情不会在短时间内结束，于危机中根据事态变化调整经营方向和重点，根据自身的实际情况求生和谋变，包括开发适合配送和外卖的菜式、新增或丰富半成品、通过中央厨房标准化生产等，反而在坚持营业、稳定人气的同时，摸索出一条更能满足后疫情时代顾客需求的发展之道。

美国中餐业联盟（纽约）总会会长陈善庄在纽约经营餐饮多年。他所经营的位于布鲁克林区唐人街的金皇廷大酒楼在当地颇有影响力。以前客人络绎不绝，人来人往，生意红火。而受疫情影响，纽约州于 2020 年 3 月 22 日开始实行居家避疫政策，非必要行业不允许集中办公。餐厅虽然属于必要行业，但仅限外带或送餐。俗话说船小好调头，小规模的餐厅靠外卖服务尚能维持，但大型饭店很艰难。“纽约市有两万多家餐厅，照这样下去估计有 15% 到 20% 可能会倒闭，大部分都是大饭店。”金皇廷大酒楼以往以经营大型宴会为主，自 3 月因新冠肺炎疫情暂时停业后，陈善庄曾于 6 月份尝试经营外卖，但一天只能卖出约 20 份，这是他从业 30 多年来从未遇到的情形。

---

① 《增外卖、建中央厨房　疫情下美国中餐馆自救大作战》，人民日报海外网，https://baijiahao.baidu.com/s?id=1688641496484842306&wfr=spider&for=pc，2020 年 1 月 12 日。

在因新冠肺炎疫情关闭堂食5个多月后，纽约市仍未允许开放餐馆堂食，这让众多大型中餐酒楼陷入险境。对于中餐大酒楼的现状，陈善庄介绍，他的酒楼所在的路上以前有7家大型酒楼，这些酒楼之前靠大型派对、婚宴和点心、堂食等盈利，但政府为控制疫情一直不恢复堂食，令这些已关门暂停营业半年之久却每月承受着数万美元租金压力的大酒楼走到了生死边缘。

陈善庄表示："受新冠肺炎疫情影响，民生涂炭，纽约州餐饮业恢复堂食仍遥遥无期。这让本就陷入困境的餐饮业更加举步维艰。PPP（public-private partnership）对中小企业的帮助十分有限，令全美逾5万家中餐馆和几十万家其他同行置于危机之中。美国中餐业联盟在此呼吁，美国政府与两党间的头等大事是互相协作，应尽快出台挽救经济复苏及改善民生同舟共济的措施，以拯救处于水深火热中的中小企业，促进经济复苏，重回正轨。"

在充分考量后，陈善庄决定展开自救。他在经营模式上尝试新的转变，开始以大排档的方式服务民众。经过筹备，2020年8月18日晚，金皇廷大酒楼的港式烧烤、海鲜大排档亮相了，吸引了一些社区人士和民众赶来支持。陈善庄说，大排档经营港式烧烤和海鲜小炒，每天早上10时开始户外饮茶，晚间营业至10时。他希望在当前经济不景气的情况下，以经济实惠满足顾客的需求，通过经营方式的改变，摸索出一条生存之路，也希望能为同行找到一条自救之路。

恢复营业后，金皇廷大酒楼专门为大排档推出一些菜肴。那里的厨师厨艺精湛，每天都会准备各具特色的香港点心、小吃、烧烤、菜肴，而且做到新鲜、健康、味美，来吸引更多年轻人前来消费。为了让顾客吃得放心，陈善庄还准备了口罩和手套等防护用品，将餐具更换为一次性餐具，并对前来就餐的顾客登记信息以便疫情追踪。

大排档模式营业的第一天，酒楼共接待了100余名顾客。尽管人数并不太多，但陈善庄认为这是个不错的开始。"我很高兴看到很多老顾客回来吃饭，他们的一句'谢谢重新开业'让我很感动，也让我对未来更有信心。"陈善庄说。

最初推出室外用餐时，陈善庄利用酒楼门前停车场和侧面62街搭建的用餐区摆放了近30张餐桌，没想到前来饮茶吃点心的民众一天比一天多，他们又利用酒楼前的平台摆放了10张餐桌，依旧客满。而晚间的大排档也出人意料地受欢迎。一些客人还远道从皇后区和史坦顿岛前来，其中有一对华裔姐弟先后三次驾车从法拉盛赶来吃大排档。为了满足更多客人的需求，陈善庄加班赶工扩建62街上的就餐区。

陈善庄的自救颇有成效，挽回了一部分亏损，而且更让他欣慰的是就业员工也在增加。他说："疫情前酒楼有80多名员工，在开始室外经营后有30%多的员工返岗复工，现在室外用餐经营不错，在面积扩大时我们又新增了8名员工，包括炒菜、点心师傅，外卖员和传菜人员等。与此同时，也带动了当地相关配套行业的复苏，让配套行业的就业人数也在增加。"

当地时间2020年9月9日，纽约州长科莫宣布，从9月30日开始以25%的客容量开放纽约市餐厅室内用餐，如果疫情没有反弹，将于11月1日考虑开放50%的容量。消息传来，布鲁克林中餐业倍感兴奋。陈善庄表示，忙到凌晨4点的他在睡梦中被很多餐馆会员的电话叫醒，大家纷纷问月底以25%客容量恢复堂食的消息是否属实，每个人都很期盼餐饮业马上见到曙光。

但好景不长，随着美国第二轮疫情的到来，为了遏制纽约市一些地区疫情复燃，纽约州府从2020年10月8日开始关闭处于疫情红色地区的非必要企业，被划进橙色区域的布鲁克林八大道华社中餐馆仅允许户外用餐，每桌最多可容纳4人。该政策一出，好不容易重启的餐饮业又因疫情的到来再次被叫停，这种反反复复更让纽约餐饮从业者无所适从，这无疑是对餐饮业的致命打击。

从禁令发布以后，金皇廷大酒楼连着几天晚上吃饭的人都很少，其中有一个晚上仅有2个人吃饭。当地政府为了控制疫情，加大了复燃地区的检查力度。在短短两天内金皇廷大酒楼先后来了三批检查人员登门排查。前来执法的工作人员对餐馆员工是否戴口罩和手套、室外用餐区的每桌客人是否超过4人等事项做了仔细检查。令人欣慰的是，尽管生意在新规下跌入低谷，但金皇廷大酒楼依旧严格遵守各项防疫规定，多次被检均达标，得到检查人员的肯定。橙色区域每桌只能坐 4 人的规定也着实难为了一些用餐者。陈善庄介绍，一般华人出来用餐均是亲朋好友相聚，人数稍多点就要被迫分成多张桌子用餐，这也引来顾客的抱怨。华裔李太太在周末晚上和朋友及家人来吃饭，但 8 个人只能分坐在两张桌子上，如何吃饭成了问题。他们不可能每道菜都点两份，等菜端上来后只能先让一张桌上的人赶紧往自己盘里夹一些，然后递给相邻桌上的人，那桌人夹完菜后再递回来，一晚上吃顿饭就这样忙活着，颇让人无奈。

随着美国进入冬季，天气越来越冷。在经历了堂食的二次关闭后，考虑到季节和天气的特殊性，陈善庄决定停掉户外用餐，仅保留外卖。“每年的 9 月至来年的 1 月，对餐馆来说是黄金期，如果在黄金时间不能做生意，那这一年就相当于白忙活。”他感慨酒楼停业是亏、开业也是亏，而且开业亏损更多，眼看忠实的员工还需养家糊口，索性继续经营。“能撑一天是一天，今天过去，明天还不知道会怎样”，这已经成为很多餐饮业者的共同心态。

2021 年 2 月 7 日是中国农历腊月二十六。前一场暴风雪的积雪还未消融，纽约又迎来一周内的第二场大雪。俗话说“瑞雪兆丰年”，马上就要过春节了，按照传统习俗，迎新春必不可少的一项内容就是办年货，这其中，准备年夜饭又是办年货的重中之重。陈善庄考虑到民众无法像往年一样到酒楼聚餐，外出采购又有染疫风险，开始加大力度推出能外带的年夜饭、盆菜，东南西北各式口味应有尽有，既可进店自取，也可配送到家，在非常时期满足不同人的特有需求。

盆菜是广东和香港一带的节庆大菜，属于杂烩菜式，大的有超过 20 种食材，小的也有十几种。以前一有喜事，大家就围坐在热腾腾的盆菜旁，边吃边庆祝，过年过节时吃更有团圆快乐的气氛，也正应着“你中有我、我中有你”的特质，盆菜逐渐打破地域限制，成为华人圈中的知名美食。金皇廷大酒楼开业 13 年来每年都会推出盆菜，且从来不涨价，疫情中也是如此。陈善庄表示，疫情期间大家外出采购都有风险，操办一桌年夜饭也非易事，直接从店里外带盆菜方便快捷，只需提前一天预订即可。店里会将盆菜打包固定好，食材和酱料分装，买回家中吃的时候把盆菜放到炉子上加热一下，再把酱料浇上去就能放心享用，连主食也无须自己再花时间准备。

2021 年春节到来前夕，纽约华人餐饮业迎来好消息。鉴于疫情持续好转，纽约州府原本定于 2021 年 2 月 14 日重启堂食，考虑到中国春节需要聚餐，提前到 12 日正月初一，但餐馆客容量限制在 25%。该消息让众多中餐业者欢欣鼓舞。与此同时，作为中餐业协会负责人的陈善庄，也连同其他众多同业者一起呼吁当地政府在租金和地税上提供援助，为餐饮业真正复苏给予支持。

受疫情影响，虽然唐人街新春爱心大游行等每年春节期间的“保留节目”不得不无限期延期或者改为线上举行，但中国驻纽约总领事馆延续往年传统，与纽约市合作伙伴联合举办庆祝活动，帝国大厦、世贸中心等地标建筑点亮“中国红”。总领馆还举行“共度新春”云团拜，中国驻纽约总领事黄屏同美东侨胞代表共同庆祝即将到来的春节。陈善庄知道后表示，真心为祖籍国感到骄傲，也在努力为纽约同胞过个好年尽一份力。纽约市餐饮业受疫情重创，中餐馆损失尤其惨痛，陈善庄的酒楼也不例外。“现在餐厅营业比关门赔的钱还要多。”但他仍然坚持营业，并以优惠价格为本地华侨华人提供年夜饭套餐外卖。

中餐业是海外华人赖以生存的重要产业，它既是许多华人在海外经济发展的起点，也是华人的一处文化意义上的“避难所”，有学者称餐饮业是海外华人的“诺亚方舟”①。中华饮食文化不仅是华人日常生活的每日实践，更是华人乡愁和文化自我认同的载体。过去一年来势汹汹的疫情让海外华商所从事的餐饮业饱受冲击，他们一边坚守，一边努力做各种尝试，转型升级成为他们必须直面的重要课题。

疫情下的华商，有的做传统贸易，为了拓宽销售渠道，他们试水电商，线上线下一起发力；有的开中餐厅，为了让顾客吃得安心，他们增加扫码点餐功能，还“请”来机器人，提供无接触送餐服务；有的从事旅游行业，为了谋求长期发展，他们在生意淡季专注提升业务能力，培训导

① 郝洪梅、高伟浓：《关于当前美国华人餐馆业处境的思考》，《中国发展》2005 年第 1 期。

游、组织“云游”、挖掘新的旅游目的地。

虽然很难、很忙，但中国市场的快速复苏和巨大潜力也为海外华商提供了强劲支撑和信心。海外华商一边做好自身防护和社区帮扶工作，一边在实施自救以适应外部环境的变化。疫情一轮接着一轮地到来，但海外华商通过提升自身的抗风险能力，积极转型创新，努力挺过这个寒冬，迎接新一年的春暖花开。

日本

打造在日华商的新名片

日本地理上与中国接近，交通便利。中日两国在产业结构上关系密切，互补性强。日本华商以新华侨为主，他们与老华侨之间在事业领域和经商模式上有很大差别。老华侨主要从事事务职业，不少是在家族企业中工作的亲属员工。而新华侨大部分是从中国来日本的留学生，他们在日本大学学习毕业后，进入日本大企业，或者独立创业。[①] 新华侨主要从事科技、教育、贸易、传媒和零售等行业。随着中国经济的崛起，很多在日新华商经常往返于中日之间，他们既在日本创业，也在中国开拓业务。

在日本疫情暴发最严重的时候，一位中国女孩身着玩偶服，怀里抱着一个纸盒，上面写着“来自武汉的感恩”几个大字，向东京街头来往的行人免费发放口罩，日本民众在收到口罩后纷纷鞠躬以表示尊敬与感谢。这则新闻当时刷爆了中国各个社交网站，让世界看到了无国界的善意。这位发口罩的女孩就是我接下来要介绍的在日超过 10 年的曾颖。

曾颖现为日本同道文化株式会社创始人，主要从事广告全案策划和市场营销工作。2020 年正值疫情在日本刚刚蔓延的时候，她作客我们举办的“海外华商谈抗疫”日本专场，讲述了在日中小华商企业的抗疫之路。作为拥有 200 余万粉丝的网红博主、日本视频节目“TokyoTube”创始人，她

---

① 廖赤阳：《日本中华总商会——以“新华侨”为主体的跨国华人经济社团》，《华侨华人历史研究》2012 年第 4 期，第 19－30 页。

亲身感受到了疫情为日本中小华商企业带来的困境，并以90后的独特视角展现了新一代华商对未来商业模式和中日合作的思考。

2010年，曾颖从家乡福建省三明市来到了日本早稻田大学留学。当时她一边学习日文，一边在餐厅打工赚钱，虽然辛苦，但是她告诉我，早期很多大学生在日本都有过同样的打工经历，1小时就能赚到80元人民币，对于在日留学生来说已经非常开心了。

因为从小就学习漫画，曾颖在大学期间仍然没有放弃自己的专长，闲暇时间便会在网上上传自己的漫画作品。从2013年1月开始，她以自己在留学期间的各种酸甜苦辣作为创作灵感，在微博平台上开始连载漫画《一个人在东京》，每幅漫画在当时都能获得超过20万次的点击量。因此，中国的一些品牌找到了曾颖，希望能通过她的漫画帮助企业推广品牌，并给予她每幅漫画1万日元的酬劳，这让曾颖欣喜不已，她第一次意识到居然影响力也可以赚钱。渐渐地曾颖和她的漫画深受年轻人的喜爱，年轻漂亮的她在网上拥有了众多粉丝，而那个时候“网红”这个词汇刚刚兴起。大学毕业后，曾颖便毫不犹豫地创办了属于自己的广告公司，并且在中国的北京、上海、杭州等地开设了联络办事处。

疫情下孤身奋战

2020年元旦前夕，曾颖已经开始部署新一年的工作计划了，她和她的团队成员摩拳擦掌，信心满满，准备大干一场。在日本，大大小小的企业都会提前盘算新一年的营销规划，其中很重要的一部分就是广告投放预算。凭借着在日本丰富的新媒体广告投放经验，曾颖和她的团队已经提前与几个大的日本公司达成了合作意向。曾颖告诉我，仅1月份她就能预知公司全年将获得几千万日元的广告营业收入，而且公司媒介是自己的，还可以孵化属于自己的网红。这些年中日关系紧密，日本产品深受中国人的喜爱，这也让她对公司未来的发展充满信心。同时，曾颖在国内几个城市都有新的布局，她为此还专门在杭州西湖旁租了一间很大的办公室；她将父母接到了日本东京度假，原本一切看起来都似乎非常顺利。

但是，突如其来的疫情让她始料未及，各国国门基本关闭，访日的中国游客锐减，传统的商业流通模式受阻，日本的品牌因此受到巨大的影响。曾颖首先要面对的就是日本公司大幅度缩减了新一年的广告预算，一些日本公司干脆直接取消了广告投放。日本中小型广告公司抗风险能力是非常低的，曾颖的公司也因此受到了很大的影响。眼看身边同样的广告公司纷纷倒闭，日本的中小企业艰难度日，很多在日华商从事着中日之间相关的业务，面对这种情形更是束手无措，曾颖开始考虑如果公司要继续经营下去，该如何调整公司的发展方向。曾颖回忆，疫情之初，日本政府的补助政策还没有推出，很多中小企业并不知道后续会有补助，有的企业选择贷款，有的企业开始裁员，或者将员工派遣到其他公司。后来，日本政府推出了为中小企业提供无息贷款和协力金、为一般居民提供 10 万日元补助金、允许企业延迟缴纳年金社保等一系列措施，才让很多中小企业存活了下来。

在日本，用工成本是非常昂贵的，作为小型公司想要招聘到有经验的员工更是难上加难，公司往往既想招聘到有经验的员工，又要考虑用工成本，而那些有着很好从业背景的日本年轻人根本不会选择到初创型的公司就业。因此，曾颖将注意力放在了日本年轻妈妈群体身上。曾颖告诉我，对下午 3 点多就要下班去保育园接孩子回家的妈妈们来说，她们很难找到合适的工作。而她们中的一些年轻妈妈有着丰富的广告从业经验、薪资待遇要求适中，对于时间要求不是那么苛刻的广告公司来说，她们是非常合适的人选。然而，让曾颖没有想到的是，疫情下这些招聘到的妈妈级员工都不见了。原来日本疫情发生后，日本保育园全部放假，妈妈必须待在家里照看孩子。这让以前每天忙于找广告、见客户、拍片子的曾颖很难适应。曾颖告诉我，以前的工作很少通过线上进行，原本要准备大干一场，突然员工都在家里办公了，空荡荡的公司让她内心慌乱。为了公司能继续发展，曾颖疫情期间只好孤身奋战，平日没有时间休息，小单子她也接，每日为找业务、见客户而忙个不停。

从日本品牌转战中国品牌

曾颖的公司是一个广告全案公司，疫情前他们主要是帮助日本的一些品牌进入中国市场进行公关宣传策划，同时配有一些展会、新闻发布会、线上和线下的宣发活动等。如今疫情掀起了国内直播带货热潮，也催生着中国品牌的崛起。

曾颖在接触客户的过程中发现，虽然日本公司缩减了广告预算，但是中国公司销售推广需求却越来越大。很多中国的公司都在寻找好的产品，通过电商直播带货、与国内的网红合作等方式，将产品放到国内的直播间平台，进行供应链仓配一体化的推广营销。还有一些中国品牌原本准备进军欧美市场，因为疫情和国际形势等问题，他们将眼光瞄准了日本市场，很多中国品牌的企业也希望能通过广告公司将产品打入日本市场。

这让曾颖感受到了中国品牌正在崛起，也感受到了中国庞大的需求市场。原来她的客户方主要来自日本，而如今她的客户方主要来自中国。这些中国品牌走向日本的诉求引起曾颖对公司未来市场战略的重新定位。虽然疫情对曾颖的公司营业额产生巨大的影响，但曾颖表示自己的公司是小型公司，也就意味着好转型。现在，她将公司的定位转向“为日本企业向中国宣传和为中国企业向日本宣传的广告公司”。

日本 NHK 等主流媒体对中国直播带货充满了惊叹：一个支架、一部手机、一台美颜灯，就是中国主播们的“武器”。英国广播公司 BBC 描述了“价值300 万元木耳一晚上卖光、10 天内卖出4 000 万斤湖北农产品、3 小时带货 1.1 亿元……”的情景。一个又一个直播带货纪录，盘活了当下因为疫情而活跃度锐减的实体零售业。可以说，直播带货在疫情期间成为中国零售商的生命线。这让曾颖开始思考是否日本也能学习中国的创新消费模式。她开始多次了解日本客户的需求，最终她发现两国在消费市场上存在着巨大的差异，这种方式在日本现阶段来看并不太奏效。

曾颖说，虽然此前遇到过多次用直播带货方式销售的机会，但在日本市场一直没有普及。从中日市场比较来看，首先，中国网购平台非常丰富且便利，顾客看手机直播，想要的商品随手点击就能马上买到，但日本人常用的 YouTube 和 Twitter 并不具备这种功能；其次，日本消费者通过看电商直播购物的习惯还未深入人心，人们还是习惯传统的消费模式；最后，日本的很多品牌商并不接受以快速消费去压低商品价格的做法，他们更看重品牌价值，以及销路的稳定性，其背后也反映出中日在产业链和用工成本上的差异。借助对中日市场的熟悉度，曾颖很快对中日两个市场的消费者群体进行细分，并组建多个微信群，针对不同群体用不同的推广平台：中国人常用的微信、抖音、淘宝、快手、Bilibili、小红书等；日本人常用的 YouTube、Twitter、Facebook、Instagram，以及曾颖自己开发多年的 TokyoTube。通过培养直播带货的中日网红，曾颖正在尝试着电商直播模式的多样化推广。

曾颖认为中国是全球最大的市场，有相对廉价的劳动力，还有如此优秀的文化底蕴和科学技术，中国制造正在走向飞速发展的时期，一些新零售也在突飞猛进，所有硬件条件已经基本跟上时代发展的需要，但是品牌包装和品牌塑造上还需要更大改善。日本是一个非常会做品牌的国家，他们讲故事的能力非常高超，将自己的品牌当作艺术品打磨，所以如果中国和日本联合起来，共同做一些好的品牌迈向全世界，这在未来会有一个很大的发展空间。

图 4－5　曾颖（右）参加会展体验新技术产品

中日新青年的比较与感悟

“我其实一直很想回到中国，大家都在创新，遍地都是创业机会，但是我在日本已经10多年，适应了这里的生活节奏，如果现在回去我已经很难融入了。中国的竞争非常激烈，我虽然是早稻田大学毕业的，但与国内知名大学毕业的学生相比，还有很大的差距。”曾颖说：“激烈竞争下孕育的年轻人，他们的竞争能力很强。而日本很多大公司用了你基本就不会变。比如，日本公司用了你做广告，基本一直都会用你们公司进行推广。而在中国就会考虑市场价格，进行快速的优胜劣汰机制。”

与此同时，曾颖也介绍了中日两国的择业区别。在日本的当地人是很少会选择创业的。因为日本劳动力成本高，通过服务将公司做大是非常难的。日本人阶级层次已经固化，他们认为家族从事什么事业，后代就会继承同样的事业。曾颖表示公司10个人的团队开支就可以在国内招聘到30个人的团队。她的大部分同学在大学毕业后首选进入日本的大公司，日本公司很少会辞退员工，所以既稳定，而且做到管理层后拿到的薪酬也高。另外，创业者在日本买房，很难得到贷款。而如果你是在大公司工作，就很容易了。日本人获得身份认同感的方式往往与个人进入的企业实力相关联，上升空间比较有限。

与之相对应的是，在日本创业的中国留学生人数远远多于日本本土的年轻创业人数。2014年在达沃斯论坛上，中国总理李克强提出“大众创业，万众创新”的倡议，也由此在全国掀起了“大众创业”“草根创业”的新浪潮，形成“万众创新”“人人创新”的新势态。每个年轻人都想通过努力拼搏改变自己的命运。曾颖告诉我，她从小的家庭教育就是长大后自力更生，所以也就锻炼出福建人的那种“爱拼才会赢”的精神。

曾颖觉得她现在的工作内容比以前更加有意义，“以前我们是帮助日本企业进中国，现在我们帮助中国企业进日本。帮助中国品牌Made in China打响全世界，我觉得做这些事非常有价值”。曾颖认为，中国品牌正进入一个大发展时期，以前大部分人认为中国品牌就是品质低劣、价格低廉，现在已经截然不同了。现在越来越多的中国制造能做到物美价廉，人们的生活已经根本离不开中国制造。中国的品牌意识也在增强，这对于民族企业未来走向世界是非常重要的。当一个产品有了品牌，就意味着有了灵魂。曾颖觉得自己正在做一个顺应时代浪潮推波助澜的事业，就是将优秀的中国制造推向更多的地方，被更多的人知道和认可。

就有关海外华侨华人近些年事业越来越强大的话题，曾颖认为，这背后的根源是中国的强大，海外华侨华人才能“说话有声，走路有风”。同时，海外华侨华人除了在民间交往中起到沟通桥梁的作用以外，也在商业上疏通中外经贸的往来，从而越来越受到日本企业的重视。个人的人生价值是与中国的国际地位密不可分的，只有中国越来越强大，海外华侨华人才能在国外站稳脚跟，被更多的人需要和尊重，实现自己的人生价值。曾颖希望海外华商能够共同努力，让自己成为一张永远闪亮的中国名片。

第五章

结语
重塑：坚守、抗争与转变

在讲述全球华侨华人抗疫行动者网络时，在我们眼前呈现出的是21世纪全球化场域下的华侨华人形象的重塑，与跨越几个世纪离散于不同国家地区的移民艰辛历程形成鲜明对照。华侨华人长期以来遵循中国传统文化的“艰难困苦，玉汝于成”“穷则独善其身，达则兼济天下”思想，筚路蓝缕，默默奋斗，不但成就了自己的事业，也常常回馈社会。新时期的华侨华人被赋予了时代的特征，新移民不断地涌入海外，使得华侨华人在结构上和文化上有了更多的兼容性、多元性和开放性。他们在祖（籍）国和住在国两种不同文化之间自由游弋，形成了政治、文化、经济交流的天然纽带。

新冠肺炎疫情的发生深刻改变着世界政治经济的格局，也影响着海外华侨华人社会。它将原本已经暗流涌动的“贸易保护主义”和“逆全球化”思潮彻底点燃，华侨华人深受其害，以前跨越制度和国界的优势突然间转变为劣势。

不止于此，新冠肺炎疫情对于华侨华人的改变，除了在移民结构、社会融入、商业经济等方面以外，基于我的观察，还有一个容易被忽略的变化，那就是从外在变化转向了内在的心理变化，而这个改变可能会更加长久地伴随着他们。在全球化时代，无论是老侨、新侨、华裔新生代，只要是中华民族的血脉之根，他们从来没有像今天这样如此感同身受，参与到中国与世界的“沟通对话”中，无论是主动或是被动，无论是“旁观者”或是“在场者”。就像我在调研中感受到的那样，一些华裔新生代对于自己与中国的关系，在以前或许可以“相忘于江湖”，但今天，中华魂却被唤醒，他们对自己与祖籍国的联系有了全新的认知与体会。

在书中，我们横跨亚洲、欧洲、北美洲、拉丁美洲、大洋洲和非洲，感受不同国家的华侨华人与“他者”的共生。一个个鲜活真实的案例，一段段可歌可泣的故事，无不反映着华侨华人的坚守、抗争与转变的心路历程。

一、华侨华人的坚守

疫情肆虐之下，虽然各国大门紧闭，但海外华侨华人以中华民族特有的坚韧精神、仁爱之心，积极参与祖（籍）国和住在国的疫情防控。这是历史的延续与再现，在重大历史变迁和大灾大难面前，海外华侨华人都会与祖（籍）国同呼吸、共命运。从辛亥革命、抗日战争、长江洪水、汶川地震，到今天的抗击新冠肺炎疫情，海外华侨华人急祖（籍）国之所急，积极捐款捐物，通过各种方式和渠道支持国内和家乡抗疫；当住在国疫情蔓延之时，海外华侨华人与当地民众共同抗疫，贡献力量，勇于担当，关注弱势群体，践行社会责任，塑造华侨华人新形象。

这次的全球抗疫行动规模之大，可谓史无前例。海外华侨华人的抗疫行动，更是超越了一般意义上的慈善传统范式，形成了群策群力的创新慈善公益网络。在这次抗疫救援中，侨领、社团、华商、使领馆、民间组织、医院、企业等人类行动者，与微信、视频会议、新媒体、人脸识别技术、飞机、DHL、口罩、防护服等非人类行动者有机组合在一起，各个行动者彼此相互作用形成利益联盟共同体。其中，侨领作为抗疫的关键行动者的作用非常突出，他们就像费孝通笔下所描绘的传统中国士绅①。士绅

① “士绅”是自始至终贯穿费孝通学术生命的一个关键词。费孝通的《中国士绅》《皇权与绅权》《乡土重建》三本书之间相辅相成，他将国家的士绅以及城市与乡村的关系贯穿在这三本书的主旨中间，探讨士绅以及近代知识分子在中国社会转型中所承担的责任与使命，以及对士绅道统的长期坚守。

在基层社会产生很强的核心作用和组织作用[①]，侨领就是在海外华人社会当中的士绅，他们是海外华侨华人社会的组织者、领导者。在这次抗疫过程当中，侨领的领导力得到了提升，侨团的组织力也在这个过程中得到了增强。此外，非人类行动者在整个事态发展过程中，同样起到至关重要的作用。如果没有科技、媒介等行动者的参与，行动者网络各节点彼此的合作和获得信息的时效性将会明显滞后，对于众志成城抗击疫情的华侨华人来说，所产生的影响难以想象。

海外华侨华人在当地遇到疫情时的个人自律，体现在率先戴口罩和减少外出方面。他们自觉地做好防护，甚至暂停所有商业活动。华人社区与侨团的互帮互助，更是让人印象深刻。比如，南非华人警民合作中心在封城期间，调派了多名武装保安，为华侨华人、中资机构和留学生提供生活和安全保障，为确诊侨胞设立隔离点；美国当地的华侨华人为留学生开通免费求助专线，利用微信平台，以社区为单位，建立互助 SOS 群，免费义务为侨胞送餐，开展线上的防疫讲座；巴西华人协会与当地教会合作，向巴西贫困人士分发 1 000 份“基本食物篮”等。这些都是海外侨胞自发形成的公益行为的创新实践，甚至超越了当地政府的防控时效。

二、华侨华人的抗争

21 世纪华侨华人是一个极其复杂且多样化的矛盾体。他们从新的权利和特权地位中获益，同时仍然是仇恨犯罪和歧视的受害者。我和海外的朋友时常会探讨此类话题，可以说，海外华侨华人的反歧视之路依然漫长。“你是谁？你从哪来？你要到哪里去?”三个哲学问题成为海外华人社会的终极之问。在住在国，如何与主流文化对接，如何保持自己的文化特性，又如何与“他者”共生，成为华侨华人群体避不开的问题。

美国思想家亨廷顿（Samuel P. Huntington）曾以“文明冲突论”著称于世。他的遗世之作，书名便是“我们是谁”。亨廷顿对经受移民大潮冲击的美国国家特性的演变忧心忡忡。此书甫出，即在美国国内和国际社会

① 龙登高、王明、陈月圆：《论传统中国的基层自治与国家能力》，《山东大学学报（哲学社会科学版）》2021 年第 1 期，第 9－17 页。

引起广泛的争议与批评。然而，现在美国国内上演的种族矛盾，其激烈与严重程度，并不亚于国际上的文明冲突，其内涵引人深思。

如果说，在过去，海外华侨华人在住在国被视为“外来者”，生活更像是一个单方面“融入”的过程，那么，下一步就是华侨华人是否能与土生土长的“他者”构成良性的“相视相融”。这样就会有一个由注视到被注视，再到相视的过程。只有彼此相互审视、理解、相融，才能“各美其美，美人之美，美美与共，天下大同”。这既是海外华侨华人为之不懈追求的梦，也是对人类命运共同体的最好诠释。

华侨华人融入当地社会的程度和身份认同问题，很难一概而论，具体情况根据所处国家的实际条件千差万别。国家文化偏向保守型或开放型，影响着移民的融入过程。不同国家在不同历史时期实施的移民政策多有变化，对移民过程和“扎根”过程也有着深远影响。[①] 比如，东南亚华侨华人与当地社会深度融合；非洲新华侨华人的社会地位和政治经济影响力颇为显著；澳大利亚华侨华人中产阶级在经济上的崛起与社会政治地位有落差；美国和欧洲的华侨华人形成多元分层结构，等等。但有一点是统一的：移居海外的华侨华人，谁都不想成为“局外人”。这些年，“模范少数族裔”在美国华人圈子里引起不小的争论。一些海外华侨华人并不愿意背上“模范少数族裔”的标签，甚至有人说“模范少数族裔”和“亚裔优势”的标签，听上去似乎美好，但实际只会助长社会对亚裔美国人的隐形歧视。亚洲文化优越论常常试图验证“模范少数族裔”这个标签的合理性：亚裔美国人在美国取得成功，是亚裔美国人“工作努力，家庭稳固，重视教育”的结果。但从另一个角度来说，这是否又成了自我建构出来的别人眼中的“局外人”呢？

疫情下一些国家政客的不当言论，煽动了当地社会对华裔甚至亚裔的歧视。华人身上的忍让、保守特质使得华人群体更容易受到攻击。然而，许多华侨华人正在试图改变固有印象，越来越多的年轻华裔群体被唤醒。面对歧视，他们不再沉默，理性发声，用法律维护自身权益。他们对话而

---

① LIU Y，WANG S. Chinese immigrants in Europe：image，identity and social participation. Berlin：De Gruyter，2020.

非对抗，他们克服偏激，相互理解，缓和国际紧张关系。比如，法国华人和亚裔主动参与反歧视、反种族主义、反排斥和反污名化的抗争，通过网络发声、法律援助与追责、艺术形式（纪录片）发声、与法国官方机构直接合作等多种方式维权和抗争；疫情下美国华侨华人集思广益，想办法根治仇恨犯罪这一社会病毒，他们举办声势浩大的反歧视亚裔示威游行，更是告诉世人，他们也是那片国土的公民，他们是亚裔，不是“哑”裔，呼吁停止针对亚裔的仇恨犯罪行为；在澳大利亚，华侨华人通过聘请专业律师，利用法律援助保护个人的权益。随着中国经济的迅猛发展，华侨华人在国际上不再被忽略，华侨华人日益增长的社会存在感有目共睹，他们需要被平等对待、被尊重的基本诉求比以往任何时期都更加强烈。这是以往我们很少看到的。

我曾在菲律宾多次拜访洪玉华（Teresita Ang See）教授，与她探讨海外华侨华人融合的问题。她强调，不能因为小部分华人不遵法守法、因为个人的不合理行为而影响两个国家之间、民族之间的关系。比如，菲律宾华人组织的非法博彩业严重影响了华人在当地的形象，这种争议进一步煽起仇恨的火焰。因此，我们不能因为小部分人的错误就将海外华侨华人艰苦奋斗的功绩抹平，更不能上升到种族问题，宜就事论事，勿上纲上线。

2008 年，在加州大学洛杉矶分校（UCLA）亚太中心和清华大学华商研究中心合办的“全球华人慈善行动”论坛上，我见到了洛杉矶亚美公义促进会名誉总裁郭志明（Stewart Kwoh）先生。1983 年，郭志明在洛杉矶创办了南加州亚太法律中心（Asian Pacific American Legal Center），它现名为洛杉矶亚美公义促进会，是美国最大的亚裔法律和民权组织，在家庭暴力、移民、就业问题和仇恨犯罪等领域帮助亚裔弱势群体争取权益，每年为民众和机构提供服务超过 1.5 万次。

1982 年 6 月 19 日，在美国密歇根州底特律，美籍华人陈果仁仅仅因为长着一张“亚洲脸”被无端杀害。当时目睹了事件经过的郭志明作为一名律师，主动成为陈果仁案的司法顾问。郭志明为陈果仁的冤屈到处奔走呼吁，但在 1987 年，终审判决依然宣告两名被告埃本斯和尼茨无罪，这在华人社会引起很大的轰动。

判决的结果让人非常失望，就和我在前面讲述的故事一样，陈善庄为梁彼得案奔走呼吁，结果也同样令人失望。电影制片人崔明慧（Christine Choy）和雷妮·田岛－佩尼亚（Renee Tajima-Peña）通过著名的纪录片《是谁杀害了陈果仁》（*Who Killed Vincent Chin?*）尖锐地批评了案件判决缺乏公正性。埃本斯和尼茨确实杀害了陈果仁，但那些种族主义者和将亚裔视为威胁的刻板印象，也杀害了陈果仁。

2020 年至今，新冠病毒和种族歧视一同席卷了全球。针对亚裔的歧视并非只存在于美国，而是世界性的。为什么在今天高度文明的现代社会，种族歧视现象仍屡禁不止，且愈演愈烈？作为海外少数族裔的华侨华人，未来境遇是否会得到真正的改观？华侨华人群体能否争取到平权和融入？无论未来有多大挑战，海外华侨华人群体已经懂得利用积极参与各种维权行动、团结发声、增加华人投入政治的意愿等多种方式来维护自身的权利。可以说，海外华侨华人对反歧视已经做好“持久战”的准备。

三、华商的经营转变

华商是海外华人经济行动者网络的主体。面对疫情对商业环境的冲击，他们具有很强的市场应变能力，经过不断创新与磨炼，激发了企业家精神，并与其他行动者建立动态关系联结，以顺应外部环境的变化。其中，创新的实现本质是行动者网络的成功构建和演化过程，创新的网络边界是在不停变化的，所以行动者网络也在不断变化中寻求最大的平衡。

经济全球化使各国紧密连接，全球产业链与供应链不可分割，华侨华人的作用更为突显。华侨华人是融通中国和世界的桥梁，他们突破国家界限、制度藩篱和文化差异，加速生产要素与资源的全球化流动与配置，推动全球财富创造和国际合作。华商跨国网络在疫情期间对冲了贸易保护主义，推动携手合作，在互联互通方面具有不可替代的作用。

随着中国经济崛起和深度参与国际分工，世界各地与中国之间相互依存，实际上已经共处在人类命运共同体之中。但是疫情期间，国界又成为各国之间交流的障碍，不少国家关起门来，逆全球化抬头，这对抗击疫情和推动全球化发展非常不利。尽管现在华商因为疫情受到了很大的阻碍，但海外的华侨华人与华商历来具有企业家精神，他们在努力克服跨越国界和文化的困难和阻碍，努力创造企业和社会的财富。

全球经济进入低迷，总体而言，华商将面临前所未有的困难。海外华侨华人作为知识转移者的主体价值，在抗击疫情中体现出跨国性、能动性和创新性特征。直面困难、迎战危机，华商以其企业家精神与独特优势，将如同度过亚洲金融危机、世界金融危机一样，走向复苏，再创辉煌。

尽管疫情的阴霾还未散去，但海外华侨华人在抗疫中扮演的角色已经清晰可见。在华侨华人的行动者网络中，人与技术、媒介、国家之间联结成社会统一的行动者，在社会情境、身份认同、嵌入的华商网络以及民族地位的重塑场域下，构建了一个可持续发展的华侨华人社会生态体系。

无论是跨国的救助、反歧视的抗争，还是商业的转变，海外华侨华人一直在积极践行社会责任，他们为全球抗疫的合作与共赢起到示范和引领作用。面向未来再思考，坚守、抗争、转变是华侨华人永续的话题。

历史将铭记这场特别的战“疫”，这更是属于6 000多万海外华侨华人的集体记忆。他们是这次跨国抗疫中最可爱的人，让我们一起祝福他们的明天会更美好。

后　记

在我即将完成这本书的时候，正逢清华大学建校 110 周年校庆，窗外的清华园朝气蓬勃，欢声笑语，和煦的春风拂过我的脸庞，在我心头荡起一丝暖意，顿时心情变得愉悦了很多。不得不承认，在过去很长一段时间里，我都沉浸在自己的写作之中，无法自拔。感觉自己游弋于不同的国家和地域，一张张画面在眼前浮现，记录着海外侨胞这段不寻常的记忆。

我的博士论文是《中国新移民在菲律宾的社会文化融合性研究》，就在那个时候我开始接触海外华侨华人的研究，并在菲律宾进行了长时段的田野调研。时光荏苒，在清华大学华商研究中心主任龙登高教授的带领下，我从事华侨华人、海外华商的相关科研工作已经九载有余。一路走来，感谢龙登高教授的激励与指导，让我走上了缤彩纷呈的广阔舞台。

非常感谢李明欢教授、周敏教授和高伟浓教授一直给予我的帮助。李明欢教授是世界海外华人研究学会会长，在华侨华人研究，特别是欧洲华侨华人研究领域形成了丰硕的成果。在“海外华商谈抗疫”系列论坛中，她全程参与，提出了很多真知灼见。我特别整理了她在活动中“如何生于危机、长于危机、成于危机”的精彩发言稿，这为本书的写作提供了灵感和启发。我与周敏教授在 2018 年至今的多场论坛和写作中一起合作、一起交流。特别是此前发表英文论文的时候，她多次耐心告诉我如何修改，并帮助我认真校对文稿。高伟浓教授是研究东南亚和北美华侨华人的资深专家，这些年他又深耕拉美华人研究领域，我经常在论文写作中向他求教，他总是不厌其烦地答疑解惑。

这些教授们怀若竹虚临曲水，气同兰静在春风。在人生中能够得到名师的指点，是我莫大的幸运。

我要感谢“海外华商谈抗疫”活动策划组的所有成员，包括伊巍、曲娜、王祎、范昕、姜宏，以及中国华侨华人研究所张春旺所长、张秀明副所长等，如果没有大家的相互配合和鼎力合作，活动很难顺利圆满地完成。此外，德国法兰克福大学的姜宏博士高效地校对了我的书稿，在此非常感谢他的付出。

在这本书的整个写作过程中，我与海外的华侨华人几乎天天电话不停。有的时候我感觉相当纷繁复杂，因为涉及的国家多，我经常会这一端采访着美国的侨胞，另一端非洲侨领等着与我沟通最新的动态，而巴西侨胞正在邮件回复我的疑惑，同时，我还要不停地关注一些文献材料和新闻、微信的动态等。回首那段时间，自己一直处于亢奋状态，动力十足，写完书稿后反倒有一种莫名的失落感。与他们在一起的访谈日子，我仿佛在观看一幕幕纪录片，众生百态，发生在华侨华人身上的鲜活故事，让我身临其境地感受着他们的各种境遇。感谢大波士顿中国和平统一促进会会长、美国纽英伦中华公所董事梁利堂先生，每次采访通话都超过 1 小时，而且一般都是我这边深夜，而那边正好是他的晨练时间。他非常热情和耐心地向我详细介绍美国华人社会的情况，帮我介绍其他侨领和联系采访。我还要感谢所有被采访的海外侨胞，他们都很积极配合我的调研，有的已经与我成为朋友，经常微信互动，所以我觉得我是非常幸运的人。在这里我一并感谢他们：张伟（巴西）、蒋幼扬（巴西）、孙特英（巴西）、孙华凯（巴西）、邝远平（澳大利亚）、袁祖文（澳大利亚）、杨东东（澳大利亚）、任俐敏（法国）、闫然（法国）、段跃中（日本）、贺乃和（日本）、曾颖（日本）、陈善庄（美国）、林光（美国）、高娓娓（美国）、刘民（美国）、李新铸（南非）、孙想录（南非）、南庚戌（博茨瓦纳）、陈志刚（俄罗斯）、李双杰（俄罗斯）、吴昊（俄罗斯）、杜志强（新加坡）、张甲林（西班牙）、张婷婷（西班牙）、腾月（加拿大）、张渝晖（加拿大）、李万春（意大利）等。由于写作时间有限，我不得不收笔了，还有采访众多侨胞的稿子没有来得及整理，比如，郑萍（加拿大）、李红（美国）、谢锋（美国）、王书侯（菲律宾）、吕友诚（菲律宾）等，他们的故事一样感人至深，没来得及创作实为一件憾事。

感谢我的父亲和母亲，他们给我的教诲一直鞭策着我，虽然他们并没有在我身边，但都非常支持我的研究工作。尤其是我的父亲，作为老一辈的大学知识分子，他多次通读书稿，并且帮助我校对相关文字，一些不清楚的地方，他还认真查阅资料，且乐此不疲。我知道，他们对女儿的事情总是一丝不苟，他们一直以我为傲。

我的丈夫一直默默地在背后支持我的事业，每当我遇到困惑的时候，他总会给我鼓励，认为我能做到，而且会做得很好。可以说，我的研究生涯和他是密不可分的，如果没有他，可能我既不会进入这个领域，更不会坚持到现在。对于女儿，很抱歉我在读博士期间没能好好陪伴她，在后来的日子里给予她的时间依然有限，不免有些愧疚，但她从来不抱怨，是个非常懂事和独立的孩子，希望以后能有机会弥补更多的母爱。

本书能够付诸出版，我要感谢暨南大学出版社的冯琳、颜彦编辑，让此书美丽而生动地展现在读者的面前。

当然，若书中仍然有错误，则所有责任皆在我个人。

邢菁华

2021 年 4 月 25 日于清华园